À propos des romans de Christina Lauren

« Un environnement de travail toxique nourrit une romance grisante dans le dernier opus de Christina Lauren, offrant aux lecteurs tout le mélodrame et les vannes décapantes que s'échangent des ennemis jurés qui tombent amoureux. Quand un livre a un tel rythme comique, il se termine d'une traite. » *Kirkus Review*, à propos de *The Honey-Don't List* (critique étoilée)

« C. Lauren (*L'anti-lune de miel)* nous livre une comé- die romantique enjouée et ironique aussi pertinente qu'irrévérencieuse. Les lecteurs se tordront de rire. » *Publishers Weekly*, à propos de *The Honey-Don't List*

« [L']intrigue… vaut la peine, et le passé de la famille aisée ajoute une touche de douceur… [avec] un rebondissement qui surprend les lecteurs par une nouveauté inattendue. » *Kirkus Review*, à propos de *Twice in a Blue Moon*

« Quel livre joyeux, chaleureux, touchant ! J'ai tellement ri que j'ai pleuré plus d'une fois, je me suis sentie enveloppée par l'immense famille d'Olive, aussi aimante, hilarante que compliquée, et mon cœur s'est empli de joie à la fin. Voilà le livre à lire si vous avez envie de sourire jusqu'à en avoir des crampes aux joues. » Jasmine Guillory, auteure de *The Wedding Party,* best-seller sur la liste du *New York Times,* à propos de *L'anti-lune de miel*

« Malicieux et carrément hilarant, avec la dose parfaite de tendresse, *L'anti-lune de miel* est la comédie romantique parfaite qui réchauffe le cœur. Préparez-vous à sourire et à rire du début à la fin. » Helen Hoang, auteure de *The Bride Test*

« Vous nc pouvez pas vous tromper avec un roman de Christina Lauren… une perspective exquise et touchante sur les rencontres modernes qui nous rappellent que quand il s'agit de romances envoûtantes, sexy et drôles qui parlent d'amour contemporain, le duo swipe toujours à droite. » *Entertainment Weekly* à propos de *My Favorite Half-Night Stand*

« L'histoire avance… propulsée par l'élan et le charme des comédies romantiques. » *The New York Times Book Review* à propos de *Josh and Hazel's Guide to Not Dating*

« Avec son humour exubérant et ses personnages inoubliables, cette comédie romantique sort du lot. » Kirkus Review à propos de *Josh and Hazel's Guide to Not Dating* (critique étoilée)

« Un triomphe… de la joie pure du début à la fin. » Kristin Harmel, auteur du best-seller international *The Room on Rue Amélie*, à propos de *Love and Other Words*

« Le roman de Lauren déborde de personnages authentiques et brille par son intrigue captivante. » *Publishers Weekly* à propos de *Roomies* (critique étoilée)

« Délicieux. » *People* à propos de *Roomies*

« Tour à tour hilarant et déchirant, c'est une brûlure terriblement drôle et lente. » *The Washington Post* à propos de *Dating You / Hating You* (sélection des meilleures romances de 2017)

« Christina Lauren décrit les relations modernes d'une manière hilarante. » *Us Weekly* à propos de *Dating You / Hating You*

DU MÊME AUTEUR

Standalones

Love and Other Words

Roomies

Dating You/Hating You

Josh and Hazel's ou comment ne pas tomber amoureux

My Favorite Half-Night Stand

L'anti-lune de miel

La série « Beautiful »

Beautiful Bastard

Beautiful Stranger

Beautiful Bitch

Beautiful Sex Bomb

Beautiful Player

Beautiful Beginning

Beautiful Beloved

Beautiful Secret

Beautiful Boss

Beautiful

La série « Wild Seasons »

Sweet Filthy Boy

Dirty Rowdy Thing

Dark Wild Night

Wicked Sexy Liar

Jeune adulte

Hantée

Sublime

Autoboyography

UN NOËL
SANS FIN

Titre de l'édition originale : *In a Holidaze*

Première édition Gallery Books commercialisée en octobre 2020.
Gallery Books et colophon sont des marques déposées
de Simon & Schuster, Inc.
Division of Simon & Schuster, Inc.
1230 Avenue of the Americas
New York, NY 10020

Ouvrage dirigé par Isabelle Solal
Édition en langue française : *Un Noël sans fin*
Traduit de l'anglais (États-Unis) par Margaux Guyon
Design et illustrations de couverture : © Ella Laytham / Getty Images / Shutterstock
Mise en page intérieure : Christophe Petit / Studio Hugo
Collection New Romance® créée par Hugues de Saint Vincent, dirigée par Arthur de Saint Vincent
Collection Hugo Poche dirigée par Franck Spengler

34-36, rue La Pérouse
75116 – Paris
www.hugopublishing.fr

ISBN : 9782755662535
Dépôt légal : octobre 2022
Imprimé en Espagne par CPI Blackprint

CHRISTINA
LAUREN

UN NOËL SANS FIN

Roman

Traduit de l'anglais (États-Unis)
par Margaux Guyon

Hugo Poche

NEW ROMANCE®

CHAPITRE 1

26 décembre

Traitez-moi de fille de joie. Dites que je suis impulsive. Blâmez ma gueule de bois.

Personne ne l'a jamais fait, mais quelqu'un devrait sans doute commencer ce matin. La nuit dernière a été un désastre.

Je m'extirpe aussi discrètement que possible du bas du lit superposé et m'éloigne sur la pointe des pieds jusqu'à l'escalier. Mon cœur bat si fort que je me demande si mes palpitations sont audibles à l'extérieur de mon corps. Je ne redoute rien tant que de réveiller Théo et de devoir le regarder dans les yeux avant que mon cerveau ne se soit suffisamment réchauffé et que mes pensées aient retrouvé un semblant de cohérence.

La deuxième marche en partant du bas craque toujours comme dans une maison hantée ; elle a été persécutée par presque trois décennies d'« enfants » (nous), qui les gravissaient en courant pour les repas et les dévalaient encore plus vite pour aller jouer ou dormir au sous-sol. Je tends la jambe avec précaution pour atteindre la marche suivante, en soupirant d'aise lorsque j'y parviens sans émettre le moindre bruit. Tout le monde n'est pas aussi chanceux : cette marche capricieuse a déjà trahi Théo qui se faufilait tard – ou tôt, selon le point de vue – plus de fois que je ne pourrais les compter.

Arrivée dans la cuisine, je me préoccupe moins d'être discrète et opte plutôt pour la rapidité. Il fait encore nuit ; la maison est tranquille, mais oncle Ricky sera bientôt debout. Ce chalet est un repaire de lève-tôt. Ma fenêtre d'opportunité pour trouver une solution se réduit à toute allure.

Les souvenirs de la nuit dernière déferlent et se succèdent comme un folioscope mortifiant dans mon esprit. Je monte l'escalier menant au deuxième étage, ignorant le gui accroché au-dessus du palier, contourne la rampe dans mes chaussettes à motifs sucre d'orge, traverse le couloir à pas de loup, ouvre la porte menant aux marches du grenier. Au sommet, j'entrouvre celle de Benny.

– Benny, je chuchote dans le noir glacial, Benny, réveille-toi. C'est une urgence.

Un grognement rauque me parvient de l'autre bout de la pièce et je l'avertis :

– Je vais allumer la lumière.

– Non…

– *Si.*

Je me penche pour appuyer sur l'interrupteur, qui illumine la chambre. Alors que nous, les gamins, sommes relégués depuis toujours dans les lits superposés du sous-sol, au mois de décembre, le grenier devient la chambre de Benny. Je crois bien que c'est la meilleure de toutes. Le plafond est mansardé, un petit vitrail projette des taches éclatantes de lumière bleue, rouge, verte et orange sur les murs à l'autre bout de la pièce. Un lit double émerge du fatras organisé des objets de famille, des cartons pleins de décorations pour les diverses fêtes et d'une penderie débordant des vieux vêtements d'hiver de Grand-mère et Grand-père Hollis, qui datent de l'époque où acheter un chalet à Park City ne représentait pas une perspective financière risible pour un principal de collège de Salt Lake. Puisqu'aucune des autres familles n'avait de filles quand j'étais enfant, je me déguisais seule ici, ou parfois avec Benny pour tout public.

Mais là, je n'ai pas besoin d'un public. J'ai besoin d'une oreille bienveillante et d'un conseil froid et raisonnable parce que je suis au bord de la crise de nerfs.

– Benny. *Réveille-toi.*

Il se redresse sur un coude et, de l'autre main, frotte ses yeux ensommeillés. Sa voix au fort accent australien est enrouée :

– Quelle heure est-il ?

Je jette un coup d'œil au téléphone dans ma main moite.

– Cinq heures et demie.

Il me dévisage, ébahi, les yeux écarquillés.

– Quelqu'un est mort ?

– Non.

– Disparu ?

– Non.

– En train de se vider de son sang ?

– Mentalement, oui. (J'entre dans la chambre, me blottis dans une vieille couverture et m'affale sur le fauteuil en face du lit.) À l'aide !

À cinquante-cinq ans, Benny a toujours les mêmes cheveux châtains soyeux qu'il a arborés toute sa vie. Ils lui arrivent en dessous du menton, sont bouclés comme s'ils avaient été permanentés pendant des années avant de décider de rester ainsi. Quand j'étais plus jeune, je l'imaginais machiniste itinérant d'un groupe de rock des années 1980 sur le déclin ou aventurier guidant des touristes riches vers un destin tragique au fin fond du bush australien. La réalité – il est serrurier à Portland – est moins excitante, mais ses nombreux bracelets en turquoise et ses colliers de surfeur laissent au moins la porte ouverte à l'imagination.

À cet instant précis, ses cheveux sont un halo chaotique et bouclé autour de sa tête.

J'ai des liens très forts avec les douze autres habitants de cette maison, mais Benny est spécial. Mes parents et lui sont amis depuis l'université – tous les adultes de cette maison ont étudié ensemble à l'université d'Utah en dehors de Kyle qui est entré dans le groupe en se mariant –, mais Benny a toujours été plus un complice qu'une figure parentale. Il vient de Melbourne, a un excellent caractère et une grande ouverture d'esprit. Benny est le célibataire éternel, le conseiller avisé et la seule personne de ma vie sur laquelle je compte pour m'aider à prendre du recul lorsque je perds le contrôle de mes propres pensées.

Quand j'étais enfant, je réservais toutes mes histoires pour les lui raconter jusqu'au moment où je le retrouverais le week-end du 4-juillet ou pendant les vacances de Noël. Je lui livrais tout en bloc dès que nous étions seuls tous les deux. Benny sait écouter et prodiguer les conseils les plus simples et dépourvus de jugement, sans donner de leçon. J'espère que son esprit avisé me sauvera maintenant.

– D'accord. (Il se racle la gorge, tousse et écarte quelques mèches folles de son visage.) Je t'écoute.

– Bon. Alors. (Malgré ma panique et le compte à rebours, je décide qu'il vaut mieux prendre quelques pincettes.) Théo, Miles, Andrew et moi étions en train de jouer à un jeu de société hier soir au sous-sol.

Il laisse échapper un « hum, hum ».

– Un soir comme tant d'autres.

– On jouait au Cluedo, je précise, en tripotant mes cheveux bruns.

– D'accord.

Benny, comme toujours, est d'une patience d'ange.

– Miles s'est endormi par terre. (Mon jeune frère a dix-sept ans et, comme la plupart des adolescents, il est capable de dormir sur des rochers pointus.) Andrew est parti se coucher dans le hangar à bateaux.

Son « hum hum » ressemble à un ricanement. Benny trouve encore hilarant qu'Andrew Hollis – le frère aîné de Théo – ait fini par taper du poing face à son père et trouvé une manière d'échapper au problème des lits superposés infantilisants : il s'installe dans le hangar à bateaux pendant toute la durée des vacances de Noël. Le hangar à bateaux est un vieux bâtiment exigu et plein de courants d'air situé à environ vingt mètres du chalet principal. Ce qui me tue, c'est que le hangar à bateaux ne se trouve près d'aucun point d'eau. On l'utilise la plupart du temps comme une extension du jardin l'été, il n'est très certainement pas fait pour accueillir des hôtes dans les Rocheuses en plein hiver.

Et j'ai beau détester ne plus voir Andrew Hollis dans la couchette du haut de l'autre côté de la pièce, je ne peux honnêtement pas lui en vouloir.

Parmi les occupants du sous-sol, plus personne n'est réellement un enfant. Tout le monde sait que Théo *(enfer et damnation)* dort n'importe où, mon frère, Miles, idolâtre Théo et le suivrait jusqu'en enfer, et j'accepte tout en bloc parce que ma mère me tuerait à mains nues si j'osais me plaindre de la généreuse hospitalité de la famille Hollis. Mais Andrew, à presque trente ans, en a apparemment eu assez de faire bonne figure. Il a mis la main sur un lit de camp et un sac de couchage avant de quitter le chalet lors de notre première nuit ici.

– Nous avions tous bu quelques verres, dis-je avant de rectifier. Enfin, pas Miles, évidemment. Mais nous autres.

Benny lève un sourcil.

– Du lait de poule. (Je grimace.) Deux verres.

Benny sait-il déjà où je veux en venir ? Je suis une chochotte en matière d'alcool et tout le monde sait que Théo devient chaud comme la braise quand il boit. Même si, pour être honnête, Théo est chaud comme la braise en général.

– Théo et moi sommes montés pour aller chercher de l'eau. (Je m'humecte les lèvres, puis déglutis, la gorge soudain sèche.) Euh… et on s'est dit : « Et si on se promenait dans la neige, bourrés ! », mais à la place… (Je retiens mon souffle, les mots s'étranglent dans ma gorge.) On s'est embrassés dans le vestibule.

Benny se fige et pose ses yeux noisette soudain grands ouverts sur moi.

– On parle d'Andrew, n'est-ce pas ? Andrew et toi ?

Et voilà. Avec cette question subtile, Benny tape dans le mille.

– Non, je finis par répondre. Pas Andrew. Théo.

C'est officiel : je suis une catin.

Avec le recul de la sobriété et de la clarté brutale du lendemain matin, la bousculade frénétique et brève d'hier soir ressemble à un brouillard. Ai-je commencé ? Théo a-t-il commencé ? Une chose est sûre, tout a été extrêmement maladroit. Pas du tout séduisant : des dents qui s'entrechoquent, quelques gémissements fiévreux, des baisers. Il m'a peloté la poitrine et on aurait davantage dit un examen médical qu'une étreinte passionnée. C'est alors que je l'ai repoussé et qu'après des excuses gênées, je me suis échappée par-dessous son bras et j'ai couru au sous-sol.

J'aimerais m'étouffer avec l'oreiller de Benny. Voilà ce que je gagne à avoir finalement accepté un lait de poule très chargé de la part de Ricky Hollis.

– Attends une minute.

Benny se penche pour récupérer son sac à dos par terre, à côté du lit. Il en sort une pipe à marihuana toute fine.

– Sérieusement, Benedict ? Il ne fait même pas encore jour.

– Tout doux, *Maediction.* Tu viens de me raconter que tu as roulé des pelles à Théo Hollis hier soir. Tu ne peux pas me blâmer de fumer une taffe avant d'écouter le reste de l'histoire.

En effet. Je soupire, ferme les yeux et oriente mon visage en direction du plafond, suppliant silencieusement l'univers de faire table rase de la nuit dernière. Malheureusement, quand je les rouvre, je suis toujours dans le grenier avec Benny – qui tire profondément sur sa pipe de marihuana avant l'aube – et un seau de regrets dans le ventre.

Benny exhale des volutes odorantes, puis range la pipe dans son sac.

– OK, reprend-il en plissant les yeux. Théo et toi.

J'écarte ma frange de mon visage.

– Je t'en supplie, ne dis pas une chose pareille.

Il hausse les sourcils pour me faire signe de continuer.

– Tu sais que ta mère et Lisa plaisantent là-dessus depuis des années… n'est-ce pas ?

– Ouais. Je sais.

– Enfin, je sais que tu aimes faire plaisir aux autres, dit-il en m'examinant. Mais sur ce coup-là, tu t'es surpassée.

– Je ne l'ai pas fait pour faire plaisir à qui que ce soit ! (Je m'arrête et considère cette possibilité.) Je ne crois pas.

C'est une plaisanterie de longue date. Depuis notre enfance, nos parents espèrent que Théo et moi terminions un jour ensemble. Alors, nous formerions officiellement une seule famille. Et je suppose que c'est logique sur le papier. Nous sommes nés à deux semaines d'écart. Nous avons été baptisés le même jour. Nous avons dormi ensemble en bas du lit superposé jusqu'à ce que Théo soit suffisamment grand pour que personne n'ait peur qu'il tombe pendant la nuit. Il m'a coupé les cheveux avec des ciseaux de cuisine quand nous avions quatre ans. Je lui ai couvert le visage et le corps de pansements chaque fois qu'on nous laissait seuls jusqu'à ce que nos parents pensent à les cacher. Pour pouvoir sortir de table, je mangeais ses haricots verts et lui mes carottes cuites.

Mais c'étaient des trucs d'enfants et nous ne sommes plus des enfants. Théo est un chic type et je l'adore parce que nous faisons presque partie de la même famille et que j'y suis presque obligée. Mais nous sommes devenus des personnes si différentes que j'ai parfois l'impression que nous n'avons plus rien en commun depuis dix ans.

Plus important encore (lisez : pathétiquement), Théo ne m'a jamais plu parce que j'ai toujours été follement et secrètement amoureuse de son grand frère. Andrew est gentil, chaleureux, superbe et hilarant. Il est joueur, dragueur, créatif et affectueux. Il a aussi beaucoup de principes, il est réservé, et je suis presque sûre que rien ne lui déplairait davantage qu'une fille ait embrassé son coureur de jupons de frère sous l'influence d'un lait de poule.

Benny, la seule autre personne de la maison qui connaisse mes sentiments pour Andrew, m'observe désormais impatiemment.

– Alors, que s'est-il passé ?

– On était bourrés. On est arrivés dans le vestibule, tous les trois : moi, Théo et sa langue. (Je me mords le pouce.) Dis-moi ce que tu penses.

– J'essaie de comprendre comment c'est arrivé. Ça ne te ressemble pas du tout, Andouille.

Je suis sur le point d'adopter une attitude défensive que ma haine de moi éclipse instantanément.

Benny est mon Jiminy Cricket et il a raison : ça ne me ressemble pas.

– C'était peut-être un coup de mon subconscient. Il faudrait en fait que je mette un point final à mon stupide amour platonique pour Andrew.

– En es-tu sûre ? demande doucement Benny.

Nan.

– … oui ?

J'ai vingt-six ans. Andrew en a vingt-neuf. Même moi, je suis forcée d'admettre que si quelque chose devait se passer entre nous, ce serait déjà arrivé depuis longtemps.

– Donc tu t'es dit, pourquoi pas Théo ? m'interroge Benny, en lisant dans mes pensées.

– Ce n'était pas délibéré, d'accord ? Même s'il n'est pas désagréable à regarder.

– Mais est-ce qu'il t'attire ? (Benny gratte son menton mal rasé.) C'est une question importante.

– Il plaît à beaucoup de filles, non ?

Il rit.

– Ce n'est pas ce que je te demande.

– Je suppose que ça a dû être le cas hier soir, non ?

– Et ? s'enquit-il en grimaçant, comme s'il n'était pas sûr de vouloir savoir.

– Et…

Je fronce le nez.

– Ton expression me dit que c'est terrible.

Je soupire et me dégonfle.

– Tellement nul. (Je marque une pause.) Il m'a léché le visage. Genre, tout mon visage. (Le rictus de Benny s'accentue et je le montre du doigt.) Tu dois me jurer le secret.

Il lève une main.

– À qui en parlerais-je ? À ses parents ? *Aux tiens ?*

– Ai-je tout gâché ?

Benny m'adresse un sourire amusé.

– Tu n'es pas la première personne de l'histoire de l'humanité à avoir embrassé quelqu'un sous l'emprise de l'alcool. Mais l'alcool était peut-être seulement un catalyseur. D'une manière ou d'une autre, l'univers t'enjoint de passer à autre chose en ce qui concerne Andrew.

J'éclate de rire parce que cela semble vraiment impossible. Comment oublier un homme doté d'un si bon cœur et d'un si beau cul ? Ce n'est pas comme si je n'avais pas essayé de tourner la page pendant… euh… ces treize dernières années.

– Tu sais comment ?

– Non, Andouille.

– Dois-je faire comme si rien ne s'était passé ? Dois-je en parler avec Théo ?

– Je te conseille de ne pas prétendre que rien ne s'est passé, dit Benny.

Même si j'espérais obtenir la permission de faire l'autruche, je sais qu'il a raison. Éviter la confrontation est le pire vice de la famille Jones. Mes parents pourraient probablement compter sur les doigts d'une main le nombre de fois où nous avons discuté de leurs sentiments l'un pour l'autre avec maturité. L'avocat de leur divorce ne me contredirait sûrement pas.

– Va le réveiller avant que le jour se lève. Crève l'abcès.

Il jette un coup d'œil au ciel qui s'illumine à travers la fenêtre à contrecœur, puis me regarde. Je dois avoir une expression paniquée car il pose une main apaisante sur la mienne.

– Je sais que ta nature est de calmer les choses en évitant la confrontation, mais c'est notre dernier jour ici. Tu n'as pas envie de partir en laissant un malaise entre vous. Imagine revenir à Noël prochain dans cet état d'esprit.

– Tu es le serrurier le plus intuitif émotionnellement que je connaisse, tu sais.

Il glousse.

– Tu détournes la conversation.

J'acquiesce, en prenant mes genoux entre mes mains et en fixant le vieux plancher.

– Hum ?

Cette onomatopée me dit qu'il sait exactement ce que je suis sur le point de dire.

– Est-ce que je le dis à Andrew ?

Il réplique du tac au tac :

– Pourquoi Andrew devrait-il le savoir ?

Je cille plusieurs fois et lis la sympathie sur son visage. Oh là là. Il a raison, Andrew n'a pas besoin de le savoir, parce que, de toute manière, il s'en ficherait.

CHAPITRE 2

Je prie pour que tout le monde dorme encore quand je me faufile hors de la chambre de Benny et, a priori, tout est silencieux et immobile dans la maison. Mon plan : réveiller Théo, lui demander de venir discuter dans la cuisine – non, pas dans la cuisine, trop près du vestibule – avant que les autres ne se réveillent. Crever l'abcès. Nous assurer que nous savons tous les deux que ç'a été un faux pas, rien qui mérite d'être mal à l'aise. Tout est de la faute du lait de poule ! Définitivement pas une information intéressante pour quiconque de notre entourage.

Un baiser bâclé et un bref pelotage de nichons devraient-ils déclencher chez moi une telle paranoïa ? Absolument pas. Mais Théo fait partie de la famille et ce genre de situation peut vite dégénérer. Autant ne pas être celle qui altérera la dynamique confortable de notre famille d'élection.

Quand je repense aux centaines d'autres matins passés ici, je suis en général la première dans la cuisine. Je triche tranquillement au Solitaire tandis que Ricky, le père d'Andrew et de Théo, grignote des biscuits et boit son café avec un air de zombie revenant lentement à la vie. *Maelyn Jones, toi et moi, nous nous ressemblons comme deux gouttes d'eau,* dit-il une fois, qu'il a retrouvé l'usage de la parole. *Nous nous levons tous les deux avec le soleil.* Mais ce matin, Ricky n'est pas encore là. À sa place, je trouve Théo, assis devant un bol géant de Lucky Charms.

Le voir avec les cheveux courts me désoriente encore. Aussi loin que je m'en souvienne, Théo a toujours eu de longs cheveux noirs bouclés, dans le style surfeur, qu'il attachait parfois en queue-de-cheval, mais les voilà disparus, coupés seulement quelques jours avant notre arrivée au chalet. Maintenant, je me tiens sur le seuil, encerclée par des guirlandes métallisées et du papier crépon de Noël que les jumeaux et Andrew ont accrochés hier matin. Je fixe les cheveux courts de Théo : on dirait un inconnu.

Je sais qu'il sait que je suis là, mais il ne me prête aucune attention. Il feint d'être fasciné par les informations nutritionnelles du paquet de céréales en face de lui. Un peu de lait coule sur son menton, il l'essuie du dos de sa main.

J'ai la boule au ventre.

– Salut, dis-je en pliant un torchon égaré.

Il ne lève pas les yeux.

– Salut.

– Tu as bien dormi ?

– Ouais.

Au moment où je croise les bras, je me souviens que je ne porte pas de soutien-gorge sous mon pyjama. Le sol en linoléum est glacial sous mes pieds nus.

– Tu t'es réveillé tôt.

Il hausse ses épaules musclées.

– Ouais.

Je cligne des yeux et me rends soudain compte de ce qui se trame. C'est clair comme de l'eau de roche. Je ne me trouve pas face à Théo, mon Ami de Toujours. Il s'agit du Théo du Lendemain. C'est le Théo que la plupart des filles connaissent. Mon unique erreur a été de supposer que je ne suis pas *la plupart des filles*.

Je saisis la cafetière, change le filtre et le remplis de café corsé, avant d'appuyer sur le bouton. Le vertige du café prend momentanément toute la place dans mon esprit et me distrait de ma colère pendant un bref instant.

Je jette un coup d'œil au calendrier de l'Avent vide sur le plan de travail – non pas parce qu'hier c'était le jour de Noël mais parce qu'Andrew adore le chocolat et l'a fini il y a cinq jours. Leur mère, Lisa, a préparé des cookies le premier jour des vacances, mais qui sont restés à peu près intouchés parce que personne n'est prêt à risquer de se casser une dent après avoir vu mon père fendre l'une des siennes.

Je connais toute la vaisselle de cette cuisine, je connais personnellement chaque manique, torchon et set de table. Cet endroit est plus précieux pour moi que la maison de mon enfance, et je ne veux pas le ternir à cause d'une décision stupide et dégoulinante de lait de poule.

Je prends une grande inspiration et repense aux raisons pour lesquelles nous venons ici : pour passer du temps de qualité avec notre famille de cœur. Pour célébrer la convivialité. On se rend parfois fous, mais j'adore ce chalet ; je suis impatiente de venir tous les ans.

Théo fait tomber sa cuillère sur la table, me ramenant brusquement à l'instant présent et à ses tensions. Il secoue le paquet de céréales au-dessus de son bol pour se resservir.

J'essaie de nouer le dialogue :

– Tu as faim ?

Il grogne :

– Ouais.

Je lui accorde le bénéfice du doute. Il est peut-être gêné. Dieu sait que je le suis. Je devrais peut-être m'excuser, m'assurer que nous sommes sur la même longueur d'onde.

– Écoute, Théo. Au sujet d'hier soir…

Il ricane en engloutissant une cuillerée de céréales.

– Il ne s'est rien passé hier soir, Mae. J'aurais dû me douter que tu allais en faire tout un plat.

Je bats des paupières. Tout un plat ?

J'imagine saisir le premier objet à ma portée et le lui lancer à la figure.

– Putain, qu'est-ce que tu…

Des pas interrompent ma tirade et empêchent Théo d'être assommé par un dessous-de-plat en fer forgé.

Ricky entre dans la cuisine, laissant échapper un « Bonjour » rauque.

Il prend une tasse et j'attrape la cafetière pour le servir quand il me tend le récipient, le regard rempli d'espoir. Nous faisons le tour de la table : notre petit rituel familier. Mais Ricky chancelle, hésite, parce que Théo s'est assis à sa place. Il tire une autre chaise et s'installe avec un grognement de soulagement, humant son café.

J'attends que Ricky le dise. Attendez. *Maelyn Jones, toi et moi, nous nous ressemblons comme deux gouttes d'eau.* Mais les mots ne viennent pas. Théo a créé une bulle de silence froid dans cet espace habituellement chaleureux, et une vague de panique me submerge. Ricky est le Roi de la Tradition et je suis indéniablement l'héritière désignée de son trône. Il s'agit du seul endroit au monde où je ne me suis jamais demandé ce que je faisais ou qui j'étais, mais hier, Théo et moi sommes sortis des sentiers battus et, maintenant, tout est bizarre.

Je le fusille du regard, mais il garde la tête baissée. Il gobe ses Lucky Charms comme un étudiant de fraternité qui aurait la gueule de bois.

Théo est un connard.

Je suis soudain furieuse. Comment peut-il ne pas avoir la décence de me regarder ce matin ? Plusieurs baisers alcoolisés ne devraient rien signifier pour Théo Hollis, c'est une rayure de rien du tout, facile à polir. Mais on dirait au contraire qu'il en fait délibérément un sillon.

Ricky se tourne lentement vers moi et je remarque son expression interrogatrice. Théo a peut-être raison. J'ai peut-être pris ça trop au sérieux. Avec effort, je cligne des yeux et me lève de la table.

– Je crois que je vais boire mon café dehors pour profiter de notre dernière matinée.

Voilà. Si Théo a un cerveau – ce dont on pourrait débattre –, il saisira l'allusion et me suivra pour discuter.

Mais une fois assise sur la balancelle du porche, recroquevillée dans un manteau, armée de chaussettes épaisses, de bottes et d'une couverture, j'ai aussi froid à l'extérieur qu'à l'intérieur. Je n'ai aucune envie d'ébranler les fondations de cet endroit spécial, ce qui explique que je n'ai jamais été tentée par les sous-entendus de Théo ou avoué à quiconque (en dehors de Benny) que j'éprouve de réels sentiments pour Andrew. L'amitié solide de nos parents est bien plus vieille que nous tous.

Lisa et ma mère partageaient une chambre à l'université. Mon père, Aaron, Ricky et Benny vivaient tous ensemble dans un bouge hors du campus ; ils avaient donné au vieil appartement victorien le surnom incroyablement original de

Maison Internationale de la Bière, et d'après les photos que j'en ai vues, il était digne de l'*American College.* À la fin de ses études, Aaron a emménagé à Manhattan où il a rencontré et épousé Kyle Liang, avant d'adopter des jumeaux. Ricky et Lisa sont restés en Utah, Benny a arpenté la côte Ouest avant de s'installer à Portland. Mes parents ont pris racine en Californie, où je suis née, puis Miles – le Bébé Surprise – quand j'avais neuf ans. Ils ont divorcé il y a trois ans et ma mère, remariée, est heureuse en ménage. Mon père… pas exactement.

Aaron répète souvent que ces amitiés lui ont sauvé la vie quand sa mère et son frère sont morts dans un accident de la route alors qu'il entrait à la fac. Le groupe l'a entouré pour fêter Noël avec lui. En dépit de tous les hauts et les bas de la vie, la tradition est restée : tous les 20 décembre, nous nous adonnons au programme très spécifique et détaillé de Noël inventé par Ricky. Nous n'avons pas raté une seule célébration depuis ma naissance, même au moment du divorce de mes parents. Les fêtes de cette année-là n'ont pas été agréables – *tendues* serait un euphémisme –, mais curieusement, passer du temps avec notre famille de cœur a aidé à adoucir la dislocation de notre famille de sang.

Ces vacances sont toujours entourées d'un cercle rouge vif sur mon calendrier. Ce chalet est mon oasis non seulement parce qu'Andrew Hollis est là mais aussi parce que c'est le parfait chalet de montagne, la parfaite dose de neige, les gens parfaits et le niveau de confort parfait. Le Noël parfait, et je me refuse à y changer quoi que ce soit.

Donc, ai-je tout détruit ?

Je me penche en avant et entoure mes genoux de mes bras. *Je suis une catastrophe.*

– Tu n'es pas une catastrophe.

Je sursaute en voyant Andrew devant moi, un grand sourire aux lèvres, une tasse de café fumante à la main. À la vue de son visage dans l'éclatante lumière du matin – ses yeux verts malicieux, une ombre de barbe et des traces d'oreiller sur sa joue gauche –, mon corps réagit comme on pouvait s'y attendre : mon cœur saute d'une falaise et mon estomac plonge dans une fosse brûlante, tout en bas de mon ventre. Il est à la fois exactement celui que je voulais voir maintenant et la dernière personne à qui je voudrais raconter ce qui me turlupine.

Je tente de me rappeler à quoi ressemblent mes cheveux et remonte la couverture sur mon menton. Pourquoi diable n'ai-je pas enfilé de soutien-gorge ?

– J'ai parlé à haute voix ?

– Tout à fait.

Il sourit et, Seigneur, je m'étonne que le soleil ne sorte pas de derrière les nuages. Ses fossettes sont si profondes que tous mes espoirs et mes rêves pourraient s'y perdre. Je jure que ses dents étincellent. Une mèche de cheveux d'un brun parfait retombe à point nommé sur son front. Non mais sans blague !

Et, bon sang, j'ai embrassé son frère. La culpabilité et les regrets se mélangent amèrement au fond de ma gorge.

– Ai-je révélé mon plan pour renverser le gouvernement et installer Beyoncé à sa juste place en tant que chef intrépide de la nation ?

– J'ai dû arriver juste après. (Andrew me dévisage, amusé.) Je t'ai juste entendue dire que tu étais une catastrophe.

Il y a quelque chose dans son expression, un air joueur, que je n'arrive pas à déchiffrer. La peur me donne un coup dans le plexus solaire.

Je désigne son visage.

– Qu'est-ce qui t'arrive ?

– Oh, rien.

Il s'assoit à côté de moi, passe son bras autour de mes épaules et m'embrasse sur le front. Cette marque d'affection me distrait suffisamment pour dissoudre mon effroi. Je dois m'efforcer de ne pas le retenir lorsqu'il s'écarte. Recevoir un long câlin de la part d'Andrew Hollis serait l'équivalent émotionnel de celui d'engloutir un grand verre d'eau un jour de canicule. Je sais que je ne le mérite pas – aucune mortelle ne le mérite –, mais ça ne m'a jamais empêchée de le désirer.

Une pellicule de malaise retombe sur moi lorsqu'il prononce mon prénom dans mes cheveux. Je lance :

– Tu es terriblement joyeux ce matin.

– Et *pas toi*, remarque-t-il en scrutant mon expression. (Le casque autour de son cou se décale un peu, il n'a pas pris la peine de couper sa musique. Les notes de « She Sells Sanctuary » de The Cult me parviennent.) Que t'arrive-t-il, Maisie ?

C'est ce qui se passe chaque fois que nous sommes ensemble : nous retrouvons nos vieux personnages, Mandrew et Maisie. Nous nous mettons à parler d'une voix chevrotante et aiguë – pour rire, nous faire des confidences, nous taquiner –, mais je suis trop flippée pour l'imiter.

– Rien. (Je hausse les épaules.) Je n'ai pas bien dormi.

Le mensonge n'a pas bon goût dans ma bouche.

– Nuit difficile ?

– Euh… (Mes organes internes s'entrechoquent.) Plus ou moins ?

– Donc mon frère et toi, hein ?

Un incendie se déclenche dans mon cerveau. Des cendres de cervelle volètent jusqu'à la neige.

– Oh, Seigneur.

Andrew hausse les épaules, puis éclate de rire.

– Petits chenapans ! En train de faire des bêtises !

– Andrew… ce n'est rien… je ne…

– Non, non. Pas de problème. Enfin, personne ne sera surpris, n'est-ce pas ? (Il s'écarte pour me regarder dans les yeux.) Hé, détends-toi, vous êtes tous les deux des adultes.

Je grogne et plonge mon visage entre mes bras. Il ne comprend pas, et pire encore… il *s'en fiche*.

Il me parle sur un ton plus doux, comme pour s'excuser.

– Je n'avais pas réalisé que tu étais aussi flippée. Je t'embêtais. Enfin, pour être honnête, je me suis toujours dit que ce n'était qu'une question de temps pour que Théo et toi…

– Andrew, non.

J'observe les alentours, maintenant désespérée. Une trappe de secours serait une excellente découverte à cet instant. Mais à la place, un éclat argenté m'attire l'œil – la manche de l'horrible pull de Noël d'Andrew qui émerge de la poubelle. Miso, le corgi des Hollis, en a pris possession la veille de Noël et Lisa a dû décider qu'il n'était pas possible de le réparer. Ça ne me dérangerait pas de le rejoindre dans la poubelle moi non plus.

– Ce n'est pas comme ça entre nous.

– Hé. C'est bon, Maisie.

Je sens que ma panique le surprend, et il pose une main rassurante sur mon bras, interprétant mal mon craquage.

– Je ne le dirai à personne.

La mortification et la culpabilité me prennent à la gorge.

– Je… je n'arrive pas à croire qu'il t'en ait parlé.

– Il ne m'a rien dit. Je suis revenu au chalet hier soir parce que j'avais oublié mon téléphone dans la cuisine et je vous ai vus.

Andrew nous a *vus* ? Par pitié, faites-moi mourir sur-le-champ.

– Allons, ne fais pas tout un plat de quelques baisers. Tu parles au type dont la mère déplace le gui tous les jours dans toute la maison. La moitié de ce groupe s'est déjà embrassée. (Il me frotte les cheveux et, si c'était possible, mon humiliation s'amplifie.) Mon père m'a demandé de venir te chercher pour le petit déjeuner. (Il me donne un petit coup sur l'épaule comme un bon copain le ferait.) Je voulais juste t'embêter un peu.

Avec un clin d'œil, Andrew se tourne et entre dans la maison. Je me retrouve seule, à tenter désespérément de reprendre le contrôle sur mon esprit.

***

À l'intérieur, les comptines de Noël continuent à résonner dans le chalet. Le salon est envahi par les vestiges de Noël : une pile de cartons déchirés, des sacs-poubelle remplis de papier-cadeau et les boîtes remplies de rubans soigneusement pliés pour être réutilisés l'année prochaine. Les valises sont alignées près de la porte d'entrée. Tandis que je piquais une crise sur le porche, la cuisine s'est remplie et j'ai apparemment raté un moment intensément comique lorsque mon père et Aaron se sont retrouvés sur le seuil, sous la branche de gui itinérante de Lisa, censés se faire la bise donc…

Le petit déjeuner est en pleine préparation : ma mère a ajouté les restes de jambon aux œufs et aux pommes de terre, avant de mélanger le contenu du réfrigérateur pour en faire un ragoût. Lisa a sorti des *sigtebrød* danois du cellier et Ricky empile les pancakes et le bacon dans des plats. Nous sommes apathiques, encore alourdis par les calories ingérées ces deux derniers jours, mais je sais que la raison de la morosité ambiante est ailleurs : c'est notre dernier matin ensemble. Je ne suis pas la seule, dans cette pièce, à redouter le retour à la routine.

Dans quelques heures, ma mère, mon père, Miles et moi chargerons la voiture et partirons à l'aéroport. Nous prendrons l'avion pour Oakland ensemble, puis nous nous séparerons à l'arrivée. Le nouveau mari de ma mère, Victor, sera de retour de son voyage annuel avec ses deux grandes filles et il y aura des fleurs et des baisers pour ma mère. Mon père rentrera seul dans son appartement à côté de l'université de San Francisco. Nous ne le reverrons probablement pas pendant des semaines.

Et lundi, je retrouverai le job que je n'ai pas le courage de quitter. La vie que je *voudrais* apprécier. Mais ce n'est pas le cas. Le timing est parfait : à cet instant précis, mon téléphone carillonne pour me rappeler d'envoyer une feuille de calcul de profits et pertes à ma boss d'ici demain matin. Je n'ai pas ouvert mon ordinateur une seule fois depuis notre arrivée. Je suppose que c'est ce que je ferai sur la route de l'aéroport. Toutes les cellules de mon corps soupirent tristement à cette pensée.

Nous nous installons autour des plats fumants.

Les téléphones sont censés être interdits pendant les repas, mais Miles et ses grands yeux noisette parviennent toujours à s'en tirer en toute impunité.

Personne n'a envie d'entrer dans une querelle avec Théo qui est plongé dans Instagram, likant des photos de top-modèles, de voitures et de golden retrievers. Il m'évite toujours du regard et ne m'adresse pas la parole. Comme si je n'existais plus pour lui.

Je sens le regard délicat et perspicace de Benny se poser sur moi et je le croise brièvement. J'espère qu'il déchiffre la publicité aérienne qui s'affiche sur mon visage : andrew nous a vus Théo et moi nous rouler des pelles et j'apprécierais vraiment de disparaître dans un trou de souris maintenant.

Kyle chantonne en se servant une tasse de café. Un saint de la gueule de bois doit souffrir pour ses péchés quelque part parce que, même après la cocktail party d'hier soir, Kyle semble prêt à débarquer sur une scène de Broadway et à danser jusqu'à la semaine prochaine. En revanche, son mari, Aaron, n'a pas bu une goutte d'alcool mais a le regard hagard : il traverse actuellement une crise de la cinquantaine.

Tout a apparemment commencé lorsque l'un de leurs amis a remarqué que les cheveux d'Aaron étaient presque entièrement gris, mais qu'il *était beau pour un mec de son âge.* Kyle jure que ce commentaire est né de la meilleure des intentions, mais Aaron n'en a cure : ses cheveux sont maintenant teints d'un noir si profond qu'on dirait qu'il y a un trou dans toutes les pièces où il se trouve. Il a passé la majeure partie de ce séjour à faire du sport comme un fou et à se renfrogner chaque fois qu'il croisait son reflet dans un miroir. Aaron n'a pas la gueule de bois ; il soulève sa tasse avec difficulté à cause de toutes les pompes qu'il a faites hier soir.

Maintenant, Kyle se tourne et examine la pièce.

– Pourquoi l'ambiance est-elle aussi bizarre ? s'exclame-t-il en s'asseyant à sa place habituelle.

– Eh bien, j'ai une petite idée, dit Andrew en adressant un large sourire à son frère.

Je manque m'étouffer avec mon café. Benny lui tord l'oreille.

Finalement, les yeux de Théo se posent sur moi avant de s'éloigner d'un air coupable.

Eh ouais, crétin, je suis là.

Ricky s'éclaircit la gorge avant de prendre la main de Lisa. Seigneur. Sont-ils au courant, eux aussi ? Si Lisa le dit à mes parents, ma mère commencera à chercher le nom de ses petits-enfants avant même que nous ayons démarré la moindre relation.

– C'est peut-être de notre faute, articule lentement Ricky. Lisa et moi avons une nouvelle.

Le frémissement nerveux de sa voix m'affole soudain, donnant une direction complètement différente à mes pensées. Le mélanome de Lisa est-il de retour ?

Soudain, des baisers malintentionnés dans le vestibule semblent insignifiants.

Ricky prend le plat de bacon et le fait passer. Lisa l'imite avec le ragoût. Mais personne ne se sert. Nous nous contentons tous de passer le plat à notre voisin, d'un air absent, incapables de nous décider à manger avant de savoir à quel niveau de dévastation nous devons nous attendre.

– Pas de souci à se faire pour le travail, nous rassure Ricky en nous dévisageant tour à tour. Et personne n'est malade. Donc ce n'est pas ça, ne vous inquiétez pas.

Nous poussons un soupir à l'unisson, mais mon père pose la main sur celle de ma mère, par instinct. Je comprends soudain. Il n'y a qu'une seule chose que nous valorisons autant que la santé.

– Mais le chalet… voyez-vous, n'est plus tout jeune, continue Ricky. Il est vieux et nécessite une nouvelle réparation tous les mois.

Un tourbillon brûlant se forme dans ma poitrine.

– Nous voulions vous dire que nous espérons continuer à passer Noël tous ensemble, comme nous l'avons fait ces trente dernières années.

Il saisit le plat de bacon resté intact quand il lui revient et le repose délicatement. Nous restons tous silencieux, même les jumeaux de cinq ans d'Aaron et Kyle – Kennedy les jambes contre sa poitrine, un pansement de Bisounours sur son genou égratigné, et Zachary saisissant le bras de sa sœur –, redoutant la nouvelle qu'on s'apprête à nous annoncer :

– Mais nous allons devoir inventer autre chose. Lisa et moi avons décidé de vendre le chalet.

CHAPITRE 3

Imaginez la musique la plus déprimante possible en fond sonore. En réalité, je préférerais ça plutôt que le silence morbide qui règne dans la voiture de location tandis que ma mère, mon père, Miles et moi sillonnons le chemin de gravier enneigé menant à la route principale.

Ma mère pleure sur le siège passager. Les mains de mon père frétillent sur le volant comme s'il ne savait pas où les mettre. Je crois qu'il aimerait la réconforter, mais on dirait qu'il a lui aussi besoin d'être rassuré. Si le chalet est aussi important pour moi, ce n'est rien en comparaison des souvenirs qu'ils doivent avoir de leur côté. Ils y ont séjourné jeunes mariés, ils nous ont emmenés ici, Miles et moi, quand nous étions bébés…

– Maman. (Je me penche pour poser la main sur son épaule.) Ça va aller. On verra quand même tout le monde l'année prochaine.

Ses sanglots discrets se transforment en gémissements et les doigts de mon père se crispent sur le volant. Ils ont divorcé après un mariage de presque un quart de siècle ; le chalet est le seul endroit où ils s'entendent encore. C'est le seul endroit où tout le monde passe de bons moments, quand on y pense. Lisa est l'amie la plus proche de ma mère ; Ricky, Aaron et Benny sont les seuls amis de mon père en dehors de l'hôpital. Mon père était prêt à perdre la maison, la garde de Miles et une partie de ses revenus tous les mois, mais il ne pouvait accepter d'abandonner le Noël au chalet. Ma mère a aussi campé sur ses positions. Les filles de Victor étaient ravies de conserver leur moment privilégié avec leur père, et ainsi, nous sommes parvenus à maintenir une paix fragile. Cela durera-t-il si nous nous retrouvons dans un nouvel endroit, sans le moindre souvenir heureux ou le moindre ancrage nostalgique ?

Je jette un coup d'œil à mon frère. Que ressent-on lorsqu'on flotte dans la vie avec autant de légèreté heureuse ? Il a ses écouteurs et il secoue la tête d'un air guilleret et optimiste.

– Je n'ai pas envie de perdre Lisa de vue, hoquète ma mère en plongeant la main dans son sac pour en sortir un mouchoir. Elle était tellement dévastée, tu as vu, Dan ?

– Je… eh bien, oui. Mais elle était probablement soulagée d'avoir pris la décision qui s'imposait, nuance-t-il.

– Non, non. C'est horrible. (Ma mère se mouche.) Oh, ma pauvre amie.

Je me penche et pince l'oreille de Miles.

Il s'écarte de moi.

– Qu'est-ce que tu fiches ?

J'incline la tête vers notre mère avec l'air de dire : *Soutiens-la un peu, espèce d'imbécile.*

– Maman, ne t'inquiète pas.

Il lui tapote l'épaule sans baisser sa musique. Il lève à peine les yeux de son téléphone pour m'adresser une expression signifiant *tu es contente maintenant ?*

Je me tourne vers la fenêtre et laisse échapper un soupir en m'efforçant de rester discrète.

Avant notre départ, Lisa a pris ce qui sera sans doute notre dernière photo de groupe sur le porche – en parvenant à couper une partie des cheveux de la première rangée de têtes. Et puis, il y a eu des larmes et des embrassades, des promesses que rien ne changerait. Mais nous savons tous que c'est un mensonge. Même si nous nous sommes juré de passer nos vacances ensemble, où irons-nous ? Dans l'appartement de deux chambres de Kyle et Aaron à Manhattan ? Chez Andrew à Denver ? Dans la maison de Victor et de ma mère, là où j'ai grandi ? Gênant ! Nous serrerons-nous tous dans la caravane de Benny à Portland ?

J'ai le cerveau en lambeaux et suis à deux doigts de la crise d'hystérie.

Donc on louera une maison quelque part et on arrivera tous avec nos valises, sourires aux lèvres, mais tout sera différent. Il n'y aura pas assez de neige, le jardin ne sera pas assez grand ou il n'y aura même pas de jardin. Décorerons-nous le sapin ? Ferons-nous de la luge ? Dormirons-nous tous dans la même maison ? J'ai toujours imaginé que mon enfance se terminerait en douceur, pas avec ce sprint en direction d'un mur de briques affichant *fin d'une époque* en lettres clignotantes.

Ma mère soupire et se tourne vers nous, interrompant ma descente aux enfers. Elle pose une main affectueuse sur la jambe de Miles.

– Merci, mon chéri.

Et puis sur la mienne. Ses ongles sont peints en fuchsia ; son alliance scintille dans la lumière du matin.

– Mae, je suis désolée. Ça va. Ne vous en faites pas pour moi.

Je sais qu'elle essaie de prendre davantage conscience de la quantité de bagage émotionnel que je tends à prendre sur moi, mais sa fragilité me serre le cœur.

– Je sais, maman, mais tu as le droit d'être triste.

– Je sais que tu es triste, toi aussi.

– Moi aussi je suis triste, au cas où vous posiez la question, marmonne mon père.

Le silence qui suit cette déclaration est de la taille d'un cratère sur la lune.

Des larmes roulent sur les joues de ma mère.

– Nous y avons passé tellement d'années.

Mon père répète, sans conviction :

– Tellement d'années.

– Et penser que nous ne reviendrons jamais. (Ma mère pose une main sur sa poitrine et me jette un coup d'œil.) C'est la vie. (Elle me prend la main : j'ai l'impression que je trahis mon père en la laissant faire et de trahir ma mère si je l'éloigne. Donc je ne bouge pas, mais croise brièvement le regard de mon père dans le rétroviseur.) Mae, je te vois cogiter et je veux que tu saches que tu n'as pas à t'assurer du bonheur des autres l'année prochaine ou que la transition se passera bien. Ce n'est pas ta responsabilité.

Je sais qu'elle le croit, mais c'est plus facile à dire qu'à faire. J'ai passé toute mon existence à tenter de préserver la paix partout où j'allais.

Je serre sa main, puis la lâche pour qu'elle puisse se retourner.

– La vie est belle, se rassure ma mère à haute voix. Victor va bien, ses filles sont grandes, elles ont leurs propres enfants. Regardez nos amis. (Elle étend les mains.) Épanouis. Mes deux enfants – épanouis.

Est-ce la vérité ? Suis-je *épanouie* ? Bon sang, l'amour d'une mère est vraiment aveugle.

– Et tu vas bien, n'est-ce pas, Dan ?

Mon père hausse les épaules, mais elle ne le regarde pas.

À côté de moi, Miles hoche la tête en rythme avec la musique.

– Il est peut-être temps d'essayer de nouvelles choses, déclare prudemment mon père. (Je croise à nouveau son regard dans le rétroviseur.) Le changement a du bon.

Pardon ? Le changement n'est jamais une bonne chose. Le changement, c'est mon père qui change de spécialité quand j'avais cinq ans et qui ne rentre plus jamais à la maison durant la journée. Le changement, c'est ma meilleure amie qui déménage à l'autre bout du pays en CM2. Le changement, c'est une coupe pixie absolument terrible en terminale. Le changement, c'est déménager à L.A., réaliser que je ne peux pas me le permettre et devoir rentrer chez ma mère. Le changement, c'est embrasser l'un de mes plus vieux amis en état d'ivresse.

– C'est une question de point de vue, n'est-ce pas ? dit-il. Oui, Noël sera peut-être différent, mais l'essentiel demeure identique.

L'essentiel, c'est le chalet, je pense, avant de prendre une grande inspiration.

Point de vue. Ouais. Nous sommes en bonne santé. Nous sommes tous en vie. Nous sommes à l'aise financièrement. Il faut relativiser.

Mais ma capacité à prendre du recul est fuyante et me glisse soudain entre les doigts. Le chalet ! Il est en vente ! J'ai roulé une pelle à Théo, mais je suis amoureuse d'Andrew ! Je déteste mon travail ! J'ai vingt-six ans et j'ai dû rentrer chez ma mère ! Miles dépose sa candidature dans des universités de tout le pays et sera probablement propriétaire avant que j'aie déménagé de ma chambre d'enfant !

Si je mourais aujourd'hui, que dirait-on de moi ? Que je suis une médiatrice née ? Que je crée des feuilles de calcul décentes ? Que j'adore l'art ? Que je n'ai jamais réussi à déterminer ce que je voulais vraiment ?

Je cesse d'écouter la voix de Judy Garland à la radio, ferme les yeux et me lance dans une prière silencieuse : *Univers. Que suis-je en train de faire de ma vie ? Je t'en supplie. Je voudrais...*

Je ne sais même pas comment terminer cette phrase. Je voudrais être heureuse et je suis pétrifiée à l'idée que ma trajectoire actuelle me mène à la solitude et à l'ennui.

Alors je demande simplement à l'Univers : *Peux-tu me montrer ce qui me rendra heureuse ?*

J'appuie ma tête contre la vitre et souffle jusqu'à ce qu'elle s'embue. Quand je m'apprête à l'essuyer avec ma manche, je suis surprise de me retrouver nez à nez avec une couronne de Noël crasseuse décorée d'un nœud encore plus sale. Un klaxon tonne, un brouillard vert fonce sur notre voiture.

Je hurle :

– Papa !

C'est trop tard. Ma ceinture se bloque, on nous heurte sur le côté. Le métal crisse et les vitres volent en éclats avec un bruit sonore. Tout le contenu de notre voiture est en suspension, et je vois mes affaires s'échapper de mon sac à main et flotter avec une lenteur surréaliste tandis que nous faisons des tonneaux. La radio fonctionne encore : *Through the years, we all will be together, if the fates allow*[1]...

Tout devient noir.

1. Paroles d'une chanson de Frank Sinatra : « Au fil des années, nous resterons ensemble, si le destin le permet… » (NdT ainsi que pour les notes suivantes)

CHAPITRE 4

Je tends le bras sur le côté pour me protéger de l'impact, le souffle coupé. Mais il n'y a aucune portière de voiture, aucune fenêtre ; je frappe mon frère en pleine figure.

Il laisse échapper un « putain » énervé et me saisit par le bras.

– Sérieux. Qu'est-ce qui te prend, Mae ?

Je sursaute, arrêtée dans mon élan par une ceinture ventrale. Je me palpe le crâne, m'attendant à le trouver ensanglanté. Mes cheveux sont secs. Je prends une autre inspiration saccadée. J'ai l'impression que mon cœur est devenu un marteau-piqueur qui vibre dans ma gorge et s'apprête à me transpercer la peau.

Attendez. Miles est à ma droite. Il était à ma gauche dans la voiture. Je prends son visage entre mes mains et l'attire vers moi.

– Qu'est-ce que tu fiches ? marmonne-t-il dans mon épaule.

Je ne suis même pas dérangée par sa forte odeur de déodorant Axe tellement je suis soulagée qu'il ne soit pas mort. De ne pas être morte. Que nous ne soyons…

– Pas dans la voiture, je dis en le relâchant brutalement.

Je tourne la tête de tous les côtés, scrutant frénétiquement les alentours. Complètement désorientée. La lumière est éblouissante. Il y a un bruit de moteur et de ventilation en fond sonore. L'air recyclé est sec, trop chaud. Je distingue des rangées infinies de têtes devant moi, dont certaines se retournent, attirées par le remue-ménage derrière elles.

Je suis la cause du remue-ménage derrière elles.

Nous ne nous trouvons pas dans la voiture, nous sommes dans un avion. Je suis assise sur le siège du milieu, Miles côté couloir. L'inconnu côté hublot s'efforce de prétendre que je ne viens pas de me réveiller et de péter une durite.

Je suis perdue, j'ai les tempes qui pulsent.

– Où *sommes-nous* ? (Je me tourne vers Miles. Je n'ai jamais été autant à côté de la plaque.) On était dans la voiture. Il y a eu un accident. Ai-je perdu connaissance ? Étais-je dans le coma ?

Et si c'était le cas, qui m'a emmenée jusqu'ici ? J'essaie d'imaginer mes parents me trimballer, inconsciente, à travers l'aéroport avant de m'installer sur mon siège. Ça paraît impossible. Mon père, le médecin méticuleux ; ma mère, la femme inquiète surprotectrice.

Miles me dévisage et décale une oreille de son casque.

– Quoi ?

Je grogne et abandonne toute velléité de le questionner. Je me penche vers mon père qui ouvre sa ceinture de l'autre côté du couloir.

– Papa, qu'est-ce qui s'est passé ?

Il se lève et se penche à côté du siège de Miles.

– Qu'est-ce qui s'est passé quand ?

– L'accident de voiture ?

Il jette un coup d'œil à mon frère, puis me regarde. Ses cheveux et sa barbe sont blancs, mais ses sourcils encore bruns se haussent lentement sur son front. Il semble aller bien, ne pas avoir la moindre égratignure.

– Quel accident de voiture, Andouille ?

Quel accident de voiture ?

Je m'affaisse sur mon siège, ferme les yeux, prenant une grande inspiration. *Que se passe-t-il ?*

Je fais une dernière tentative. Je retire entièrement le casque de Miles.

– Miles. Tu ne te souviens pas de l'accident de voiture ? Quand nous sommes partis du chalet ?

Il s'écarte, répondant à ma crise d'hystérie à peine contrôlée avec dédain.

– On est dans un avion pour Salt Lake. Que veux-tu dire par « quand on est partis du chalet » ? On n'est pas encore arrivés. (Il se tourne vers mon père et lève les mains.) Je jure qu'elle n'a bu qu'un Canada Dry.

On est en route pour Salt Lake ?

– Il y avait un camion, dis-je en m'efforçant de me souvenir. Je crois qu'il était plein de… sapins de Noël.

– Elle a probablement juste fait un rêve bizarre, dit mon père à Miles, comme si je n'étais pas assise juste à côté d'eux.

Il retourne s'asseoir sur son siège.

***

Un rêve. J'acquiesce, comme si c'était logique alors que ç'a n'a aucun sens. Aucun. Je n'ai pas rêvé nos vacances tout entières. Mais Miles ne serait pas ma source d'information privilégiée même en temps normal, et mon père s'est remis à faire ses mots fléchés. Ma mère dort sur le siège côté couloir, devant mon père. De là où je suis assise, je distingue sa bouche entrouverte, son cou tordu dans un angle bizarre.

À quoi étais-je en train de penser juste avant l'accident ? C'était au sujet de Noël, je crois. Ou de mon travail ? Je regardais par la fenêtre de la voiture.

La voiture.

Dans laquelle nous ne sommes apparemment plus.

Ou nous n'avons jamais été, peut-être ?

Je plonge la main dans mon sac sous le siège devant moi, sors mon téléphone et le déverrouille.

L'écran qui s'illumine indique que nous sommes le 20 décembre. Mais ce matin, nous étions le 26.

– Waouh.

Je me cale dans mon siège en regardant autour de moi. La panique brouille mon champ de vision, les alentours deviennent sombres et troubles.

Respire, Mae.

Tu as la tête sur les épaules. Tu as su gérer des crises par le passé. Tu gères les finances d'une association à but non lucratif qui tire le diable par la queue, nom d'un chien. La crise EST ton quotidien. RÉFLÉCHIS. Quelles sont les explications possibles ?

Un : je suis morte et c'est le purgatoire. J'ai une fulgurance : nous sommes peut-être comme les personnages de *Lost*, une série dont mon père et Benny (ivres) se sont plaints pendant au moins deux heures il y a quelques années. Si cet avion n'atterrit jamais, alors je saurai pourquoi. Ou s'il atterrit sur une île, je suppose aussi que j'aurai ma réponse. À moins qu'il n'explose en plein vol…

Ça ne m'aide pas vraiment à me calmer. Autre théorie.

Deux, mon père a raison, j'ai fait une sieste monstrueuse et, d'une manière ou d'une autre, j'ai rêvé de tout ce qui a eu lieu pendant une semaine au chalet. Bon côté : je n'ai jamais embrassé Théo. Mauvais côté : … Y a-t-il un mauvais côté ? Je ne vais pas retourner travailler lundi, je vais revivre ma semaine préférée de vacances, sans commettre les mêmes erreurs. Et les Hollis ne vendent peut-être pas le chalet ! Mais le truc, c'est que ça ne ressemblait pas du tout à un rêve. Les rêves sont confus et bizarres, rien n'est carré, les trajectoires ne sont pas linéaires. On dirait bien six jours de souvenirs réels, gravés dans ma mémoire d'une clarté totale. Et, par ailleurs, si j'allais embrasser quelqu'un dans un rêve, ne serait-ce pas Andrew ? Même si je suppose que la Mae Onirique n'aurait pas cette chance.

Miles tourne la tête vers moi quand je laisse échapper un éclat de rire et il se renfrogne encore plus.

– Qu'est-ce qui te prend ?

– J'ignore comment te répondre.

Il regarde à nouveau son téléphone, sans plus me prêter attention.

– Juste pour confirmer, on est en chemin pour Salt Lake, n'est-ce pas ?

Mon frère m'adresse un sourire sceptique.

– Tu es tellement cheloue.

– Je suis sérieuse. Est-on en chemin pour Salt Lake City ?

Il fronce les sourcils.

– Ouais.

– Et puis Park City ?

– Oui.

– Pour Noël ?

Il acquiesce lentement, comme s'il interagissait avec une créature aux capacités mentales défaillantes.

– Oui. Pour Noël. *Y avait-il* quelque chose dans ton verre en plus du Canada Dry ?

– Waouh. (Je ris.) Peut-être ?

CHAPITRE 5

Je traîne les pieds derrière ma famille, de la passerelle à la zone de retrait des bagages. Cela me vaut plus d'un regard impatient, mais tout me captive. Un bébé qui pleure à la porte contiguë. Un homme d'affaires d'une quarantaine d'années qui parle trop fort au téléphone. Un couple qui se dispute dans la queue pour la machine à café. Un jeune garçon qui s'efforce de s'extirper de son épais manteau bleu.

Je n'arrive pas à me départir d'un sentiment de déjà-vu, comme si j'étais déjà passée par là. Pas seulement à l'aéroport mais *là*, à ce moment précis, exactement. En bas de l'escalator menant aux carrousels, un homme fait tomber son soda devant moi et je l'arrête juste à temps, presque comme si je savais que ça allait se produire.

Une famille avec une banderole bienvenue à la maison me passe devant et je les observe longuement.

– Je te jure que j'ai déjà vu ça, dis-je à Miles. Tu vois la famille, là-bas, avec la banderole ?

Il regarde un peu plus loin d'un air peu intéressé.

– On est en Utah. Toutes les familles ont une pancarte « Bienvenue à la maison ». Ce sont des missionnaires, tu te rappelles ?

– Bien sûr, je lance à sa silhouette qui s'éloigne. Bien sûr.

Parce que je n'ai jamais été aussi lente pendant un trajet de la porte d'arrivée au retrait des bagages, nos valises sont les dernières, tournant patiemment sur le tapis roulant. Mon père les récupère et les empile sur un chariot tandis que ma mère me prend le visage entre les mains.

Elle a bouclé ses cheveux bruns et les a coiffés sur le côté. Son regard est inquiet.

– Que t'arrive-t-il, ma puce ?

– Je ne sais pas.

– Tu as faim ? (Elle me scrute intensément.) Tu veux un Advil ?

Je ne sais pas quoi lui répondre. Je n'ai pas faim. Je n'ai rien du tout. J'ai l'impression de flotter dans le terminal, et d'être témoin d'événements qui sont déjà des souvenirs dans ma tête.

***

Mon ventre se serre lorsque je vois tout le monde sur le porche du chalet, nous faisant des grands signes. Je suis sûre d'avoir déjà vécu ça il y a six jours, le 20 décembre. Je me souviens que nous sommes arrivés en dernier. Il y avait peu de vols, donc Kyle, Aaron et leurs jumeaux sont arrivés vendredi. Théo et Andrew, je me rappelle, ont fait le trajet en voiture un peu plus tôt qu'habituellement, eux aussi.

Nos pneus crissent à côté de l'énorme pick-up orange de Théo et nous sortons du même Toyota RAV4, certainement réduit à l'état d'épave par l'Accident-de-Voiture-Qui-N'a-Pas-Eu-Lieu. Nous sommes immédiatement submergés de câlins. Kyle et Aaron m'attirent entre eux deux comme dans un sandwich. Leurs jumeaux, Kennedy et Zachary, s'accrochent adorablement à mes jambes. Lisa profite d'un instant de vide pour me serrer contre elle. Un peu plus loin, Benny attend patiemment son tour, et je lui envoie un appel à l'aide silencieux.

Mon cerveau n'arrive pas à traiter les événements actuels. Ai-je perdu un an, d'une manière ou d'une autre ? Honnêtement, quelle est la probabilité pour que je sois effectivement morte ? Ma version du paradis serait le chalet, donc comment en être sûre ? Si j'étais dans le coma, sentirais-je l'air glacial de l'hiver sur mon visage ?

Je jette un coup d'œil derrière Lisa en direction des arbres, à la recherche d'une équipe de caméramans. *Surprise !* crieraient-ils à l'unisson. Tout le monde éclaterait de rire – quelle bonne blague. *Nous t'avons bien eue, n'est-ce pas, Mae ?*

Tout ce tapage mental signifie que j'ai à peine considéré ce que je ressentirais en voyant Théo avant d'être soulevée par un câlin étouffant. Je me laisse faire, toujours un peu à distance.

– Souriez ! (Une lumière éclatante m'aveugle momentanément lorsque Lisa prend une photo.) Oh, mince, marmonne-t-elle en examinant l'image sur le petit écran.

Je suis sûre que seulement la moitié de mon visage se trouve sur la photo, mais elle semble juger que c'est suffisant puisqu'elle glisse son téléphone dans sa poche.

Lorsque Théo me repose, son sourire s'affaiblit lentement. Le baiser du vestibule a-t-il eu lieu ? Quelle tête est-ce que j'ai ? J'aimerais me tâter le visage pour en avoir le cœur net.

– Quoi de neuf, dingo ? lance-t-il en riant. On dirait que tu as oublié mon prénom.

Finalement, un petit sourire se forme sur mes lèvres.

– Ah. Salut, Théo.

– Elle est probablement sous le choc de ta coupe de cheveux.

La voix attire mon attention. Andrew, juste derrière Théo, attend patiemment son propre câlin. Oh oui. Je suis bien au paradis.

Et puis je comprends ce que vient de dire Andrew et réalise que tout le monde découvre la coupe de Théo pour la première fois. Je l'ai vue il y a presque une semaine.

– Ouais, *waouh* ! je balbutie. Regarde-toi. Quand t'es-tu coupé les cheveux ?

J'attire distraitement Andrew dans mes bras. J'ai la tête qui tourne tellement que je ne me concentre pas tout de suite sur l'infini plaisir que me procure la sensation de son corps contre le mien. Andrew est tout en membres allongés et en muscles noueux. Son torse est ferme et plat, mais il s'adapte à mes formes lorsqu'il me serre plus étroitement. Je hume sa douce odeur d'eucalyptus et de lessive.

– Salut. (Il rit doucement dans mes cheveux.) Tout va bien ?

Je secoue la tête, m'attardant un peu plus que nécessaire pour des salutations, mais il se laisse faire, et je n'arrive pas à localiser la commande cerveau-muscle pour relâcher mon emprise.

J'ai besoin de cet ancrage physique chaleureux.

Ma poitrine se détend lentement, mon pouls se calme et je m'écarte en plissant les yeux, surprise de remarquer que ses joues ont rosi.

– La semaine dernière.

Théo passe une main dans ses cheveux, un large sourire aux lèvres.

– La semaine dernière quoi ?

J'éloigne mon regard des joues d'Andrew.

– Mes cheveux. (Théo éclate de rire.) Je les ai coupés la semaine dernière. La coupe te plaît ?

Et il n'y a pas la moindre trace de gêne dans sa voix. Pas la moindre ombre sur son visage, aucun indice que ayons mutuellement glissé nos langues dans la bouche de l'autre.

– Ouais, ouais, c'est super. (Je suis extrêmement peu convaincante.) *Vraiment* top.

Théo fronce les sourcils. Il carbure aux compliments.

Je jette un coup d'œil à Benny qui dessine sur la neige, avec une branche, pour Zachary. Ma voix tremble :

– Salut, Benny Boo.

Il sourit et trottine jusqu'à moi, avant de me serrer dans ses bras.

– Voilà mon Andouille.

Oui. Benny. C'est lui dont j'ai besoin. Je m'agrippe à lui comme si c'était une vigne profondément ancrée et que j'étais sur le point de tomber du haut d'une falaise. Je lui murmure rapidement à l'oreille :

– Il faut que je te parle.

– Maintenant ?

Ses cheveux m'effleurent la joue, ils sont doux et exhalent l'odeur du shampoing à base de plantes très hippie qu'il a toujours utilisé.

– Ouais, *maintenant.*

Benny me repose et mon champ de vision se brouille, j'ai le tournis. Je ne me rends pas compte que je chancelle avant qu'il me rattrape.

– Hé, hé. Ça va ?

Ma mère se rue vers moi et pose sa main sur mon front.

– Tu n'as pas de fièvre. (Elle me palpe délicatement sous les oreilles, à la recherche de ganglions enflammés.) As-tu bu suffisamment d'eau aujourd'hui ?

Lisa s'approche et elles échangent un regard inquiet.

– Elle est toute pâle.

Mon frère lève les yeux de son téléphone.

– Elle était bizarre dans l'avion, aussi.

– Elle a fait un *cauchemar* dans l'avion, rectifie mon père sur un ton de réprimande. Il faut qu'elle s'assoie.

Il passe un bras autour de ma taille.

– Pourriez-vous arrêter de parler de moi comme si je n'étais pas là ?

Tandis que nous montons les marches du porche, je jette un coup d'œil à Andrew par-dessus mon épaule. Nos regards se croisent et il m'adresse un sourire mi-joueur, mi-inquiet. Il porte l'horrible pull argenté brillant qu'il adore, celui qu'il met toujours le premier jour des vacances de Noël.

Celui que Miso a détruit il y a seulement quelques jours.

Au moment où j'y pense, Miso nous fonce dessus. Médusée par un éclair de déjà-vu, je crie :

– Attention, Kennedy !

Mais c'est trop tard : le chien fonce entre ses jambes, la renverse sur le seuil de la porte. Kennedy éclate en sanglots.

Hébétée, je fixe le sol, observant Aaron et Kyle examiner son menton et son coude. C'est déjà arrivé. Mes oreilles sifflent. Ce matin même, je regardais Kennedy assise à la table de la cuisine avec un pansement Bisounours abîmé sur son genou égratigné.

– Son genou. (Je panique complètement maintenant.) Elle s'est égratigné le…

Kyle relève son pantalon, puis me jette un coup d'œil impressionné. Le sang n'a pas encore transpercé le tissu, mais la coupure laisse échapper des gouttelettes rouges.

– Comment as-tu deviné ?

Le rire qui m'échappe est presque hystérique.

– Aucune idée !

Nous entrons dans la maison. Kyle emmène Kennedy dans la salle de bains pour la débarbouiller et je m'assois à la table de la cuisine.

– Apporte-lui un verre d'eau, murmure Lisa à Andrew qui s'exécute.

Il le pose délicatement sur la table comme si elle était en cristal. Je baisse les yeux et remarque qu'il a ajouté une dose supplémentaire de glaçons, exactement comme j'aime.

Je saisis le verre d'une main tremblante. Les glaçons tintent, je bois une gorgée.

– Bon, les gars, arrêtez de me dévisager.

Personne ne bouge. Ma mère s'approche et commence à me masser la main.

– Sérieusement, vous me faites flipper.

À cet instant, tout le monde tente de trouver une occupation dans la petite cuisine. Je croise le regard de Benny et écarquille les yeux : *il faut qu'on parle.*

Comme un missile guidé par infrarouge, mon attention est attirée par Andrew lorsqu'il traverse la pièce et vole un chocolat dans le calendrier de l'Avent. Il me jette un coup d'œil avant de le gober, puis hausse les épaules d'un air faussement coupable. Juste à côté, mon père s'appuie sur le plan de travail, me dévisageant avec un air de Parent Préoccupé avant de remarquer le plat sur lequel s'exhibent de superbes cookies à côté de lui.

Mon ventre se serre. Il va en prendre un, il va le mordre et…

Un craquement sinistre résonne dans la pièce.

– Oh Seigneur, dit-il, en enfonçant un doigt dans sa bouche. J'ai fendu ma molaire.

OH SEIGNEUR.

Lisa pâlit.

– Dan ! Non. Oh non. Est-ce que… ?

Tout le monde se précipite pour la rassurer : *Bien sûr, ce n'est pas de la faute du cookie* et *oh, ils sont un peu durs, mais ils sont délicieux*. Andrew subtilise un autre chocolat. Je profite du remue-ménage pour me faufiler hors de la cuisine et prendre une grande gorgée d'air frais.

CHAPITRE 6

Dehors, je peux respirer.

Inspire, expire.

Ce n'était pas un rêve.

J'ai voyagé dans le temps, six jours en arrière.

Ça existe dans les livres et dans les films : quelqu'un a un accident et en ressort avec des super-pouvoirs. Pouvoir voler, faire preuve d'une force extraordinaire, avoir une vision surnaturelle.

Bon sang, je regrette de ne pas avoir prêté attention aux numéros du Loto la semaine dernière.

À cette pensée, j'éclate de rire. Un petit nuage s'échappe de ma bouche dans l'air froid. *Mae, tu es en train de perdre les pédales.*

Je contemple la ligne d'arbres à l'horizon et la neige scintillante en pensant que c'est la meilleure manière de digérer ce qui est en train de m'arriver. Les environs de Park City sont vraiment superbes, surtout à l'époque de Noël. Je devrais sortir mon cahier et faire une esquisse ; ça m'aiderait peut-être à calmer ma nervosité rampante.

La maison des voisins est presque entièrement cachée par le feuillage, bien plus que quand j'étais jeune. Entouré de haies, le chalet des Hollis paraît totalement isolé au milieu des bois. Une palissade délimite le terrain et un fourré de sapins qui mesuraient la taille de mon père quand ils ont été plantés surplombent maintenant le chemin. Théo m'a un jour défiée d'y faire pipi, puis s'est tellement énervé quand je l'ai fait – debout, dois-je préciser – qu'il a volé mon pantalon avant de sprinter dans la maison. Le même hiver, Andrew et moi avions construit un igloo dans le jardin et juré que nous dormirions à l'intérieur. Nous avons abandonné l'idée au bout de dix minutes.

La vue m'aide à tranquilliser mon rythme cardiaque et à éclaircir mon esprit embrumé. Je prends une dernière grande inspiration, compte jusqu'à dix, puis exhale longuement un nuage blanc.

– Qu'est-ce qui se passe, *putain*, je murmure dans ma barbe avant d'éclater à nouveau de rire.

– Je m'apprêtais à dire exactement la même chose.

Je sursaute si violemment que mon bras gauche percute le grog brûlant d'Andrew et l'envoie balader de l'autre côté du porche. Nous suivons la tasse des yeux tandis qu'elle dessine un arc dans les airs et atterrit sur une congère ; le liquide chaud fait fondre la poudreuse et le mug blanc licorne que je lui ai fabriqué à quinze ans – son mug préféré au chalet – disparaît hors de vue. Il est loin de se douter que j'ai peint *Mae + Andrew* dessous avant de recouvrir les mots de peinture rose chewing-gum.

– Waouh, OK. (Il s'appuie contre la balustrade pour m'observer.) Je venais te demander pourquoi tu te comportais aussi bizarrement, mais je crois bien que je devrais parler au présent.

Les questions sur ce qui est en train de se passer se bousculent tellement que mon esprit est envahi par un bruit blanc.

– Tu me dévisages comme si tu ne savais pas où tu étais. (Andrew avance d'un pas.) J'allais venir t'embêter, mais je suis vraiment inquiet. On dirait que tu as une commotion cérébrale et que tu refuses de nous le dire.

– Je suis juste un peu embrumée aujourd'hui.

Il sourit et ses fossettes font une entrée triomphale sur ses deux joues. Il se désigne des mains :

– Je suis Andrew Polley Hollis. Enfant, j'ai hérité de la pire combinaison d'un deuxième prénom et d'un nom de famille. Tu me surnommes « Mandrew ». Je gagne ma vie en bricolant du matériel audio à Red Rocks. Mon petit frère est un peu insupportable. Je suis le seul homme du monde à n'aimer ni la bière ni le whisky. On jouait aux vampires quand on était enfants sans réaliser que les marques qu'on se laissait sur le cou étaient des suçons. (Il montre son corps du doigt.) Un mètre quatre-vingt-cinq. Environ quatre-vingts kilos. Bélier. Ça (il désigne ses boucles), c'est un chaos naturel constant.

– Tes cheveux n'en font qu'à leur tête ?

Je souris. *Sommes-nous en train de flirter ? On dirait qu'on flirte.*

La ferme, cerveau !

– À l'intérieur, tu trouveras ton père, Daniel Jones, obstétricien, doté d'une dent fraîchement cassée. Il est notoirement à cran chaque fois qu'il s'agit de ses mains et raconte beaucoup d'histoires très dérangeantes sur l'accouchement. Ta mère, la dame qui n'arrête pas de te toucher le front, s'appelle Élise – tu lui ressembles beaucoup, devrais-je sans doute ajouter. Elle est inquiète de nature, mais assez marrante. Un jour, ses peintures se vendront plus cher que cet endroit, tu peux me croire sur parole.

J'acquiesce, aussi impressionnée que lui par l'ampleur que prend la carrière de ma mère. Il attend que je dise quelque chose, mais je lui fais signe de continuer. La voix d'Andrew est hypnotique. Elle a une profondeur au timbre de miel avec juste une pointe d'aspérité. Honnêtement, je pourrais l'écouter me lire le dictionnaire.

– Mes parents, Ricky et Lisa, sont également là. (Il me sourit d'un air carnassier.) Mon père est en train d'emmener ton père chez le dentiste. Rappelle-toi de ne jamais manger ce que prépare ma mère, c'est la règle d'or. Ma mère, scandinave d'origine et de tempérament, est une écrivaine brillante. Mais contrairement à Élise qui est une déesse en la matière, disons que Lisa n'a pas hérité de dons en cuisine.

Je souris.

– Ou en matière de photo.

Andrew éclate de rire.

– Kyle et Aaron Amir-Liang sont deux hommes élégants et sophistiqués, parents des deux petits génies de cinq ans. Je ne sais pas exactement ce qui arrive aux cheveux d'Aaron cette année, ils semblent avoir disparu et avoir été remplacés par un espace noir au-dessus de son front. (Il se tait puis baisse la voix.) À ce sujet, portait-il un legging ?

Des gloussements m'échappent.

– Je crois bien. Je suppose que nous devrions nous réjouir qu'il soit sorti de sa phase jogging de couturier. C'était… beaucoup d'informations sur oncle Aaron dont la Mae adolescente n'avait pas besoin.

Andrew réplique :

– C'est bon signe que tu t'en souviennes. Sinon, je n'ai pas besoin de te rappeler que Kyle est un artiste reconnu de Broadway, ancien danseur dans la troupe de Janet Jackson, parce qu'il l'évoquera sans doute lui-même ce soir.

Je ris encore, en me mordant les lèvres. Je dois avoir les yeux écarquillés et brillants de bonheur de l'invité d'un jeu télévisé qui vient de gagner un million de dollars. Ma mémoire ne fait jamais justice à Andrew. Mon cerveau n'arrive pas à répliquer le vert de ses yeux, ne peut pas croire que ses pommettes soient aussi bien dessinées, ses fossettes aussi profondes et gaies. Andrew, en chair et en os, bouscule toutes les convenances.

– L'année dernière, Zachary a découvert le concept de la mort quand son poisson rouge a cassé sa pipe. Il déambulait telle une petite Faucheuse chagrine en nous répétant que nous allions tous mourir un jour. Kennedy connaît le nom des capitales de tous les États et de tous les pays du monde, renchérit-il, sûr de lui. C'est à elle qu'on doit les phrases les plus intelligentes de ce groupe et nous ne laissons personne marcher sur les pieds de cette petite fille. Elle sera la première Présidente atteinte d'autisme, tu peux me croire. Mais avec un peu de chance, pas la première femme présidente.

– Je pense que tu as raison.

– Voyons… ton frère, Miles, quant à lui… (Il grimace, joueur.) Il est malin, mais je ne suis pas sûr qu'il ait levé les yeux de son téléphone ces deux dernières années. Si tu as envie d'avoir une conversation avec lui, envisage de scotcher son téléphone à ton front. (Andrew se penche pour me scruter. Mon cœur dévale les marches du porche.) As-tu les idées plus claires maintenant ?

Je le frappe d'un air joueur.

– Arrête. Je vais bien. C'est sans doute l'altitude qui me joue un mauvais tour.

Andrew a l'air de ne pas l'avoir considéré avant et, pour être honnête, moi non plus. Je félicite chaleureusement la poignée de neurones qui semblent continuer à travailler correctement là-haut.

Des pas résonnent derrière nous et la tête hirsute de Benny surgit sur le porche. Il sort pour nous rejoindre, frissonnant dans son tee-shirt fin de magasin de vélo.

– Hé, Andouille, dit-il en haussant les sourcils. Désolé de vous interrompre. Je peux te voir un instant ?

***

Je suppose qu'il serait injuste d'en vouloir à Benny pour m'avoir prise à part puisque je lui ai adressé au moins dix regards suppliants de SOS depuis notre arrivée. Nous entrons et je frémis de plaisir en sentant la chaleur comparée au froid du crépuscule hivernal. Les voix de tout le monde filtrent dans le couloir, ma proximité avec Andrew faiblit : c'est à ce moment-là que la réalité me percute de plein fouet. Je pense à nouveau que cette scène a déjà eu lieu.

Mon cerveau crie : *Ce n'est pas normal !*

Pour nous éloigner autant que possible des autres, je me dirige vers les escaliers qui mènent à l'étage. Je me tourne vers Benny et pose un doigt sur mes lèvres, l'enjoignant d'être discret tandis que nous montons sur la pointe des pieds. Nous contournons la rampe, nous hâtons dans le couloir et gravissons les marches étroites et raides menant au grenier. Quand j'étais petite, j'avais peur de venir seule. Les marches craquaient et le palier était plongé dans l'obscurité. Mais Benny m'avait alors expliqué que si les marches menant au grenier étaient aussi agréables que celles du reste de la maison, alors le trésor qui s'y trouvait serait à portée de tous.

Mon cœur bat la chamade, je l'attire à l'intérieur et ferme la porte.

Ses bracelets en turquoise s'entrechoquent lorsqu'il se fige brusquement, les sourcils relevés.

– Est-ce que ça va ? demande-t-il d'un ton véritablement inquiet.

Son accent amalgame les mots.

Pour la deuxième fois aujourd'hui – *combien d'heures a duré cette journée ?* –, je me demande à quoi ressemble mon expression.

– Non, pas du tout.

Je tends l'oreille pendant quelques secondes afin de m'assurer que personne ne nous a suivis. Une fois certaine que nous sommes seuls, je murmure :

– Écoute. Il se passe quelque chose d'assez hallucinant.

Il m'adresse un clin d'œil complice.

– En effet, Andrew et toi aviez l'air proches là-bas. Est-ce ce dont tu voulais parler ? Quelque chose s'est passé ?

– Quoi ? Non. Si seulement.

Je désigne le fauteuil près des fenêtres et claque des mains jusqu'à ce qu'il comprenne que je l'invite à s'asseoir.

Il s'exécute, puis se penche, coudes sur les genoux, et fixe toute son attention sur mon visage.

L'assurance calme de Benny me procure un soulagement immédiat.

– D'accord, je commence en tirant une chaise pliante et en m'asseyant en face de lui. (Nos genoux se touchent presque.) T'ai-je déjà donné l'impression que je suis, comment le formuler ? Dérangée mentalement ?

– Avant aujourd'hui ? plaisante-t-il. Non.

– Émotionnellement déséquilibrée ?

– Par moments, quand tu avais entre treize et quinze ans, mais plus depuis.

– D'accord, alors je t'en supplie, crois-moi. Ce que je vais te dire est très sérieux.

Il prend une grande inspiration, se préparant visiblement au pire.

– OK. Balance.

– Je crois qu'il est possible que je sois dans le passé, répétant les mêmes vacances, et que je sois la seule à en avoir conscience.

Prononcés à haute voix, ces mots semblent encore plus abracadabrants. Il fronce ses épais sourcils et écarte des mèches de ses cheveux trop longs.

– Tu parles du cauchemar que ton père a mentionné ?

– Non, je veux dire pour de bon. (Je jette un coup d'œil aux alentours en priant pour que quelque chose me vienne en aide. La vieille planche de divination de Ouija de Lisa ? Trop angoissant. La vieille Magic 8-Ball de Théo ? Trop désespéré.) Ce qui s'est passé il y a six jours recommence.

Il plonge la main dans sa poche, en sort une menthe et la gobe.

– Commence depuis le début.

Je me frotte le visage.

– D'accord. Alors, un peu plus tôt aujourd'hui, c'était le 26 décembre pour *moi*. Mon père, ma mère, Miles et moi étions en voiture en direction de l'aéroport, au départ d'ici. Un camion a grillé un feu rouge… (Je marque une pause pour reconstituer le puzzle.) Un camion plein d'arbres de Noël, je crois. Tout le monde était distrait, et il nous a percutés. Je me suis réveillée dans l'avion. (Je lève les yeux pour m'assurer qu'il suit.) Un avion *en direction d'ici,* aujourd'hui. Le 20 décembre.

Il laisse échapper un « waouh » discret. Puis :

– Je ne comprends pas.

Je me penche, tentant de mettre de l'ordre dans mes pensées :

– Je n'essaie peut-être même pas de parler avec toi maintenant. Je suis peut-être dans le coma à l'hôpital, je rêve peut-être de tout ça. Tout ce que je sais, c'est que j'ai déjà vécu ce Noël, suis parvenue à tout gâcher, un camion plein de sapins nous a mis au tapis, et me voilà de retour au début des vacances, prête à tout recommencer.

– Tu en es sûre ?

– Pas du tout.

Il acquiesce doucement.

– Bien. D'accord. Continue.

– Avant notre départ, Ricky et Lisa nous ont annoncé qu'ils allaient vendre le chalet.

– Ils ont *quoi* ?

– N'est-ce pas ? (Je hoche la tête avec emphase.) Donc, évidemment, on était tous très perturbés. En plus de ma crise de panique après avoir roulé un patin à Théo, et le fait qu'Andrew nous ait pris en flagrant délit…

Benny me coupe.

– Euh, tu peux m'expliquer ?

– Tu étais au courant, ne t'inquiète pas. (J'essaie de mettre ce détail de côté avec nonchalance.). Ce que je…

Il lève une main.

– Je peux t'assurer que j'ignorais que tu avais roulé des pelles à Théo parce que cette conversation aurait commencé par là.

– Eh bien, je te l'ai raconté ce matin, mais comme tout le reste – tout le monde –, tu as oublié. (Je prends une grande inspiration pour me calmer.) Pour info, tu as été bien plus secourable la dernière fois.

Il reste pensif.

– Ai-je fumé en apprenant la nouvelle ?

– En effet.

Il lève les mains comme pour dire : *Ah, bien sûr.*

– Commence par là, puis raconte-moi tout.

Je grogne, à nouveau mortifiée.

– Hier soir, on a préparé des laits de poule.

Il laisse échapper un petit « ah » de compréhension. Benny adore fumer de la marihuana mais, comme moi, pourrait s'effondrer après avoir bu un seul lait de poule préparé par Ricky. Ce truc devrait être présenté avec un indice d'octane.

– Ç'a été bref et gênant. Tu m'as dit d'aller lui parler le lendemain matin, mais il m'a complètement ignorée. *Ensuite,* j'ai découvert qu'Andrew nous avait vus nous embrasser. *Et puis,* nous avons appris que les Hollis vendaient le chalet et nous sommes partis. Boum, accident de voiture. Boum, de retour dans l'avion. Boum, ici.

Benny siffle.

– Je vais remonter les bretelles de Théo.

– Sérieusement, Benny ? C'est ce que tu retiens de tout ça ? Recommencer ces vacances a un seul avantage : *ne pas* avoir à me confronter à Théo !

Benny réfléchit.

– J'ai l'impression d'avoir tout compris, trésor. Es-tu sûre de ne pas avoir le mal de la montagne ou autre chose ?

Je claque des doigts.

– La dent de mon père ? Je savais que ça allait arriver.

– Si tu le savais, pourquoi ne l'as-tu pas prévenu ?

– J'étais en train de paniquer ! je crie avant de grimacer. (J'espère que personne ne m'a entendue en bas.) Et qu'aurait-il dit ? je continue en baissant la voix. « Impossible, ce cookie a l'air délicieux. » J'avais déjà vu la coupe de Théo, voilà pourquoi je n'ai pas été choquée. Et tu te souviens, comment ai-je su que le genou de Kennedy saignait ?

Je désigne la porte, comme si Benny pouvait voir la cuisine d'ici.

– Tu n'aurais pas, par pur hasard, mis la main sur mon petit sachet bleu ?

– Non, bien sûr que non !

– OK, bien. Parce que cet ami fait pousser des champignons dans son placard et il m'a donné…

– Benny, je ne suis pas défoncée, je ne suis pas ivre, je n'ai pas consommé de champignons ! Je suis sérieuse. Ça me fait complètement paniquer !

– Je comprends, Mae. OK, je réfléchis.

En bas, j'entends les bruits étouffés des invités en train de passer au salon pour boire quelques cocktails de bienvenue. Je ferme les yeux en tentant de me souvenir des détails infimes que je n'aurais pas crus importants, mais qui feront maintenant que Benny me croira ou non. La voix ronde et théâtrale de Kyle porte à l'étage, accompagnée par le rire profond et retentissant de Ricky.

– Oh. Oh. (Je désigne la porte.) Kyle vient de montrer à Ricky son nouveau tatouage.

Benny tend l'oreille.

– Tu entends tout ça d'ici ?

– Non. Je m'en souviens.

Il n'a pas l'air convaincu.

Le rire joyeux de Zachary nous parvient et je ne peux m'en empêcher : malgré le chaos de mon esprit, je souris.

– OK, Miso lèche les pieds de Zacky. Écoute son rire.

– Assez facile à deviner, lance Benny. Ce chien adore les jumeaux.

Je soupire.

– Allons. Crois-moi.

– C'est tout ce que je souhaite, mais tu sais que ce n'est pas si facile.

Et, bien sûr, j'en suis consciente.

– Disons que tu es défoncée, murmure-t-il et que tu me dis ce qui est vraiment en train de se passer. On dirait un peu *Retour vers le futur*, à part qu'il s'agit du passé. Attends. (Il secoue la tête.) Ils voyagent dans le passé dans ce film, n'est-ce pas ?

J'acquiesce, puis continue à hocher la tête parce que l'épuisement est si pesant que je pourrais m'évanouir sur-le-champ.

– Est-ce que ça fait de moi Doc ? demande-t-il.

Je ris.

– Bien sûr. (Mon amusement s'estompe rapidement.) Mais que dois-je faire ? Est-ce pour que je n'embrasse pas Théo ? C'est un peu nul, Univers.

– Mais si tu n'avais pas embrassé Théo, tu ne serais pas ici, raisonne-t-il.

– Non. C'est embrasser Théo qui a mis la pagaille… n'est-ce pas ?

– Non. Nous ne sommes pas dans *Avengers,* lorsqu'ils retournent dans le temps pour tuer le mec qui possède les pierres, mais s'ils *l'avaient* tué, alors ils n'auraient pas cette conversation. (Il marque une pause.) Bon sang, les voyages dans le temps sèment la confusion.

Je me frotte les tempes.

– Benny.

Il me jette un coup d'œil et je me surprends à me sucer le pouce.

– Je crois que tu devrais aller parler à Dan, finit-il par dire.

– *Mon père ?* C'est la personne la plus premier degré et scientifique que je connaisse. Il ne croirait pas une seule seconde que je voyage dans le temps, ou que je suis un super-héros ou une médium.

Benny glousse.

– Je veux dire, parce qu'il est docteur.

– Oui, un docteur qui s'y connaît en filières génitales et en cordons ombilicaux.

Sa voix se fait plus douce maintenant. Moi, je ne vois pas où il veut en venir.

– Je suis sûr qu'il domine encore suffisamment les bases pour t'examiner les pupilles et les réflexes.

Oh.

– Pour diagnostiquer un traumatisme crânien ? C'est vraiment ce que tu crois ?

Benny pose les mains sur mes épaules.

– Je crois que quelque chose est en train de t'arriver. Te croire, c'est tout ce que je peux faire. Je ne suis même pas sûr de pouvoir t'aider. Ton père peut te dire si tout semble fonctionner correctement.

Avoir un problème neurologique serait peut-être l'idéal. Enfin, le cas contraire est impossible, n'est-ce pas ?

– OK. (J'embrasse Benny sur la joue en acquiesçant.) Plan A : supposer que je suis blessée ou folle.

Le sourire affectueux de Benny s'évanouit.

– Je n'ai *pas* dit ça.

– Je plaisante. Je vais aller parler à mon père.

Je lui fais un petit signe de la main et m'apprête à descendre les marches du grenier quand je rate la première. Ma jambe se dérobe, et au lieu de tomber en arrière, je tombe en avant, glisse et…

CHAPITRE 7

AHHHHHHH !

Je me réveille en hurlant, avec la sensation de tomber dans un escalier aux marches raides. Je tends le bras pour me rattraper à la rampe. Mais il n'y a pas de rampe, pas d'escalier. Je frappe une nouvelle fois mon frère au visage.

Il laisse échapper un « *putain* » irrité et m'attrape par le bras.

– Sérieux. Qu'est-ce qui te prend, Mae ?

Je bondis sur mon siège, en sueur. Je me tâte le cou. Ai-je l'air en train de vriller ? Ma tête est-elle à sa place ? *Puis-je voir mon propre cul ?* Je m'avachis, soulagée, jusqu'à remarquer le même bruit blanc de moteur, le même air sec et recyclé.

– *Non,* je murmure, le cœur battant. *Pas encore.*

CHAPITRE 8

Benny me dévisage. Il cligne lentement des yeux et je l'observe tenter de comprendre. Encore une fois.

– J'ai l'impression d'avoir tout compris, trésor. Es-tu sûre de ne pas avoir le mal de la montagne ou autre ?

Je prends une grande inspiration, me frotte les tempes et me rappelle qu'il faut que je sois patiente ; Benny ignore qu'il a déjà vécu ce moment. Il ne sait pas qu'il vient de me poser la même question. Que je sois coincée dans une boucle temporelle n'est pas de sa faute.

– C'est la troisième fois que je vis cette journée. C'est la deuxième fois que j'ai cette conversation avec toi.

– Donc tu as vu ton père se casser une dent, dit-il lentement. Trois fois ?

– Ouais.

– Et tu n'as pas pensé à le prévenir ?

Je m'affale sur ma chaise en plongeant mon visage entre mes mains. Je laisse échapper un grognement.

À l'aéroport, tout s'est déroulé exactement pareil. Le trajet en voiture a été identique. Mais, cette fois, mon arrivée au chalet s'est révélée encore plus perturbante qu'auparavant. La panique me serrait la gorge quand j'ai réalisé qu'en effet, *j'avais* déjà vécu ça avant – que ce soit seulement dans ma tête ou dans la réalité, je revis cette journée. J'ignore juste comment ou pourquoi.

La seule chose qui est parvenue à me calmer a été mon moment avec Andrew sur le porche. Peut-être parce que j'étais encore plus pâle et encore plus vulnérable, il a redoublé d'efforts dans ses présentations absurdes.

Nous nous retrouvons ici en décembre pour construire des créatures de neige, dévaler des pentes impressionnantes en luge, préparer des tonnes de cookies et observer nos parents s'enivrer en pleine journée...

On faisait semblant d'appartenir à un groupe de rock, tu étais David Bowie et moi Janis Joplin...

Tu parles dans ton sommeil, mais malheureusement tu ne dis jamais rien de scandaleux ou d'intéressant. Il s'agit de nourriture et de feuilles de calcul...

– Que s'est-il passé d'autre ce soir ? demande maintenant Benny en me faisant revenir à l'instant présent. (Il saisit mes mains pour les écarter délicatement de mon visage...) De quoi te souviens-tu qui...

Je complète sa phrase.

– ... t'aiderait à me croire ?

L'adorable Benny grimace d'un air confus et hausse les épaules. Je ne peux pas lui en vouloir. Je n'ai pas croisé mon reflet, mais je suis sûre d'avoir l'air complètement tarée. Je suis en sueur, j'ai le souffle court, je suis à vif. Étrangement raide, je m'étire le cou et un craquement sonore résonne dans la pièce. Euh. Ça fait du bien.

Des voix nous parviennent de la cuisine, puis du couloir menant au salon.

Je me lève et tire Benny dans mon sillage.

– Oh. Oh. Kyle est sur le point de montrer son nouveau tatouage à tout le monde.

Nous nous dirigeons vers la porte. Benny avance sur la pointe des pieds, de sa démarche bizarre qui lui donne l'air d'être Shaggy dans *Scooby-Doo*. Nous descendons prudemment les marches du grenier et nous postons dans un coin. La voix de Ricky tonne dans la maison.

– Les gars, venez ! Kyle a un nouveau tatouage super-cool !

Quand les mots nous parviennent, Benny m'agrippe le bras si fort que je sens toutes ses articulations.

Je ferme les yeux en écoutant avec attention.

– Ricky va s'en vouloir d'avoir oublié d'acheter du Hendrick's pour Aaron. Miso est sur le point de lécher les orteils de Zachary qui se mettra à rire. Lisa lancera ensuite l'album de Noël de Bob Dylan qui est clairement *terrible* et Théo boira une gorgée de bière de travers. Il toussera pendant une bonne dizaine de minutes. (Je regarde Benny et hoche la tête, déterminée.) Tu vas voir.

Nous accordons toute notre attention au salon, hors de vue, mais à portée d'oreille.

– Je ne sais pas comment je le prendrai si tu as raison, murmure Benny.

– Ouais. Pareil.

***

Vingt minutes plus tard, nous sommes de retour dans le grenier et Benny arpente sa chambre, incapable de s'arrêter. Ses bracelets s'entrechoquent à chaque pas. Je suis allongée sur le lit, les yeux fixés au plafond. Il panique parce que tout ce que j'ai prédit s'est réalisé. Finalement, il s'arrête à côté de moi et laisse échapper un :

– Waouh. Et dire que je ne suis même pas défoncé.

Je sais que je devrais me sentir reconnue, mais étant donné que je ne doutais pas d'avoir raison, je me demande plutôt : *Est-ce ma vie maintenant ? Suis-je condamnée à revivre cette journée encore et encore ? Devrais-je tenter de quitter le grenier ou vais-je tomber dans les escaliers ?*

Et la question la plus importante de toutes : mes actes ont-ils une importance, ou le temps est-il – dans mon cas – juste… détraqué ?

Eh bien, dans le pire des cas, je revivrai sans doute cette journée à l'infini, et continuerai à flirter avec Andrew sur le porche.

Je me redresse sur un coude.

– D'accord. Alors : qu'est-ce que je fais ?

– Je crois que tu devrais en parler à ton père, dit Benny d'un air résolu.

– Nan. (Je me retourne sur le ventre.) Tu l'as déjà suggéré la dernière fois. J'ai roulé boulé dans les escaliers et je me suis réveillée dans l'avion.

– Aïe, murmure-t-il en se frottant le cou d'un air coupable. Je suis désolé, Andouille.

Son ton de voix me serre le cœur et je m'assois, l'attirant à côté de moi pour lui caresser la joue.

– Ce n'était pas de ta faute.

– Peut-être que… (Il lève les mains, incertain.) Essaie de t'en sortir ce soir, d'accord ? Tu auras peut-être plus de clarté sur ce que tu es censée faire demain. Ça a peut-être à voir avec Théo. Ou avec le chalet. Je parie que tu le découvriras. Ma devise, c'est « surfe sur la vague », donc je crois que c'est ce que tu devrais faire. (Il me tapote le genou.) Elle te montrera la direction.

Surfe sur la vague. Bien sûr que c'est la devise de Benny.

Ce n'est pas comme s'il existait un guide de voyage dans le temps, ou un portail très évident dans le mur du grenier – au moins, dans *Narnia,* ils savaient qu'ils devaient retourner dans l'armoire. Donc je suppose que notre seule option est de descendre pour nous joindre aux festivités. *Surfer sur la vague* : c'est parti.

Je me lève et Benny saisit mon bras d'un air protecteur.

– En dehors de ça, tout va bien ? Le travail ? Ta vie sociale ? Du nouveau en matière de romance ?

Je me fige, une main sur la porte.

– Le travail ? (Une vague d'angoisse me serre la poitrine.) Bof. Ma vie sociale va bien. Tu te souviens de ma camarade de chambre de la fac, Mira ? Elle est de retour à Berkeley, donc nous passons notre temps à écumer Yelp pour découvrir de nouveaux restaurants où nous exorcisons nos frustrations à travers la nourriture.

Benny rit puis se tait, s'attendant à ce que je réponde à la dernière question qui rode. Finalement, il lance :

– Et ?

Je m'exclame :

– Que signifie le mot romance, déjà ? J'ai eu trois dates en un an. Deux d'entre eux ont été clairement un échec, dès la première minute, et j'ai recyclé la vieille excuse de « c'est une urgence, une amie a besoin de moi, désolée ».

– Aïe.

– Le troisième type était beau, il avait un travail intéressant, de la conversation…

– Bien.

– … mais au deuxième date, il m'a avoué qu'il vivait encore avec sa femme, même s'il a *juré* qu'ils étaient séparés et qu'il s'apprêtait à déménager.

Benny grogne.

– Non.

– Eh ouais, pas grand-chose de fou quand on vit chez sa mère. (J'agite une main.) Donc ouais. La romance est en pause.

Il m'embrasse sur la tempe.

– La vie n'est pas facile.

– Je ne te le fais pas dire. (Je lui adresse un grand sourire par-dessus l'épaule.) Enfin, tu le rediras sans doute, mais tu ne t'en souviendras pas.

Benny rit, insistant pour marcher devant moi dans les escaliers, et je les descends aussi lentement et prudemment que je peux. Quand j'arrive en bas, il me tope dans la main – moi aussi, joyeusement. Autant célébrer les petites victoires.

CHAPITRE 9

J'ai les yeux grands ouverts dans le noir et ce néant obscur est si familier que je me sens tout de suite soulagée. Je sais exactement où je suis : couchage du bas, lit superposé, sous-sol, chalet. Ce que j'ignore, c'est quand.

Je tâtonne pour trouver mon téléphone sans savoir exactement à quoi m'attendre – si je préférerais revenir au présent ou rester dans le passé. Mais c'est un débat stérile car l'écran indique le 21 décembre. J'ai passé la nuit, mais qui sait si je survivrai au reste de la journée ? Quoi qu'il en soit, je me félicite mentalement. Vous vous souvenez ? Célébrer les petites victoires.

Je roule sur le dos pour digérer la situation. Je voudrais comprendre non seulement *ce qui* se passe mais aussi *pourquoi.* Ai-je provoqué cela d'une façon ou d'une autre ? Si oui, comment ? Que se passait-il juste avant l'accident ?

Ma mère pleurait à cause de la vente du chalet.

Mon père préconisait des changements dans nos vies.

Miles se trouvait dans son propre petit univers, donc comme d'habitude. Et moi… eh bien, je me laissais happer dans un abîme d'effroi, paniquant à l'idée de perdre la seule chose qui avait toujours eu du sens dans ma vie…

Je me fige, puis me redresse, droite comme un i, dans le noir. Je viens de me souvenir. *Univers,* ai-je demandé. *Que suis-je en train de faire de ma vie ? Je t'en supplie. Peux-tu me montrer ce qui me rendra heureuse ?*

Est-ce même possible ? Je prends une grande inspiration et m'oblige à répondre à la question : *Qu'est-ce qui me rend heureuse ?*

Le chalet, bien sûr. Ma famille et notre famille d'élection, que nous retrouvons chaque mois de décembre. Mais aussi… le rire d'Andrew. Une après-midi tranquille à dessiner dans le jardin. Regarder Miles tenter des figures de break dance. Construire des créatures de neige au chalet. La cuisine de ma mère. La luge. Les blintzes au fromage d'Aaron. M'assoupir la fenêtre ouverte au printemps.

Mais j'ai été renvoyée ici, spécifiquement. Pas au printemps ou en été. Pas dans mon jardin, avec un carnet d'esquisses. *Ici.* Et il faut que je détermine pourquoi.

Les yeux fermés, je laisse un déluge d'images déferler avant que l'une d'elles s'impose, devenant de plus en plus précise dans mon esprit.

Théo et moi avions treize ans, Andrew seize, et c'était la première fois que je remarquais qu'il était objectivement magnifique. Avant ça, les garçons Hollis étaient fermement enracinés dans la catégorie *famille* et je les considérais de la même manière que je considérais mon propre reflet : comme une évidence, et avec impartialité. Mais cet hiver-là, Ricky avait des démêlés avec le système électrique du chalet et il n'arrêtait pas d'envoyer Andrew remonter les fusibles. Quand il n'aidait pas son père, Andrew jouait à la bataille avec Kyle et moi. Un soir, l'atmosphère s'était tendue. J'étais persuadée qu'Andrew récupérait ses meilleures cartes sous son tas. Il s'était calmement défendu. Je l'avais suivi au sous-sol en lui criant dessus alors qu'il éclairait la boîte à fusibles avec sa torche en me demandant tranquillement de « la fermer deux secondes, Mae ». Soudain, la lumière était revenue, son profil s'était éclairé et j'avais eu l'impression de tomber à la renverse.

Pour la première fois, je le *regardais* vraiment, ses cheveux fins sur ses tempes, la forme de plus en plus masculine de son cou, la ligne parfaite de son nez, à quel point ses mains paraissaient immenses. À partir de ce moment-là, mon adolescence s'est divisée en deux moitiés : avant que j'aie le béguin pour Andrew et après.

Nous sommes remontés, mais je ne voulais plus continuer à jouer. Non parce que j'allais m'énerver si je perdais mais parce que je voulais qu'il gagne.

Je voulais qu'il gagne parce que je voulais son bonheur. Andrew ne serait plus jamais un simple ami de la famille ; il serait toujours un peu plus pour moi, même s'il l'ignorait.

Cette certitude était déconcertante : je n'aimais pas la sensation d'être une porte moustiquaire battant en pleine tempête.

Le reste des vacances est devenu un supplice. Andrew en pantalon de pyjama, sans tee-shirt, se grattant le ventre d'un air absent, qui aidait Miles, âgé de quatre ans, à suspendre des oiseaux en origami. Andrew assis à côté de moi à la table, me regardant dessiner et jurer, avec une douce adoration, que j'ai un don pour l'art, tout comme ma mère. Andrew en jean, portant un pull épais en laine, qui aide mon père et Benny à démarrer un feu de cheminée. Andrew qui joue morceau après morceau à la guitare pour nous faire plaisir à Théo et à moi, en tentant de nous familiariser avec les merveilles de Tom Petty. Andrew à moitié endormi sur le canapé devant la cheminée, Miles assoupi sur lui. Pendant nos parties de sardines, je me cachais et priais pour qu'Andrew me trouve en premier, pour qu'on passe du temps seuls dans un espace clos et reculé puis qu'on s'embrasse « accidentellement ».

Andrew est un musicien enthousiaste, athlétique à contrecœur, paisible et inatteignable. Généreux de son temps et de ses compliments, désintéressé chaque fois qu'il s'agit de sa famille. Des cheveux adorablement ébouriffés, un sourire timide et le genre de monstre d'adolescent qui n'a jamais eu d'appareil dentaire. Imaginez-vous vous endormir dans un lit superposé en face de lui tous les soirs, soudainement obsédée par l'idée qu'il a peut-être une petite amie, que je n'avais jamais considéré l'existence de certaines parties de son corps, encore moins qu'il a probablement déjà COUCHÉ avec quelqu'un.

Même si on aurait pu penser que les adultes finiraient par s'inquiéter du fait que les garçons Hollis et moi dormions ensemble dans le sous-sol isolé, personne n'a jamais sourcillé. Pas même ma mère, en temps normal incroyablement stricte avec ce genre de limites. Mais c'était la famille, après tout. Andrew était peut-être manifestement si peu intéressé par moi et j'étais de toute évidence si peu intéressée par Théo que le radar parental ne s'est jamais déclenché, même lorsque nous sommes arrivés à l'âge de boire de l'alcool et de prendre de terribles décisions.

J'ai grandi en allant à la messe tous les dimanches, mais j'ai décidé il y a longtemps que le catholicisme n'était pas pour moi. Maintenant, dans l'obscurité, je commence à croire qu'on vient de m'offrir une réelle opportunité de recommencer à zéro. Je l'ai échappé belle au moment le plus merveilleux de l'année. Mais dans ce monde plein de gens ayant des besoins bien plus importants que d'effacer un stupide baiser alcoolisé, j'aimerais bien comprendre pourquoi c'est tombé sur moi.

***

Je sors du lit, en m'efforçant de ne réveiller ni Théo ni Miles. J'entre avec précaution dans la cuisine, sans savoir ce que j'y trouverai.

Mais tout semble normal. En dehors du gui que les jumeaux n'ont pas encore accroché dans la cuisine, tout est exactement comme ça l'était lorsque nous sommes partis il y a seulement cinq jours. Ou était-ce il y a deux jours ? Qui sait, putain !

Ricky arrive en traînant des pieds juste après moi. Ses cheveux poivre et sel donnent l'illusion d'être bien coiffés sur le devant, mais sont atrocement emmêlés derrière. Il a encore de petits yeux, mais il m'adresse un si grand sourire que ma poitrine se serre. Je m'accorde une seconde pour célébrer le fait que je suis vraiment *ici*, dans cette cuisine. Moi qui pensais devoir faire une croix dessus.

– Maelyn Jones, commence-t-il d'une voix rauque, toi et moi, nous nous ressemblons comme deux gouttes d'eau.

Je rayonne intérieurement, attendant la suite.

Il s'assoit en poussant un grognement :

– Nous nous levons tous les deux avec le soleil.

Ahhhhhh. Voilà.

– Tu sais que la pire chose au monde pour moi serait de ne plus jamais t'entendre prononcer cette phrase ?

Je l'embrasse sur le front et lui sers une tasse de café dans son mug renne préféré.

– Voyons. Pourquoi t'en inquiètes-tu ?

Je ne réponds pas. *Difficile à expliquer, Ricky.*

Mais la pensée revient, encore plus omniprésente maintenant : *Je croyais avoir perdu ça.* Je pensais que je ne vivrais plus jamais ce moment avec Ricky, dans cette cuisine, et me voilà ici. A-t-il seulement une vague idée du cadeau que représente cet endroit pour nous tous ? Le chalet ne me rend pas seulement heureuse, il me donne l'impression d'être *enracinée.* Ai-je la possibilité de les empêcher de vendre ?

Il prend une longue gorgée et repose son mug.

– Comment te sens-tu ce matin, Andouille ?

Moi ? Mon état d'esprit est soudain le cadet de mes soucis. La clarté sur la raison de mon retour me procure une joie si profonde que je dois être sur la bonne piste. Après tout, le plafond ne s'est pas effondré sur ma tête, le sol ne s'est pas ouvert sous mes pieds pour me renvoyer dans l'avion.

– Je vais bien.

Je m'appuie contre le plan de travail. Je souris à Ricky par-dessus ma tasse de café. Mes pensées deviennent un cyclone de souvenirs, de planification, de décontraction feinte.

– Mieux que jamais, en réalité.

Je me tourne en entendant des pas dans l'escalier. Un Benny encore froissé de sommeil passe la tête dans l'embrasure de la porte. Il pose un doigt devant sa bouche et me fait signe de m'approcher. Je jette un coup d'œil par-dessus mon épaule : Ricky sirote gaiement son café et a déjà englouti au moins trois cookies de la boîte à biscuits. J'en profite pour m'éloigner discrètement vers le couloir.

Une main sur chacune de mes épaules, Benny se penche pour me regarder dans les yeux.

J'attends une explication qui ne vient pas.

– Oui ?

– Je me contente de t'examiner.

– Pourquoi ?

– Je ne sais pas. J'essaie de me remémorer les symptômes du traumatisme crânien.

Je lève les yeux au ciel et lui fais signe de se redresser. Son cardigan est étrangement doux.

– C'est du *cachemire* ?

Il baisse les yeux comme s'il ne se souvenait pas d'avoir enfilé ce gilet.

– Peut-être ? (Il me fixe à nouveau.) Concentre-toi, Mae.

Je cligne des yeux et me rappelle pourquoi nous sommes ici.

– Tu te souviens de notre conversation d'hier soir ?

– Oui ?

Je soupire, soulagée.

– D'accord. (Mes méninges tournent à plein régime.) On est remontés dans le temps, mais je suis la seule à en avoir conscience. Je n'ai pas été renvoyée dans le passé, donc je dois avoir réussi quelque chose, n'est-ce pas ?

– Y a-t-il une autre explication ?

Je me mordille les lèvres.

– Que je sois barjo ? Que tout soit aléatoire ? Que je sois en réalité dans le coma, dans un hôpital de Salt Lake ?

– Aucune de ces options ne me plaît, admet-il.

– Euh… ouais, je me moque avec ironie. Je n'en suis pas folle non plus.

– Je suis là, raisonne-t-il. Je veux dire que je suis *réel.* Tu n'es pas seule, donc ça signifie que ça ne t'arrive pas qu'à toi, n'est-ce pas ?

J'ai soudain une idée.

– Vite. Raconte-moi quelque chose que j'ignore sur toi, en dehors de ta réserve de champignons, trop évident. Juste au cas où je remonterais encore dans le temps.

– Tu es au courant pour les champignons ?

– Benny !

Il fronce les sourcils, pensif. Puis il se penche pour me chuchoter à l'oreille.

Quand il s'écarte, je le dévisage.

– *Benny.*

Il rit en secouant la tête.

– Je sais.

Un frisson me parcourt.

– Je voulais dire, quelque chose dans le genre « mon premier chien s'appelait Lady », pas dans le genre « j'ai vécu une double vie scabreuse en tant que serveur nudiste en Arizona ».

Il hausse les épaules.

– C'est la première chose qui m'est venue à l'esprit.

Je ferme les yeux et secoue la tête pour effacer cette image.

– Devrait-on le dire aux autres ? demande Benny. Enfin, la situation dans son ensemble est assez absurde. L'un d'eux l'a peut-être déjà vécue et sait comment passer de l'autre côté ? Tu as peut-être raison, cet endroit est peut-être vraiment magique.

– J'aime ta manière de penser, mais j'ai peut-être une meilleure idée. Au fond, c'est parce que Ricky et Lisa nous ont annoncé la vente du chalet que j'ai fait ce vœu. Crois-tu qu'on soit censés les convaincre de le conserver ? Peut-être en mettant tous la main à la pâte pour leur montrer ce qu'il signifie pour nous ?

Il regarde derrière moi, là où Ricky savoure son café.

– Je suppose qu'on ne perdrait rien à essayer.

– Tout le monde se plaint toujours de toutes les traditions, je murmure, mais Ricky fait tellement pour nous, vraiment. Et si on devenait tous très enthousiastes, d'un coup ? Et si on proposait de participer à l'entretien ? Aux réparations ?

– Tu crois que tu pourrais convaincre tout le monde ? m'interroge-t-il.

Je regarde par la fenêtre et grimace. La tradition, aujourd'hui, est de faire des bonshommes de neige. Apparemment, une jeune Mae a demandé pourquoi on excluait les bonnes femmes de neige avant qu'un petit Miles ne s'en mêle, défendant les droits des singes de neige. Le 21 décembre s'est transformé en

Jour des Créatures de Neige, ce qui semble convenir à tout le monde.

Enfin, à moins que le temps ne soit très mauvais. Ricky refuse catégoriquement de changer son programme en cas de climat peu clément et cette activité titille tellement notre esprit de compétition que nous restons en général dehors deux ou trois bonnes heures avant de désigner un gagnant. Un coup d'œil à travers la fenêtre révèle un ciel d'un bleu-gris intimidant. D'épaisses stalactites de glace en forme de dagues sont suspendues à la corniche, menaçantes. Le groupe se plaindra forcément aujourd'hui, c'est couru d'avance.

Je déglutis en le dévisageant.

– Je ferai de mon mieux.

Benny inspire profondément.

– Bon sang, on parle de changer le futur… Tu connais l'effet papillon ? Changer un détail infime et déclencher un truc terrible ?

– Écoute, si l'univers a envie de faire tomber une dague maudite sur mes genoux que je devrai jeter dans une montagne pleine de lave, je relèverai le défi. Mais là, tout de suite, je ne vois pas quoi faire de plus.

***

Je suis Benny dans la cuisine au moment où la porte arrière s'ouvre. Andrew pénètre dans le chalet, faisant entrer une bouffée d'air glacial et déclenchant un pic d'adrénaline en moi.

Je m'exclame, surexcitée :

– Salut !

Dans ma tête, j'ai prononcé ces mots d'un air nonchalant, style James Dean appuyé contre le chambranle. En réalité, j'ai braillé d'une voix étrangement agressive, et tout le monde a tressailli.

Benny pose une main apaisante dans mon dos.

Andrew enlève un écouteur et me sourit, imperturbable, car c'est une créature magique.

– Salut, toi.

Il tremble malgré sa doudoune, son écharpe, ses gants et la couverture qu'il porte comme un châle. Cet être alliant le sexy à l'adorable se cache en général dans la cabine son pendant les concerts de Red Rocks, mais devrait clairement s'exhiber sur scène pour que tout le monde profite de lui.

– Alors, le hangar à bateaux était chaud comme un grille-pain ? je demande, à un volume normal maintenant.

Il écarte un fouillis de mèches brunes de ses yeux.

– Je préfère me congeler là-bas plutôt que dormir dans les lits superposés du sous-sol.

Quel adorable menteur ! Les lits superposés sont peut-être dans un sous-sol mais, au moins, les murs sont isolés et les lits sont douillets, chauds et envahis de couvertures duveteuses. Le hangar à bateaux est un carré de quinze mètres carrés avec un mur entier de fenêtres qui donnent sur la montagne, mais sans même un poêle pour le réchauffer. C'est très beau, mais à peine plus confortable que camper dans la neige. Son concours de fortes têtes avec son père finira par avoir raison d'Andrew.

Goguenard, Ricky examine son fils aîné qui tremblote en buvant son café.

– Tu es sûr de toi ?

Derrière nous, Benny renifle.

Un souvenir fait soudain surface.

– Pourquoi ne prendrais-tu pas les gros sacs de couchage qui sont dans le placard du sous-sol ?

Trois paires d'yeux se posent sur moi et je réalise que je viens de déconner.

Andrew semble intéressé.

– Quels sacs de couchage ?

– Comment diable connais-tu leur existence ? demande Ricky avec un sourire stupéfait. Je ne me rappelais même pas qu'on les avait. On ne les a pas utilisés depuis des années.

– Oui, Mae. Comment le savais-tu ? demande Benny avant de lever le pouce.

Je sais qu'ils existent parce que Ricky s'en est souvenu le matin de Noël. Il les a aérés, puis les a donnés à Andrew après l'avoir vu arriver glacé jusqu'aux os le cinquième jour d'affilée. Ce sont d'énormes sacs de couchage, vert kaki de l'armée, pesant chacun plus de quinze kilos. Leur doublure en épaisse flanelle rouge avec un drôle de motif de chasse au daim leur donne l'air de carcasses sanglantes quand on ouvre les fermetures Éclair, mais qui suis-je pour juger s'ils tiennent Andrew au chaud ? Je me souviens qu'il s'est blotti dans l'un d'eux et qu'il m'a dit qu'il n'avait jamais aussi bien dormi de toute l'année. Je suis seulement en train de lui offrir quatre nuits supplémentaires de repos bienheureux.

Je regarde en direction du ciel. Ai-je droit à des points bonus, Univers ?

Points bonus ou pas, ma découverte des duvets explique que je me retrouve dehors dans le froid glacial, couverte d'une énorme parka. Armée d'une batte de baseball, je roue de coups un sac de couchage ouvert sur le fil à linge à huit heures du matin. En me gardant bien de m'approcher des stalactites.

Un peu plus loin sur le même fil, Andrew frappe l'autre carcasse verte et rouge en toile et flanelle avec sa raquette de tennis. Il prend de l'élan et s'abat dessus, envoyant balader des moutons de poussière un peu partout.

– Oh, Maisie, c'était l'idée du siècle.

– Tu devrais savoir à qui demander conseil depuis le temps.

Andrew plisse les yeux dans l'air frais du matin.

– Je n'avais pas vu ces sacs de couchage depuis au moins dix ans.

La question implicite – celle que Benny et Ricky ont posée à haute voix il y a seulement quelques minutes – se lit dans ses yeux.

Je lui mens :

– Je cherchais un plat allant au four pour ma mère. Ils étaient dans un placard. (J'observe l'intérieur rouge et marmonne.) Ils sont tellement sanguinolents. C'est presque dérangeant.

– Je me souviens d'avoir campé dans ces sacs de couchage quand j'étais petit, me raconte-t-il. J'imaginais que j'étais Luke Skywalker et que je dormais dans un tauntaun.

– Une référence très geek.

– « Bien au chaud comme Luke dans un tauntaun » n'est pas encore un proverbe, mais on pourrait peut-être lancer la mode.

– Tu sais, dis-je avant de donner un grand coup de batte. Tu *pourrais* aller acheter un chauffage d'appoint en ville.

Andrew assène plusieurs coups puissants à son sac de couchage, le libérant d'une quantité impressionnante de poussière.

– Ce serait admettre ma défaite.

– Ah ! Risquer la mort pour l'éviter vaut clairement la peine.

– Quand il s'agit de mon père, oui. Mais merci d'avoir été si astucieuse. (Son sourire lui fait pétiller les yeux et une petite voix hurle dans mon cerveau : REGARDE À QUEL POINT CE SOURIRE TE REND HEUREUSE.) En parlant de défaite, dit-il, es-tu prête pour aujourd'hui ?

Par un tel froid, il a neigé et une superbe couche de poudreuse fraîche et souple recouvre le jardin pour notre prochaine aventure.

– Oh que oui !

CHAPITRE 10

Le fait que la famille Hollis prenne la fabrication de créatures de neige très au sérieux n'est pas surprenant quand on les connaît. Lorsque nous sortons de la maison après le petit déjeuner, du matériel – des grandes pelles aux minuscules binettes de jardin, des râteaux aux raclettes – nous attend sur le porche. En bas des marches, une table est encombrée de tasses, d'assiettes, de seaux, de couteaux, de cuillères, de coupes de glace et même de lampes torches pour nous aider à donner forme, mouler et sculpter les moindres détails de nos créations. À côté de la table, il y a une caisse en bois et un grand panier en osier : la boîte contient des carottes fraîches, des panais, des pommes de terre et une variété de courges pour les nez et les membres. Le panier déborde de mitaines, de perruques, de chapeaux et d'écharpes.

Comme le veut la tradition, nous formons les équipes et nous efforçons de façonner la meilleure sculpture avant de voter pour celle qui gagnera.

Les enjeux sont considérables : pour le dîner de ce soir, Ricky choisit intentionnellement un large éventail de steaks, du paleron martelé au filet mignon. Tout le monde indique son vote sur un morceau de papier anonyme avant de le glisser dans une boîte – le code d'honneur veut qu'on ne vote pas pour soi-même – et l'équipe gagnante choisit son plat et celui de tous les autres. Le Jour des Créatures de Neige, je n'ai jamais mangé de filet mignon.

Il y a seulement quelques jours de cela, Andrew et moi avons construit un singe de neige, mais n'avons eu d'illumination qu'à la toute fin du temps imparti. Nous avons dû nous empresser de terminer et avons finalement perdu face au grizzly de ma mère et de Ricky. Théo a commencé à lancer des grossièretés, Andrew et lui ont fini par se battre. Mon esprit de compétition s'est éveillé, je me suis jetée sur eux et Théo m'a taclée, mettant une éternité à se relever.

Était-ce le début de quelque chose que je n'ai pas vu venir ? Je frissonne.

Je ne risque pas de laisser ça se reproduire.

Les jumeaux dévalent les marches et plongent dans la neige fraîche ; comme toujours depuis leur naissance, ils participeront avec enthousiasme pendant environ quinze minutes, avant de perdre tout intérêt pour le concours.

Aaron a préparé les fameux blintzes au fromage de sa bubbe ce matin, mais n'en a pas mangé un seul, se délectant à la place d'un smoothie protéiné en insistant sur le fait qu'il est « parfaitement heureux sans toute cette crème fraîche » et ne s'est « jamais senti aussi bien ». Maintenant, il parade sur le porche dans un jean slim déchiré, un bombers à fleurs et une paire de baskets tendance dont la semelle épaisse semble plus adaptée à la marche dans une navette spatiale que sur quinze centimètres de poudreuse.

– C'est… différent, dit Andrew en le regardant de haut en bas.

– Papa a l'air cool, n'est-ce pas ? lance Zachary en tirant sur l'écharpe Burberry d'Aaron. Il a les mêmes chaussures que M. Tyler.

Je demande :

– Qui est M. Tyler ?

– C'est l'entraîneur de foot des jumeaux, un instagrammeur connu de vingt-quatre ans.

Aaron trottine sur place.

– Elles sont super-confortables.

Andrew, qui est un ange d'amour, répond :

– Je n'en doute pas.

À ce stade de nos vies, nous connaissons tous le processus : les partenaires se séparent pour élaborer leur stratégie, puis se lancent dans la construction. Il serait sans doute plus logique pour moi de travailler avec Théo parce que nous sommes pratiquement jumeaux, mais 1) Miles assassinerait quiconque lui volerait du temps de qualité avec son idole ; 2) Andrew et moi sommes tous les deux facilement distraits et seulement vaguement intéressés par la victoire, donc personne ne nous veut dans son équipe et 3) j'ai juste vraiment envie d'être avec Andrew. Ce n'est pas la raison la plus noble, mais nous y voilà.

Pour ce qui est du reste, Benny est seulement occasionnellement intéressé par l'événement et joue en général le rôle d'arbitre et/ou de la groupie. Lisa s'est alliée à Kyle. Aaron à mon père qui, tout à son honneur, scrute longuement la tenue d'Aaron, mais se retient de tout commentaire. Théo et Miles se mettent ensemble, évidemment, et Ricky et ma mère forment le dernier duo. Neuf fois sur dix, ils gagnent. Je suppose que c'est ce qui arrive quand on laisse un architecte paysager s'allier à une artiste.

Lorsque Kennedy et Zachary sont entrés à l'école l'année dernière, nous avons institué la Règle du Maillot de Bain : rien qui serait masqué par un maillot de bain ne peut être sculpté. Sans cette règle, on ne pourrait pas faire confiance à Théo. Pendant plusieurs années, dès le début de nos vingt ans, même les lézards de neige de Théo avaient des nichons.

Du coin de l'œil, je le surprends à l'instant précis où il repère l'épaisse branche incurvée qui leur donnera l'idée, à Miles et lui, de construire un éléphant de neige. L'adrénaline de sa découverte fait monter son énergie à la vitesse supérieure et les deux garçons se topent dans la main comme les membres d'une fraternité le feraient après avoir vidé leur premier fût de bière.

Benny surgit à côté de moi.

– Quel est ton plan ?

J'observe Andrew trier les légumes, attendant l'inspiration. Quelques jours plus tôt, nous avons commencé à faire un panda avant que notre plan n'avorte au dernier moment lorsque nous avons réalisé qu'il ressemblait vraiment à un ours – que ma mère et Ricky fabriquaient, avec beaucoup plus d'habileté. Nous avons bifurqué vers le singe au dernier moment et je pense qu'il aurait été vraiment génial si on y avait pensé depuis le début.

– Je vais utiliser ma connaissance du passé pour gagner.

Benny acquiesce plusieurs fois avant de marmonner sèchement :

– Ça semble tout à fait altruiste.

Je lui adresse un regard faussement irrité.

– La dernière fois, Ricky et ma mère ont gagné – comme toujours – et tout le monde s'est plaint. Il est dans notre intérêt que personne ne soit mécontent et que tout le monde s'amuse ! Projet Sauvons le Chalet, n'est-ce pas ? Donc si Andrew et moi gagnons, nous pourrons en faire des tonnes puisque ce sera la première fois que nous choisirons notre steak. Hourra ! Traditions !

Benny me dévisage.

– Tout le monde sait que tu te fiches du steak.

Je le toise.

– J'ai peut-être faim.

Il hausse un sourcil.

– Ou j'en ai peut-être assez de perdre.

Benny renifle bruyamment au-dessus de son café.

– Voilà, je comprends mieux.

Andrew s'approche. Je lui donne un petit coup d'épaule et prétends lui laisser le choix.

– À quoi penses-tu ?

– Un panda ? dit-il en arrondissant les mains pour faire semblant d'avoir un gros ventre.

Je fais mine d'y songer pendant plusieurs secondes en me tapotant le menton.

– Je crois que ton père et ma mère ont choisi l'ours.

J'incline la tête, subtile, avant de réaliser qu'ils rassemblent du matériel et que je n'ai aucun moyen de savoir ce qu'ils fabriqueront : ils n'ont fait que des tas de neige pour l'instant.

Andrew fronce les sourcils, incrédule. Ses yeux verts se rétrécissent.

Je m'empresse de mentir :

– J'ai entendu ma mère en parler un peu plus tôt. Je parie qu'il sera magnifique.

Il me croit – *merci, Univers* – et j'avance vers le porche pour récupérer les deux écorces parfaites qui deviendront les oreilles de notre singe.

– Et si on faisait plutôt un singe ?

Je les tiens autour de ma tête pour lui montrer.

Il sourit, plonge la main dans la caisse et brandit les deux courges en forme de bras qui fonctionneront parfaitement pour notre singe. Nous nous sourions, ravis. Nous sommes des génies !

– Sois discrète, murmure-t-il rapidement en reprenant le contrôle sur son expression.

Nous nous faisons un check subtil.

D'abord, nous travaillons tous sur nos terrains respectifs, ignorant ce que font les autres parce que les tas de neige mettent du temps pour commencer à ressembler à quelque chose. Mais alors que les heures s'écoulent – à partir du moment où les jumeaux s'ennuient et se lancent dans une bataille de boules de neige –, la compétition prend possession de nous. Chaque équipe jette plus fréquemment des coups d'œil alentour. Nous commençons tous à murmurer et à désigner du doigt. Personne n'a envie de déguster un paleron de bœuf tendineux, et il faut savoir quelle est l'équipe à battre.

Après environ quarante-cinq minutes, le singe s'ébauche encore mieux que ce que j'aurais imaginé, encore mieux que la dernière fois. Ses grandes oreilles lui donnent un air de personnage de bande dessinée. On aurait envie de lui faire un câlin. Je parviens à m'approprier quelques superbes boutons en écaille qui donnent à ses yeux un air sombre et lumineux. Andrew est apparemment doué avec le couteau à beurre parce qu'il le chauffe avec un briquet et sculpte attentivement les traits de son visage. Son nez et sa bouche sont parfaits. Décidément, on est bourré de talent quand on fait un petit effort !

Peut-être aussi quand on triche. Juste un peu.

– C'est trop moite.

Je lève les yeux vers Andrew.

– Qu'est-ce qui est trop moite ?

Je l'entends déglutir. Andrew désigne l'endroit où je tente de créer une queue de singe recourbée qui tienne toute seule avec son couteau à beurre. Elle s'effondre chaque fois que je creuse.

– Tu as un souci de moiteur.

Les mots semblent ricocher entre nous, devenant de plus en plus stridents dans le silence assourdissant. Ses yeux étincellent, il se retient de glousser et finalement, incapables de nous retenir, nous éclatons tous les deux de rire.

– Viens-tu sérieusement de me dire que j'ai un souci de moiteur ?

Il n'arrive pas à se calmer.

– Non… oui.

– Êtes-vous pervers, Andrew Polley Hollis ?

Il se plie en deux.

– Je te promets que je n'avais jamais dit une chose pareille à une femme.

Je pose une main sur ma poitrine et dis :

– Quel honneur absolu d'être la première ! (Je lui fais signe de s'approcher.) Viens m'aider.

– Pour régler ton souci de moiteur ?

– Andrew.

Il avance à quatre pattes, et je croise son regard malicieux. Je voudrais capturer cet instant. Je voudrais le capturer dans une boule à neige pour être capable de le revoir comme ça, pour toujours.

Nous décidons de nommer notre singe Théa, histoire de pouvoir harceler Théo après notre victoire. Je m'assure de me tenir debout sur le côté assez longtemps pour avoir l'air d'hésiter sur l'étape suivante. Andrew me surprend et m'adresse un sourire d'approbation.

Notre technique pour confondre nos adversaires fonctionne à merveille. Ricky s'approche de nous, observant Théa.

– Qu'est-ce que c'est ?

Je le sens sur le point de se moquer et je lui coupe l'herbe sous le pied en passant un doigt admiratif sous sa mâchoire artistiquement sculptée.

– Tu sais exactement ce que c'est. Elle s'appelle Théa, filet mignon pour les intimes.

Il incline la tête, puis l'observe de tous les côtés. Je sens qu'il est aussi choqué qu'impressionné : Andrew et moi nous sommes surpassés.

Finalement, Ricky ouvre la bouche pour s'exprimer sur un ton jaloux :

– Je ne sais pas, Mae. As-tu vu notre ours ?

Andrew lui jette un coup d'œil et rétorque :

– Oh, ce tas de neige recouvert d'écorces, là-bas ?

– Hé, ce sera mon chef-d'œuvre !

Ma mère lance mollement une boule de neige en direction d'Andrew, sans arrêter de glousser.

Malheureusement, à ce moment précis, mon père se redresse sur sa trajectoire et la boule de neige s'écrase dans son cou. La neige glisse dans son col et disparaît sous son pull.

Mon ventre se serre. Ma mère est gaie comme un pinson, elle adore s'amuser. Mon père… eh bien, pas du tout. Il est gentil mais sensible, et n'apprécie jamais être l'objet d'une plaisanterie.

Je vous en supplie, je pense. *Ne vous engueulez pas. Ne faites pas capoter cette journée.*

Ma mère chantonne joyeusement.

– Oups ! Je t'ai eu, Dan ?

Le groupe retient collectivement son souffle. Ma mère, imperturbable, se lance dans une petite danse impertinente. Cette femme joue avec le feu.

Les yeux dans les yeux, mon père se penche pour ramasser de la neige et former une boule parfaite et terriblement compacte. Je suis submergée de soulagement lorsqu'il se redresse, un grand sourire aux lèvres. Il lance la boule de neige qui siffle dans les airs, menaçante, ratant sa cible de seulement quelques centimètres.

Ma mère pousse un cri de plaisir, mon père s'esclaffe, faisant une autre boule de neige et criant :

– Oh, tu l'as bien cherché.

C'est nouveau.

Mais la tension revient ; Andrew et moi avançons tellement bien avec Théa et, pendant quelques secondes merveilleuses, j'ai oublié que j'avais déjà vécu cette journée et je me suis laissée aller à apprécier l'instant. Mais être dans la neige avec ce groupe, c'est un peu comme marcher dans une flaque d'essence après avoir craqué une allumette.

Les batailles de boules de neige sont toujours une possibilité.

Les jumeaux qui avaient préparé un tas de boules de neige de leur côté interprètent l'initiative de mon père comme le signe déclencheur de leur propre assaut. Avant que je réalise ce qui se trame, une guerre acharnée commence. Allumette dans flaque d'essence : Zachary bombarde la jambe de son père Aaron, qui fait craquer la couture de son jean de créateur lorsqu'il tente de se recroqueviller pour se protéger. Il se relève, bombarde Kyle dans le ventre, qui attaque mon père sur le bras. Mon père vise Kyle, mais atteint l'épaule de Lisa, et elle riposte avec une boule de neige vicieuse qui le frappe entre les omoplates. Apparemment, elle est bien meilleure pour viser avec une boule de neige qu'avec un appareil photo.

– Les gars, arrêtez !

J'agite les bras, mais personne ne me prête attention. Même Ricky semble à l'aise avec cette entorse à la tradition : il lance des boules de neige sur ses fils avec un rire de stentor qui résonne jusqu'au chalet, entre les arbres et les montagnes.

Tout le monde court, plonge au sol, se protège derrière des créations de neige qui – à mon grand dam – sont réduites à néant. J'entrevois brièvement le boxer rose d'Aaron lorsque mon père et lui chargent, et l'ours de neige de ma mère et de Ricky s'effondre dans un tas de poudreuse et d'écorce. L'enthousiasme des jumeaux transforme l'éléphant de Théo et de Miles en un tas grumeleux et ils se vengent en détruisant la girafe de Lisa et Kyle, un projet bien trop ambitieux par nature. Lorsque Théo se relève, la girafe a perdu sa tête et ressemble maintenant à un rocher blanc. Il y a seulement une heure, le jardin était recouvert d'une couche lumineuse de neige immaculée. Désormais, on distingue des taches de boue. Des morceaux de pelouse sont recouverts de boules de neige boueuses. Le chaos hivernal est total.

– Que se passe-t-il ? je crie à Andrew à travers le désordre.

– Enfin, la tradition s'effondre !

Il sourit d'un air hystérique tout en courant pour protéger Théa, les bras écartés, puis il ajoute galamment :

– *Ils nous prendront peut-être cette journée, mais ils ne prendront pas notre singe !*

La panique m'étreint la gorge. Bien sûr, les batailles de boules de neige sont hilarantes, mais ce n'était pas censé survenir aujourd'hui. Nous pourrons nous mitrailler demain ou la veille de Noël. Enfin, s'il s'agit de transgresser toutes les traditions, que se passera-t-il aujourd'hui lorsque mon père et Ricky iront choisir le sapin de Noël ? Ignoreront-ils la tradition de la recherche du meilleur arbre, choisissant le premier qui croisera leur chemin ? Mépriserons-nous tout ce qui fait de ces vacances un séjour parfait ?

J'écarte les bras pour protéger Théa aussi longtemps que je le peux, même si les boules de neige surgissent de toutes parts. Mais du coin de l'œil, à l'instant où Andrew atteint le nez de Miles avec un tir parfait, Théo esquisse un saut de l'ange dans notre direction.

Andrew tacle son frère, mais c'est trop tard. Théa, le dernier animal, est détruit dans une explosion de neige et de membres à l'instant où Benny sort sur la terrasse.

Le chaos se dissipe et je distingue à l'horizon seulement des imbéciles haletants, pleins de neige.

Benny se fige en bas des escaliers et regarde autour de lui, confus :

– Je suis parti quoi, deux minutes ? Sérieusement.

Tout est détruit autour de nous et ils contemplent finalement l'état du jardin. Je m'attends à de la dévastation et à du remords. Je m'attends à ce que Ricky laisse échapper un gémissement terrassé : *Qu'avons-nous fait ?!*

… mais il ne vient jamais. Au contraire, il sourit en observant l'anarchie qui l'entoure, puis rejette la tête en arrière et laisse échapper un rire tonitruant.

Je m'exclame soudain :

– Qu'est-ce qui ne tourne pas rond chez toi ? Tu ne comprends pas ? C'est spécial ! Et les traditions, alors ? On ne pourra pas continuer ensemble si on ne respecte pas ce qu'on a tous construit !

Andrew pose délicatement la main sur mon bras.

– Mae.

Mais un craquement assourdissant au-dessus de nos têtes nous distrait soudain.

Je lève les yeux juste à temps pour voir une énorme branche couverte de neige céder sous son poids et se détacher, presque au ralenti. Directement sur moi.

CHAPITRE 11

Cette fois, je me réveille en criant à la trahison, me cramponnant à mon visage et à mes cheveux, cherchant du sang, de la cervelle ou Dieu sait quoi. Mais, bien entendu, il n'y a rien.

Je n'ai pas besoin de regarder autour de moi pour savoir exactement où je me trouve, et honnêtement, je me fiche maintenant royalement de tout.

Je crie dans l'avion :

– JE NE COMPRENDS PAS CE QUI M'ARRIVE.

Bien sûr, 219 personnes doivent faire face à la folle qui hurle dans un espace clos, mais avec un peu de chance, l'Univers m'entendra, lui aussi, parce que j'en ai *assez.*

Je n'ai pas demandé à mon père si je souffrais d'un traumatisme crânien.

J'ai prêté serment de sauver le chalet.

J'étais clairement déterminée à ne jamais embrasser Théo Hollis.

Qu'est-ce que je suis censée faire d'autre, bordel ?

Le silence s'abat sur tout l'avion et je sens le poids de l'attention de ma famille stupéfaite autour de moi. Même ma mère se réveille pour l'occasion.

Une hôtesse de l'air se penche sur Miles pour me parler à voix basse. Les minuscules clochettes argentées épinglées à son pull tintent dans le silence assourdissant.

– Mademoiselle, est-ce que tout va bien ?

– Ça va. (Je suis irritée et clairement pas bien du tout. Mais quelle importance ? Personne ne s'en souviendra de toute façon !) Je suis juste en train de revivre sans arrêt la même journée, mais peu importe. Atterrissons et passons à autre chose.

– Puis-je vous offrir quelque chose à boire ? demande-t-elle d'une voix douce.

– Est-ce votre manière de me dire : « Vous faites peur aux autres passagers, et si vous buviez un peu de vin ? »

Elle se contente de sourire.

– Ça va. Merci. (Je me penche et croise le regard de mon père.) Papa, quand on arrivera au chalet, ne touche pas au putain de cookie.

***

Nous sortons de la voiture, et c'est superbe, et tout le monde est surexcité et oui, en temps normal, c'est mon moment préféré de l'année, avec mes personnes préférées, mais bon sang, je ne peux pas recommencer. Je suis tellement fatiguée.

Je donne des conseils entre deux câlins rapides.

– Kennedy, attention à Miso quand tu entreras dans la maison. Papa, je te le répète, ne touche pas aux cookies. Tout le monde ? Kyle a un nouveau tatouage. Il est sur son bras – c'est une note de musique – et il est très chouette, mais ne le touchez pas, il n'a pas encore cicatrisé. Ricky, ne t'inquiète pas pour le Hendricks, le Bombay n'est un problème pour personne et, de toute manière, Aaron a arrêté de boire parce qu'il est en pleine crise de la cinquantaine. En parlant de cheveux, Théo, ta coupe est super, mais tes cheveux n'ont jamais été le souci. À ce propos, Lisa ? (Un peu de culpabilité monte dans ma gorge quand je les vois tous me fixer avec des yeux écarquillés et inquiets.) Je t'adore – vraiment –, mais laisse Aaron choisir la musique ce soir. (Je marque une pause.) Et laisse ma mère prendre les photos.

S'il ne faisait pas si froid dehors, on entendrait les crickets chanter dans le silence désorienté.

– Je n'ai aucune envie de passer pour une connasse. Oups, bouchez-vous les oreilles, les enfants ! Mais j'ai passé une sacrée journée. (J'éclate de rire seule – *une* journée ! –, il me faut plusieurs secondes pour reprendre le contrôle sur mes gloussements.) Tout le monde sait que je ne sais pas boire, mais si quelqu'un prépare des cocktails, j'apprécierai quelque chose de fruité avec de la vodka. Pas de lait de poule.

Andrew claque des doigts et je le regarde. Il a l'air éberlué, mais il sourit. Mon héros éternel et imperturbable.

– Sur-le-champ, Maisie la Dingo.

Ai-je envie de le suivre à l'intérieur ? Est-ce que je préfère flirter avec lui sur le porche ? Oui. Mais ça n'a aucune importance, je ne ferai que m'emballer.

Je fixe le ciel et laisse échapper un long grognement épuisé.

– À quoi est-ce que ça *riiiiiime* ?

Une main me touche le bras.

– Maelyn ? (C'est mon père.) Ma chérie, qu'est-ce qui t'arrive ?

– Je pourrais dire que c'est une longue histoire, mais ce serait faux. Je suis coincée ici. Dans le temps. (Je laisse échapper un gloussement détraqué.) Ai-je envie de venir au chalet tous les ans ? Oui. Mais ai-je *vraiment* envie de continuer à revivre le 20 décembre pour toujours ? Non. Non, pas du tout.

Ma mère et lui échangent un regard inquiet.

– On devrait peut-être l'emmener chez le médecin, suggère ma mère.

Mon père la dévisage, incrédule.

– Je *suis* médecin.

Elle soupire.

– Tu sais ce que je veux dire.

– Pas vraiment, non.

La vague de culpabilité menace de m'engloutir – ils sont déjà en train de se disputer, et c'est de ma faute –, mais je ne peux rien y faire maintenant. Ils vont devoir se dépatouiller seuls.

Je pose des yeux suppliants sur Benny.

– Il faut qu'on parle.

Je me tourne vers ma mère avec l'air de dire *donne-moi une minute*, puis sors avec Benny sur le porche. J'adore ma mère mais, à cet instant précis, j'ai besoin de la tranquillité innée de Benny.

Je tente de dissiper le remue-ménage de mon arrivée en déposant des baisers délicats sur les fronts de Kennedy et Zachary, mais ils se figent et deviennent nerveux à mon contact.

Au moins, Kennedy fait attention au chien en entrant dans le chalet.

Et mon père ne mange pas de cookie.

Même si personne ne s'en souviendra, de toute façon.

***

Benny s'assoit à côté de moi sur la balancelle et nous tanguons en silence. J'arrive à peine à distinguer la forme de la maison des voisins à travers les arbres, mais je contemple la fumée qui s'échappe de leur cheminée, le scintillement de leurs lumières de Noël à travers les branches.

Les branches.

Je lève les yeux, circonspecte. De l'autre côté du jardin, je crois que je repère l'endroit où la branche a cédé sous le poids de la neige et je la désigne en grognant :

– Tu ne m'auras pas demain, espèce de saloperie.

Benny se fige.

– Vas-tu me raconter ce qui se passe ?

– Ça ne sert à rien.

Il m'examine.

– Pourquoi ?

– Parce que c'est la quatrième fois que je vis cette journée et j'ai beau tenter de faire les choses différemment, je continue à remonter le temps.

– Comme dans *Un jour sans fin ?*

– Est-ce un film ?

Il se frotte le visage.

– Seigneur, tu es jeune. Je pense encore que croire que l'arrivée du printemps est déterminée par l'ombre d'une marmotte est l'une des traditions les plus étranges ici[2]. Le printemps commence le même jour chaque année dans mon pays.

Je dois le dévisager avec perplexité, parce qu'il acquiesce.

– Oui, Maelyn, *Un jour sans fin* est un film.

– Alors oui. Quoi que je fasse, je continue à me cogner quelque part et je me réveille dans l'avion.

– Tu devrais peut-être parler à ton…

– Mon père ? (Je secoue la tête.) Nan. Nous avons déjà essayé deux fois, mais je suis tombée dans les escaliers du grenier et…

---

2. Jeu avec le titre original du film *Un jour sans fin* (*Groundhog day,* littéralement *Le jour de la marmotte*).

Je fais un signe de ploc et il grimace. J'agite les mains pour qu'il finisse sa phrase.

– Tu as recommencé ?

– Bingo. Apparemment, ce n'est pas ma tête, dis-je en m'adressant au ciel. Et apparemment, ça n'a rien à voir avec l'objectif de sauver le chalet.

Pas de réponse. L'Univers est vraiment peu coopératif.

Benny fronce les sourcils.

– Sauver le chalet de quoi ?

J'inspire profondément et décide de tout lui raconter encore une fois. Même si je n'arrive qu'à demain, j'ai besoin d'un allié. Lait de poule. Léchage de minois. Théo le traître. Andrew l'adorable. Remords, remords, remords. Chalet. Accident. Purgatoire. Le reste.

– Oh, dis-je. Et je t'ai demandé de me donner un détail que tu sois le seul à connaître pour que tu me croies plus facilement.

– Et ?

– Et tu m'as parlé du club de Sedona.

Il écarquille les yeux.

– *Vraiment ?*

– Ouaip. (Je frissonne.) Donc je dois vivre avec cette information maintenant.

Benny laisse échapper un « waouh » discret.

– Aussi fou que cela puisse paraître, je crois que tout est en train d'arriver parce que j'ai demandé à l'Univers de me montrer ce qui me rendrait heureuse et, donc, on n'arrête pas de me renvoyer ici *sans manuel d'instructions*, je crie en direction du ciel. Eh oui, j'adore cet endroit. Je comprends. Et maintenant, je vivrai ici pour toujours. Noël Éternel. Attention à ce que tu souhaites, hein ?

Je laisse échapper un rire un peu dément.

Après une longue pause, Benny finit par demander :

– OK, mais disons qu'il n'y a aucune limite à tes souhaits, qu'est-ce qui – dans le vaste monde – te rendrait vraiment heureuse ?

À point nommé, des pas résonnent sur la terrasse. Et voilà Andrew, tenant un grand verre pétillant avec du jus d'orange, de la vodka et plein de glaçons.

– *Screwdriver*. Beaucoup de jus d'orange, précise-t-il avec un sourire adorable. Parce que, sans vouloir t'offenser, tu es un poids plume, Maisie.

Il s'assoit sur la balancelle, je me trouve maintenant coincée entre son corps chaud et Benny. Je m'embrase intérieurement, et mon plus grand fantasme nous regarde tour à tour, Benny et moi.

– Alors. De quoi parliez-vous ?

Ne fais pas confiance à l'Univers.

On parlait de ce que je pourrais désirer dans ce vaste monde et tu es apparu. Marrant, n'est-ce pas ?

Un coup d'œil à Benny m'apprend qu'il ne compte pas venir à ma rescousse. Qu'il soit maudit parce qu'il m'oblige à me confronter à mes sentiments maintenant.

– On parlait de ma folle journée, Benny m'a demandé ce qui me rendrait heureuse et tu es apparu avec un cocktail. (Je le prends en ajoutant.) Alors merci. Je suis heureuse maintenant.

Je prends une grande gorgée et *diable*, Andrew ne déconne pas, ce n'est pas « beaucoup de jus d'orange ». Je suis surprise que des flammes ne s'échappent pas de ma bouche lorsque je soupire. La prochaine fois que je remonterai le temps, je lui demanderai de me préparer un cocktail qui ait moins le goût de feu.

– C'est fort.

Je halète en le tendant à Benny qui le pose sur la table à sa droite.

– Tu es bizarre aujourd'hui, Maisie, renchérit Andrew en riant.

Je tousse en grimaçant, la gorge brûlée.

– Je vis juste ma vérité.

– Je comprends. (Je sens qu'il regarde Benny par-dessus ma tête.) Tant que tu n'es pas en colère contre nous pour une quelconque raison.

La culpabilité prend le pas sur mon humeur téméraire. Qu'ils soient le fruit de mon imagination ou des pions sur l'échiquier de l'Univers, j'adore ces gens. Je devrai être plus douce la prochaine fois que je perdrai les pédales.

– J'espère que je n'ai pas vexé ta mère.

Il glousse.

– D'après mon père, elle met l'album de Noël de Bob Dylan depuis trois semaines maintenant et nous lui avons tous dit que c'était horrible. Peut-être que l'entendre d'une personne qui n'est ni son fils ni son mari fera une différence. (Andrew fronce les sourcils.) Mais comment savais-tu que mon père avait oublié le Hendricks ?

– Une intuition bizarre.

Andrew se mordille la lèvre inférieure en considérant mon mensonge, puis acquiesce comme s'il était complètement satisfait par mon absence d'explication. Il gère les manifestations étranges et surnaturelles presque aussi bien que Benny.

– Tu dois avoir fait un sacré rêve dans l'avion. La semaine dernière, j'ai rêvé que je travaillais dans une fête foraine. Pendant une semaine, je n'ai pas arrêté d'avoir l'impression d'être constamment en retard au stand de barbe à papa. C'était atrocement stressant.

J'éclate de rire, puis le silence revient. Nous écoutons le sifflement du vent entre les arbres, jusqu'à ce que je lance :

– Mais pourquoi le stand de barbe à papa, d'ailleurs ?

– Tu plaisantes ? (Andrew me dévisage, incrédule.) C'est le *meilleur* job de toute la fête foraine.

– Le plus collant, je corrige.

Benny fredonne en acquiesçant.

– Je m'occuperais d'un manège.

Je grimace.

– Il faut nettoyer beaucoup de vomi. (Andrew frémit, je le dévisage.) Quoi ? Tu crois que les gens ne vomiront pas autour de ton stand de barbe à papa ?

Benny rit et ferme les yeux, inclinant le visage vers le ciel.

– De quoi est-on en train de parler ?

Le soleil a disparu depuis longtemps derrière les montagnes et je me sens tellement épuisée que la gravité m'écrase soudain.

– Andrew, dis-je, il va faire vraiment froid dans le hangar à bateaux.

Il se fige à côté de moi.

– Comment sais-tu que…

– Une autre intuition.

Il reste silencieux une seconde, puis répond :

– Toujours mieux qu'un lit superposé.

– Je suppose. Mais on pourrait dépoussiérer les vieux sacs de couchage du sous-sol avant que tu n'ailles te coucher. Je n'ai pas envie que tu te congèles. On pourrait te sauver, ainsi que les protubérances de ton corps.

– Je… (Il me dévisage.) Des sacs de couchage ? (Face à mon silence, il complète.) Une autre intuition.

– Ouaip.

Deux fossettes se creusent dans ses joues.

– Tu t'inquiètes pour moi, Maisie ?

– Je m'inquiète toujours pour toi.

– Et les protubérances de mon corps ?

À côté de moi, je sens que Benny tente vaillamment de disparaître dans la balancelle.

– Toujours, dis-je avant d'ajouter avec honnêteté : Je t'adore. Allons t'installer là-bas, et puis j'irai faire une sieste.

Quand je lui jette un coup d'œil, le temps se fige ; il ne rit pas, il ne me taquine pas, il ne plaisante pas. Il se contente de me dévisager. Nous ne détournons le regard ni l'un ni l'autre et, pendant un court instant, l'attention d'Andrew glisse vers ma bouche et je vois ses lèvres esquisser une petite moue surprise. Comme s'il découvrait quelque chose de nouveau dans mon visage.

Si seulement c'était *son* moment de boîte à fusibles, son grand chamboulement. On peut toujours rêver.

Quoi qu'il en soit, l'attention qu'il me prête est comme une drogue et lorsque je tente de me lever, je chancelle, manque tomber. Benny et Andrew se lèvent brusquement pour me rattraper. Mais Andrew devance Benny, il me saisit les avant-bras pour me stabiliser et je me love contre lui.

Je ne peux pas m'en empêcher : je suis vulnérable. Le câlin avec Andrew dont j'ai toujours rêvé ? Je suis en plein dedans. Je me laisse aller entre ses bras.

J'en ai seulement besoin pendant une seconde. J'ai juste envie qu'il me tienne dans ses bras, qu'il me cajole sans que ce soit pour me saluer. Je le sens surpris, puis il entoure ma taille de ses bras et je m'agrippe à son cou en l'étreignant.

J'entrouvre un œil, en m'attendant à me retrouver dans l'avion. Je sais que c'est sur le point d'arriver parce que me voilà, avide, tirant un profit égoïste de la situation au lieu de me dédier à accomplir un dessein plus noble.

Mes pieds restent néanmoins fermement plantés sur le porche.

– Je vais juste…

Benny disparaît en arrière-plan, s'éloignant discrètement vers la porte d'entrée. Sois béni, Benny.

– Hé. Ça va ? demande Andrew, la bouche dans mes cheveux.

– Ouais.

Je ferme les yeux et blottis mon visage dans son cou. Happée par une odeur chaleureuse et sucrée, je tente de refréner toute l'affection qui monte dans ma gorge. Mais elle reste bloquée, comme un cachet que j'aurais avalé sans eau.

– Tu avais juste besoin d'un câlin ?

Il y a un sourire dans sa voix rauque et je hoche la tête. La chanson « Just Like Heaven » de The Cure filtre de ses écouteurs, le son est étouffé, mais la mélodie est suffisamment claire pour faire remonter une bulle de nostalgie dans mon ventre. J'ai entendu Andrew chanter cette chanson une centaine de fois. La musique est son ADN, c'est la fondation de son bonheur tranquille et, à cet instant, ce câlin ressemble à une berceuse, une mélodie apaisante qu'on me fredonnerait à mon chevet.

Franchement, je pourrais rester comme ça pour toujours, mais je sais au fond de moi que ce n'est pas ce que l'Univers me demande. Je l'étreins une dernière fois, puis m'écarte.

– Ordre du docteur. Vous faites de bons câlins, Mandrew.

– Eh bien, merci, Madame.

Des mèches retombent sur son front. Ses yeux sont tellement éclatants et verts, d'une couleur que j'ai toujours trouvée hypnotique. Il se lèche les lèvres et je fixe sa bouche charnue. Il repousse ses cheveux en arrière, mais ils retombent instantanément sur son front.

Je perds momentanément tout filtre.

– Qu'est-ce qui t'arrive ? je demande.

Il rit.

– Qu'est-ce qui m'arrive ? Qu'est-ce qui t'arrive ? Qui est cette nouvelle Mae exigeante qui a besoin d'alcool et de câlins ?

– Tu ne me croirais pas si je te le disais.

– Eh bien, quoi qu'il en soit, elle me plaît. Tu me donnes l'impression d'être un peu ivre et imprévisible. Ce qui n'est pas une mauvaise chose, d'ailleurs.

Avant que j'aie le temps de me concentrer sur ce qu'il veut dire, Andrew sourit puis m'enfonce ma casquette en laine sur la tête. Je ne peux donc qu'entendre son rire quand il s'éloigne.

CHAPITRE 12

J'ai beau avoir mangé ce même petit déjeuner deux fois en quarante-huit heures si je fais correctement le compte, je mets quand même le paquet le lendemain matin. Ai-je en général à cœur de m'assurer qu'il y a suffisamment de nourriture sur la table pour tout le monde ? Bien entendu. Mais je sais aussi qu'il y a le double de blintzes dans le four, que nous ne finissons jamais tous les plats, et pourquoi sommes-nous là, d'ailleurs ? Pour dédaigner la nourriture parfaitement délicieuse sur la table ? Pas question. Aucune des versions de moi ne laisserait une telle chose arriver.

Andrew me prend le plat soudain bien plus léger des mains en riant :

– Je vois que nous avons affaire à une Mae toujours agitée ce matin. J'approuve.

– Écoute, dis-je. Il y a assez de nourriture pour cinquante personnes. Arrêtons de prétendre que nous ne rêvons pas secrètement de lécher nos assiettes pour ne pas en perdre une miette.

Relevant le défi, Andrew se sert un amoncellement de blintzes, puis charge son assiette d'une double ration de bacon et d'œufs quand ils sont servis.

– Je vais le regretter.

Je prends une grande bouchée, mais lui réponds quand même :

– Tu crois vraiment ?

Le sourire qu'il m'adresse signifie : *Tu as raison, ce ne sera pas le cas.*

– Si tu as la même énergie pour construire des créatures de neige ce matin, lance Aaron en laissant le plat de viande passer devant lui, ça pourrait être très bon ou très mauvais pour ton pronostic de victoire.

Il est encore en pyjama : devrais-je le prévenir de l'incident de robe de chambre dont il sera l'objet dans quelques heures ? Mais comment justifier que je sois au courant sans passer pour une folle furieuse ?

J'opte pour demander :

– Que veux-tu dire ?

– Je crois que ce qu'il veut dire, complète Kyle en prenant le plat des mains de son mari, c'est que cette année tu es un peu…

– Imprévisible, termine prudemment mon père.

– Il veut dire que t'as un problème au ciboulot, corrige Miles.

– Ce n'est pas du tout ce que je voulais dire.

Kennedy écrase ses pancakes avec une fourchette.

– C'est quoi le ciboulot ?

Miles lève les yeux de son téléphone.

– Ce qu'il faut réparer chez elle.

Zachary monte sur sa chaise.

– Je n'aime pas la ciboulette.

– Miles, le réprimande ma mère.

– Quoi ?

– C'est Noël. Sois gentil avec ta sœur.

Kyle oblige Zachary à se rasseoir.

– À l'époque où j'étais danseur dans la troupe de Janet Jackson, on disait qu'il y avait du grésillement dans l'air.

Andrew croise mon regard comme pour dire *Mention du danseur dans la troupe de Janet Jackson, numéro un.*

– Grésiller est une bonne description de comment je me sens.

Je n'ajoute pas que même si c'est moi qui suis *imprévisible,* tout le monde en dehors d'Aaron a rempli son assiette deux fois plus qu'en général.

Kyle tend le plat vide à Théo qui se plaint de devoir aller à la cuisine.

– Mae.

Je lève les yeux : Théo est debout à côté de la table, il a l'air de me demander de l'accompagner. Pour l'aider à ouvrir le four ? Pour tenir le plateau pendant qu'il le remplit ?

Je lui fais plutôt signe que je suis très occupée à étaler une dose disproportionnée de confiture sur mes blintzes et marmonne :

– Pourquoi m'arrêter en si bon chemin, n'est-ce pas ?

J'y ajoute une cuillerée à soupe de compote de pommes.

Avec ce chef-d'œuvre en face de moi, il est facile d'ignorer les regards médusés autour de la table.

– Mon trésor, me dit ma mère, tu es sûre de vouloir manger tout ça ?

Je ne contredis jamais ma mère, mais puisque rien n'a d'importance de toute manière…

– Mes yeux disent oui. Mon ventre dira probablement non. Mais ce sont les meilleurs blintzes que je mangerai de toute l'année et qui sait quand j'aurai l'occasion de m'en délecter à nouveau ? (J'adresse un clin d'œil à Benny.) Eh bien, excepté moi… Je suis sûre que j'en remangerai bientôt.

Je plonge ma fourchette dans la pile de blintzes. Benny m'adresse discrètement un regard d'avertissement.

– Détends-toi, petite. Tu veux bien faire passer la confiture ?

Je fronce les sourcils et la fais passer à Andrew qui nappe vaillamment son assiette.

– Mae, s'exclame Kennedy de l'autre côté de la table, si tu manges tout ça, tu vas vomir.

– J'ai mangé quatre pancakes au chocolat une fois et j'ai vomi dans la voiture de papa, renchérit Zachary.

Kennedy ferme les yeux.

– Ça a senti mauvais pendant très longtemps.

– Comme le métro, ajoute Zachary avec enthousiasme.

– Kennedy, Zachary, s'exclame Aaron. Pas d'histoires de vomi à table.

– C'est vrai, ajouta Ricky, redirigeant la conversation avec obligeance, parlons art des neiges. Tout le monde sait ce qu'il va construire cette année ?

Andrew se penche pour me murmurer à l'oreille :

– J'ai pensé qu'on pourrait faire un panda.

Je secoue la tête et me tourne vers lui. Nous sommes seulement à quelques centimètres de distance. Il a un peu de compote de pommes sous les lèvres. Je m'imagine la lécher et une voix ronronne en moi : *Fais-le. Il ne s'en souviendra pas, de toute manière.*

– Nous allons faire un singe de nciges. Elle s'appellera Théa et on va gagner.

***

Andrew se penche pour sculpter le visage de Théa avec beaucoup d'attention. Autour de nous, tout le monde travaille en silence, très concentré. Il n'y a pas une boule de neige en vue.

– Donc, on n'en a jamais vraiment parlé mais tu es toujours à Berkeley, n'est-ce pas ? Tu n'es pas retournée à L.A. ?

Je le dévisage, surprise par sa question. Enfin, je ne suis pas étonnée qu'il la pose, c'est un sujet de conversation évident avec une personne qu'on ne voit que quelques fois par an. Ce qui me surprend, c'est que la Mae de la Vie Réelle me semble avoir existé à une autre époque. Je suis maintenant la Mae du Chalet. La Mae de la Boucle Temporelle de l'Utah. Apparemment, elle passe tout son temps avec l'Andrew du Chalet. Qui sait, je ne rentrerai peut-être jamais chez moi. Si je continue à remonter le temps, je ne quitterai peut-être jamais l'Utah et le monde réel ne saura jamais que je l'ai abandonné.

Je soupire lentement et dis :

– Ouais, L.A. n'a pas fonctionné pour moi.

La vérité, c'est que L.A. n'a pas fonctionné parce que je n'aurais pas dû accepter ce job. Je venais de sortir de l'université. Il s'agissait d'un poste de graphiste dans une minuscule start-up qui pouvait à peine se permettre de me payer un salaire alimentaire dans l'une des villes les plus chères et les moins faciles d'accès du pays. La honte de retourner chez ma mère – et son nouveau mari – a été immédiatement dépassée par le soulagement de ne plus être obligée d'utiliser ma carte de crédit pour payer mes factures. Mais, deux ans plus tard, j'ai davantage l'impression d'être un échec que d'être économe.

– Mais la vie est belle ?

– Euh. Je ne paye pas de loyer et je passe du temps avec Miles chaque fois qu'il est d'accord. Mais je dors toujours dans le lit simple de mon enfance et j'ai déjà entendu ma mère et son nouveau mari baiser donc… définis « belle ».

Il grimace puis grogne :

– *Pourquoi ?*

– Écoute, si je souffre, tu souffres.

– Et le travail, alors ?

Je renfloue le ventre de Théa avec davantage de neige.

– Ça va.

– Oh là, ne m'accable pas de ton enthousiasme, s'exclame-t-il de sa voix profonde qui vibre le long de ma colonne vertébrale.

Ça me fait rire.

– Désolée. C'est juste que quand j'ai accepté ce travail, je pensais faire beaucoup plus de trucs marrants et moins de trucs abrutissants sur un ordinateur.

– Je croyais que tu travaillais avec des enfants.

Je hausse les épaules, étrangement détachée.

– Le programme ne correspond finalement pas exactement à mes attentes.

L'euphémisme des euphémismes. Quand je suis rentrée chez ma mère, j'ai posé ma candidature dans une association à but non lucratif de Berkeley. Son objectif est de fournir des programmes gratuits et novateurs pour les enfants défavorisés ou à faibles revenus. Avec ma double spécialité en art graphique (ma mère m'avait conseillé de poursuivre mes rêves) et finance (mon père m'avait suppliée d'être pragmatique), j'ai proposé de concocter des activités gratuites l'après-midi dans le centre de Berkeley pour que les enfants puissent se familiariser avec les arts graphiques et le design. Dans un monde idéal, je donnerais les cours et les enfants commenceraient à construire leur CV *et* gagneraient de quoi se payer l'université en offrant des services de graphisme à bas coût pour les entreprises locales.

– Ton plan n'a pas plu à ta boss ? demanda-t-il en retirant une ligne de neige un peu fragile du pouce.

– Oh si, elle a adoré l'idée. Nous avons passé un an à déterminer son fonctionnement, quels fonds on devrait lever, à travailler sur les statuts et à débattre de la manière de recruter le personnel nécessaire.

– C'est vrai, oui, je m'en souviens vaguement.

– Et elle l'a fait. Elle a trouvé le personnel nécessaire. L'été dernier, elle a engagé l'une de ses amies pour enseigner.

Il laisse échapper un grognement compatissant :

– Attends, alors après tout avoir mis en place, tu n'es même pas en charge ?

Je secoue la tête.

– Neda, ma boss, a pensé qu'avec mon diplôme en comptabilité, le mieux pour « l'équipe » serait que je gère les comptes.

– Tu t'occupes de la *comptabilité* ?

– J'ai aussi participé à la création du site internet, mais ouais, la comptabilité occupe le plus clair de mon temps. (Je m'agenouille à côté des jambes de Théa et tasse un peu de neige sur ses hanches.) Je n'ai jamais rencontré un seul élève, parce que nous – ou devrais-je dire *j'ai* pensé les statuts pour protéger les enfants de la présence d'adultes qui ne participent pas aux activités. J'adore ce que nous faisons, mais je n'adore pas ce que je fais personnellement.

– Je vais peut-être me mêler de ce qui ne me regarde pas, mais pourquoi ne démissionnes-tu pas ? Ce qui est top dans le fait de vivre chez ta mère, c'est le filet de sécurité que ça te donne.

Ce n'est pas la première personne à le suggérer. Ma plus proche amie de l'université, Mira, a aussi essayé de me convaincre de quitter mon travail depuis des mois maintenant. Il est clair que j'ai des problèmes pour me lancer sans parachute, donc je suis face à l'éternel dilemme de la poule ou de l'œuf : si je trouve un autre job, je démissionnerai, mais chercher un nouveau job signifie devoir admettre que je vais démissionner. Cette perspective me paralyse.

– Eh, dis-je avec éloquence.

Andrew fronce les sourcils, l'air désolé.

– C'est nul, Maisie. Je suis désolé pour toi.

Il a raison, mais mon attention est soudain attirée par ce qui a lieu un peu plus loin. Ou plutôt, par ce qui n'est pas en train d'avoir lieu. Tout le monde est tellement concentré, tellement silencieux. Andrew et moi sommes les seuls à discuter. Je n'entends aucun éclat de rire, aucun cri surexcité précédant une bataille de boules de neige. Je me rends compte à quel point nous travaillons tous sérieusement sur nos projets, comme une seconde nature. C'est la routine. Mais personne – pas même Ricky – ne le savoure.

La bataille de boules de neige était spontanée et hilarante. Tout le monde a ri, s'est senti connecté. Je n'aurais pas dû essayer de l'arrêter.

Je dis :

– Ce n'est pas normal.

Andrew me dévisage, puis scrute nos familles.

– Qu'est-ce qui n'est pas normal ?

– Ils se comportent tous comme des cyborgs. Pourquoi faisons-nous une chose pareille, déjà ?

– Parce que c'est la tradition, répond Andrew, comme si c'était évident.

Et ça l'est, mais pour combien d'entre nous est-ce encore important ?

Il suit mon regard vers les autres groupes qui travaillent avec une détermination inébranlable.

Je lui souris avant de me pencher pour faire une grosse boule de neige. Je la moule avec précaution et étudie les victimes potentielles autour de moi.

– La question est de savoir qui mérite *ça*.

Sans la moindre hésitation, Andrew m'imite.

– Théo.

– Peut-être Miles.

– Peut-être ton père.

– *Assurément* mon père, j'acquiesce.

– Ma mère a mis cet horrible CD alors que tu lui avais demandé de ne pas le faire, rétorque-t-il.

– Kyle n'a jamais la gueule de bois. C'est injuste.

Andrew fredonne.

– Tu crois que la boule de neige disparaîtrait dans le trou noir des cheveux teintés d'Aaron ?

– Ça vaut le coup d'essayer. La science a besoin de nous.

– Et puis, il y a Benny, dit-il. Il *chille* sur les marches du porche avec sa tasse de café chaud depuis le début.

– Parce qu'il a de la suite dans les idées.

– Qu'il soit maudit, et ses bonnes décisions avec lui.

Andrew fait passer sa boule de neige d'une main à l'autre.

– Alors Benny. À trois. Un…

– Deux.

– Trois.

Nous lançons nos boules de neige directement sur Benny sans le moindre avertissement. La mienne l'atteint à l'épaule. Celle d'Andrew au milieu du torse. Il commence par nous dévisager, l'air offensé. Et puis, quelque chose change dans son expression lorsqu'il me voit fabriquer de nouvelles boules de neige aux côtés d'Andrew. Il distingue peut-être l'éclair de génie dans mon regard ou il se rend compte à quel point Andrew a besoin de ce changement dans la tradition. Ou encore, il sent peut-être à quel point j'en ai besoin – et il ramasse de la neige, la tasse et la lance sur Ricky.

En quelques secondes seulement, je perds le fil de qui m'a attaquée, qui a attaqué Andrew, quand Théa s'effondre, et de tout ce qui se passe au milieu du déluge de neige. Je suis sûre d'une chose : écouter le rire de mes proches résonner dans la colline est le meilleur fond sonore possible.

Une autre petite victoire.

CHAPITRE 13

La pépinière de Park City est une pépinière normale tout au long de l'année, mais en hiver, elle se transforme en un monde magique qui scintille de toutes les couleurs. L'abri vert qui renferme habituellement les outils de jardinage, saturé de décorations de Noël et d'emballages cadeaux, exhibe une sélection de couronnes festives. Des guirlandes lumineuses pendent du plafond et les guirlandes de houx ont remplacé les pots de fleurs d'été aux couleurs éclatantes, les poinsettias et les bébés sapins sont omniprésents. Il y a même un brasero géant entouré de sièges où les employés distribuent du cidre chaud aux épices.

En général, mon père et Ricky bravent les foules, mais ce soir, j'ai besoin de prendre l'air. Puisque faire ce qui me chante m'a plutôt réussi jusque-là, j'ai proposé à Andrew de m'accompagner. Ravis d'éviter la cohue des fêtes, nos pères nous ont déposés devant le magasin et sont partis prendre un café en nous demandant de les appeler quand on aurait un sapin prêt à être chargé dans la voiture.

Le regard d'Andrew ne me quitte pas tandis que nous nous frayons un chemin à travers la foule, ce qui a pour étrange effet de me donner chaud et de me faire frémir en même temps.

– J'aurais dû *te* demander comment ça allait au travail, dis-je en évitant un couple agenouillé pour regarder le prix d'un sapin.

– Tu étais trop occupée à déclencher une bataille de boules de neige.

Je pouffe.

– Comment ça va à Denver ?

– Je suis arrivé à une étape bizarre. J'ai le boulot parfait, mais absolument pas la moindre opportunité d'avancement. Le seul poste au-dessus du mien serait chef opérateur son et le type qui l'occupe a seulement cinq ans de plus que moi et il ne quittera jamais Red Rocks.

Andrew a toujours été ce que nous surnommons affectueusement un geek du son. Il a suivi tous les cours de musique possibles à l'école et est allé à tous les concerts de la ville. J'envie son amour pour son travail ; il serait probablement capable de bosser sans être payé.

– As-tu déjà envisagé de te lancer dans la production musicale ?

Il secoue la tête.

– Je n'ai pas le cœur assez accroché pour mener cette vie.

– Tu veux que je fasse un croc-en-jambe à ton collègue ? Mon problème de carrière, c'est peut-être que je n'ai pas encore découvert ma vraie vocation. Tueuse à gages ?

Andrew sourit.

– Je voulais te dire que tu allais trouver ton chemin, Mae. Tu es bourrée de talent. Tu marches dans les traces de ton artiste de mère.

Son éternelle confiance en moi me réchauffe le cœur.

– Merci, Mandrew.

– Tu vas penser que cette question sort de nulle part, mais on t'a déjà tiré les tarots ?

– Tu es sérieux ?

Il rit.

– Oui ?

– Non. En partie parce que j'ai toujours eu peur qu'on me donne de mauvaises nouvelles.

– Moi oui. (Il lève immédiatement les mains.) Je sais, ça semble insensé – crois-moi, j'ai cru que c'était une plaisanterie –, mais une fille les tirait pendant une fête. Selon elle, seules les enflures livrent des interprétations tragiques.

– Tu crois que je devrais me faire tirer les tarots pour découvrir mon vrai chemin de carrière ?

Mais, franchement, je n'ai aucune envie de jouer avec davantage d'énergie cosmique.

– Je dis juste que ça ébranlera peut-être quelque chose en toi. (Il hausse les épaules d'un air craquant.) J'ai l'impression que ça m'a ébranlé.

Une femme me donne un coup de coude accidentel en passant à côté de moi, renversant du cidre sur ma main. Je siffle à cause de la brûlure légère.

– L'ambiance est-elle toujours comme ça ? Je ne savais pas que tout le monde à Park City procrastinait autant que nous.

Je me penche en léchant le liquide chaud sur mes doigts. C'est peut-être seulement mon imagination, mais j'ai l'impression qu'Andrew marque un temps d'arrêt.

– Je parie que la plupart de ces gens ne vivent pas ici et sont aussi des vacanciers qui achètent leur sapin à la dernière minute. (Il plonge les mains dans ses poches.) Mon père se plaint toujours que c'est la folie.

– C'est se garer qui doit être un cauchemar. Pourquoi ne leur avons-nous pas proposé de nous déposer avant ?

Andrew m'adresse ce regard, celui qui me dit que c'est une question stupide. *C'est comme ça parce que c'est ainsi qu'on a toujours fonctionné,* disent ses yeux. *Tradition, pardi !* Combien de choses dans le genre faisons-nous par réflexe juste parce que c'est notre manière de procéder depuis toujours ? Le même menu à chaque repas ; les mêmes jeux tous les soirs, avec les mêmes équipes. Les mêmes chansons. Je suis la pire de tous – je refuse toujours d'abandonner quoi que ce soit.

Je m'en rends compte et c'est comme si une lumière s'éclairait dans mon cerveau.

Des comptines de Noël carillonnent autour de nous et Andrew marque le rythme à côté de moi, satisfait. Forte de cette nouvelle perspective, je me demande s'il suffoquait à cause de la prédictibilité des fêtes – si c'était notre cas à tous.

– Détestes-tu les traditions ? Les créatures de neige, la luge et les autres jeux ?

Il reste pensif un instant.

– *J'adore* la luge et je ne déteste pas le reste. Mais, ouais, parfois, j'apprécierais un peu de changement. On fait la même chose depuis une éternité. (Il désigne un sapin de Douglas admirablement symétrique.) Que penses-tu de celui-ci ?

Je fronce le nez, puis secoue la tête.

– Je sais que mes parents adorent inviter tout le monde ici, dit-il en continuant à avancer. Mais que dirais-tu de monter dans un avion et de faire quelque chose de complètement fou ? Aller en Grèce ou passer le nouvel an à Londres ? (Avant que je puisse répondre, il montre un autre arbre.) Celui-là ?

– Non…

– Non à l'arbre ou à faire quelque chose de complètement fou ?

Je lui souris.

– Les deux ? Quant au nouvel an à Londres… serait-on tous ensemble dans ce scénario imaginaire ?

Ses yeux scintillent, mon cœur se serre. Je serais prête à jurer qu'il ne m'a jamais regardée ainsi, comme s'il me voyait pour la première fois.

– Bien sûr.

– OK, alors oui, ce serait incroyable. Même si le chalet est mon endroit préféré au monde, je commence à penser que varier les plaisirs ne serait pas si terrible. On devrait peut-être faire les choses parce qu'on a envie de les faire, non par habitude. (Je me fige en formulant prudemment la question suivante dans ma tête.) Andrew ?

Il regarde vers le ciel, admirant un arbre immense. De petits flocons ont commencé à tomber, virevoltant sous les nuages.

– Oui ?

– Le chalet a besoin de beaucoup de réparations, n'est-ce pas ?

Son sourire s'affaiblit, il plonge son regard dans le mien.

– Pas mal, ouais.

– Comme quoi ?

– Il faut revernir les parquets. Repeindre l'intérieur et l'extérieur. Presque tout l'électroménager a, au minimum, mon âge. La toiture est à changer.

– Combien coûte un toit ?

Une boule d'appréhension se forme dans ma gorge.

– La plupart des estimations frôlent les douze mille dollars. (Donc, ils ont déjà demandé des devis.) Si on choisit des tuiles de cèdre comme les tuiles originales, le prix double. Sans mentionner qu'il faudra sans doute remplacer une partie de la terrasse une fois que les travaux auront commencé.

Merde alors.

Je décide de jouer franc jeu.

– Tes parents veulent vendre, n'est-ce pas ?

Andrew ne paraît pas surpris le moins du monde.

– Je crois, oui.

– Qu'en pensez-vous, Théo et toi ?

Il contourne prudemment deux enfants qui jouent autour d'un arbre.

– Pas moi, mais je vis à Denver. Insister pour qu'ils le gardent alors que je ne suis même pas là pour leur donner un coup de main me paraît injuste. Théo vient d'acheter un terrain à Ogden. Il construira bientôt sa propre maison et ne sera plus trop dans les parages. Mes parents n'ont plus autant d'énergie ou de détermination qu'avant. C'est beaucoup à gérer pour eux seuls.

– Mais pourquoi devraient-ils endurer ce poids seuls si nous sommes tous ici ?

Andrew s'arrête net. Il me dévisage.

– Tu es en Californie, Kyle et Aaron vivent à New York.

– Je veux dire qu'on pourrait venir les aider au long de l'année.

Des mèches rebelles s'échappent de sa casquette en laine et lorsqu'il pose les yeux sur moi, la passion qu'il m'inspire me donne le tournis.

– Mon père est fier. (Il jette un bref coup d'œil par-dessus son épaule, sans doute pour s'assurer qu'il n'est pas derrière lui.) Il n'aime pas demander de l'aide et il a un mal fou à accepter celle qu'on lui propose. Surtout de la part des enfants.

Je sais que c'est vrai : lorsque j'étais plus jeune, je me souviens que Ricky refusait que ma mère cuisine au chalet, comme s'il était en son pouvoir de l'arrêter. Mais je ne pensais pas seulement à l'aide des autres parents. Une bête sauvage rugit en moi, prête à me déchirer la peau pour faire surface. Je ne veux plus être une enfant.

– Mais nous ne sommes plus des enfants, justement.

Son regard erre autour de ma bouche.

– En effet, et ça fait un moment.

Ses paroles me font l'effet d'un relaxant musculaire.

– Et tes parents aiment nous inviter, je sais. Ils adorent jouer aux parents et prendre soin de nous tous. Mais il est temps de mettre la main à la pâte.

Il recommence à avancer.

– À t'entendre, on dirait que tes parents n'aiment pas jouer aux parents.

Instinctivement, et même s'il s'agit d'Andrew, je prends mes précautions :

– Tu sais que ma mère est incroyable et férocement protectrice. Mais leur relation a toujours été si compliquée qu'il est parfois difficile d'obtenir leur attention.

– On n'a jamais parlé du fait que tes parents sont divorcés mais continuent à venir ensemble tous les ans.

– Le mari de ma mère, Victor…

– Le mari qui ne passe pas Noël avec son épouse ? dit Andrew en souriant malicieusement.

– Lui-même. Ses deux filles ont leurs propres familles. Elles vivent toutes les deux sur la côte Est, donc même s'il est fou de ma mère, il est ravi de passer les fêtes avec ses filles sans devoir affronter les problèmes des familles recomposées. Je sais que ça paraît bête, parce que je suis censée être une adulte et que je ne devrais pas avoir besoin que maman et papa soient ensemble à Noël, mais c'est la seule semaine de l'année où nous redevenons une famille.

– Je ne trouve pas ça bête. Je me sentais tellement mal pour toi à l'époque.

Je suis un peu étonnée par son changement d'angle.

– Pour moi ?

Il acquiesce.

– Pourquoi ?

Andrew me fixe comme si c'était évident.

– Non, sérieusement, dis-je. Pourquoi ?

– Parce que pendant des années, j'ai vu à quel point tu souffrais de voir tes parents ensemble au chalet alors qu'il était évident qu'ils n'étaient pas vraiment *ensemble*. Vous étiez tous là physiquement, mais parfois, vous aviez l'air tellement… tristes. Et puis, l'année où ils ont annoncé leur divorce, on aurait dit que tu reprenais finalement ton souffle.

Je le dévisage, abasourdie. Il a déchiffré tout ça en moi ?

– Je suis désolé, ajoute-t-il en toute hâte. J'ai parlé sans réfléchir, je ne voulais pas…

Je le coupe :

– Non. Ne t'excuse pas. Je crois que je suis juste surprise. Que tu aies vu tout ça.

– Je te connais depuis toujours, Mae. Comment pourrait-il en être autrement ? (Il me sourit encore.) Et te voilà cette année, impulsive, sur le devant de la scène, qui va à l'encontre de toutes nos attentes. Tu prends les choses en main, tu es sûre de toi.

– J'ai juste un nouveau regard sur les choses. Il est temps de grandir.

Andrew fait tomber un peu de neige d'une branche.

– Tu te comportes comme un boulet de démolition au cœur des vacances de Noël.

Une bouffée de rébellion me submerge :

– Plus exactement, je vois ma vie devant moi et je me dis : pourquoi ne pas tenter d'obtenir ce que je veux ?

– Confiture *et* compote sur tes blintzes, plaisante-t-il. Un cocktail sur le porche. Une bataille de boules de neige.

Mes idées fusent, un mot m'échappe :

– Toi.

Son sourire se fige et s'atténue progressivement.

– Moi ? (Il rit, gêné.) Eh bien, je suis là.

Il sourit et ouvre grand les bras en désignant les arbres et la neige autour de nous, les guirlandes lumineuses au plafond.

– Je ne parle pas seulement d'être ici avec toi et je crois que tu le sais. (Mon cœur bat la chamade.) Mais on peut faire semblant que c'est ce que je voulais dire pour éviter toute gêne.

Andrew me fixe. Je suis à la fois fière et horrifiée de l'avoir laissé sans voix.

– Tu veux dire… comme… ?

Il hausse les sourcils d'un air entendu.

L'adrénaline pulse dans mes veines.

– Ouais. Comme ça.

– J'ai toujours pensé que Théo et toi…

– Non.

– Mais il…

– *Il* voudrait peut-être, mais pas moi. (Une culpabilité glaciale m'envahit, je clarifie.) Je n'ai jamais rien éprouvé pour lui.

– Oh.

Même dans la lumière tamisée, je vois que son visage s'empourpre. Ai-je gâché ce qui émergeait entre nous ? Peut-être. Mais c'est instructif, je m'en rends compte. Au moins la prochaine fois que je remonterai dans le temps, je saurai ce qu'il ne faut *pas* dire.

– Viens. (Je tire sur sa manche.) Allons trouver un arbre.

Nous avançons dans un silence de plomb. La neige crisse sous nos bottes, Andrew sirote son cidre en déglutissant bruyamment. Je fouille mon esprit pour trouver une manière de changer de sujet, mais j'en suis incapable.

Finalement, il lance :

– Tu as… euh… des résolutions pour la nouvelle année ?

La vache, c'est gênant. Je ne peux lui donner aucune des réponses qui me viennent immédiatement à l'esprit – *j'aimerais découvrir pourquoi je n'arrête pas de voyager dans le temps* ou encore *j'aimerais t'embrasser sur la bouche. J'aimerais démissionner…*

Je m'arrête net.

– Ouais, j'en ai.

Prise d'une pulsion qui ressemble à une maudite illumination, je sors mon téléphone et rédige un email pour ma boss.

Neda, je te présente ma démission. J'apprécie toutes les opportunités que tu m'as offertes, mais je suis prête à explorer de nouvelles aventures. Nous pourrons en discuter après les fêtes.
Bien cordialement, Maelyn

Avant de pouvoir me remettre en question, j'appuie sur « envoyer ». Grande inspiration, longue expiration. Neda apprécie les gens francs et directs. Tout va bien.

Oh Seigneur. Je l'ai vraiment fait. Le soulagement me recouvre comme une couverture douillette.

– Waouh, ça fait du bien.

– Quoi ? demande Andrew.

Je lui adresse un sourire rayonnant.

– Je viens de démissionner.

– Toi… ? *À l'instant ?* (Ses sourcils disparaissent dans ses boucles.) Waouh. D'accord. Tu te cherches en ce moment, n'est-ce pas ?

– J'essaie. (Je ferme les yeux et prends une grande inspiration.) Il était temps. J'espère que ça changera les choses.

– Sans nul doute. C'est une décision énorme.

Je lève les yeux vers lui.

– Savoir quel est le bon choix avant la fin paraît juste tellement difficile.

– N'est-ce pas toujours le cas ? (Andrew s'arrête devant un autre arbre en faisant mine de l'enlacer.) Celui-là.

Mais cet arbre n'est pas le bon non plus. Ma plus grande peur avant l'accident de voiture, c'était que les choses changent. Et puis, j'ai fait ce vœu. Celui que *tout change,* non ?

J'avoue :

– Je n'en aime aucun.

– Ce sont des sapins parfaits, me fait remarquer Andrew.

– Je crois que c'est justement pour cette raison.

Le changement a du bon.

J'avance jusqu'à la dernière rangée, au fond, là où se cachent les arbres plats d'un côté, dégarnis à plusieurs endroits. Trop petits, trop maigres, trop recourbés.

Et là, au bout de la rangée, se trouve un sapin qui est toutes ces choses à la fois.

– Celui-là.

Andrew glousse.

– Mon père risque d'avoir une attaque si c'est celui qu'on charge dans la voiture.

– Hum, non. (Je le fixe en souriant et sens que Andrew voit où je veux en venir.) Je ne crois pas.

CHAPITRE 14

Pendant que Ricky et mon père sortent le sapin de la voiture et l'installent sur son pied, les jumeaux et Lisa furètent dans les cartons de décoration de Noël pour choisir leurs préférées. Je m'attarde au fond de la pièce, me laissant envahir par cette nouvelle énergie étrange. Tous les ans – même cette année –, j'ai participé à la décoration avec les enfants. Mais si le changement implique de déclarer mes sentiments à Andrew et finir par démissionner, je dois aussi relâcher un peu mon emprise sur la tradition et laisser Kennedy et Zachary décorer le sapin comme ça leur chante.

Et puisqu'il s'agit d'adopter une attitude plus adulte, le changement signifie aussi participer davantage, ne pas laisser Aaron ou Benny nettoyer les vestiges de l'apéritif éparpillés dans le salon.

Alors que je rassemble et rapporte les plats dans la cuisine, je prends le temps d'observer réellement le chalet. Je remarque les égratignures sur le plancher, les traces d'usure de la rampe après des générations de mains glissant sur le bois lisse et luisant en bas des escaliers. La peinture s'écaille près des moulures et la couleur des murs s'est atténuée dans l'entrée et le couloir. Débarrassée des lunettes de la nostalgie, je vois bien que cette maison est chérie par ses habitants, mais qu'elle se détériore. Et ce sont seulement les détails superficiels. Le chalet est ancien, il passe un tiers de l'année recouvert de neige et un autre tiers sous une chaleur écrasante. Il faudra plus que de l'amour et de la gratitude pour aider Ricky et Lisa à conserver cet endroit.

Benny arrive derrière moi alors que je remplis le lave-vaisselle.

– Salut, Maelotrue.

– Salut, Benihana.

– C'était comment, la pépinière forestière ?

Son sourire change son accent, enrobant les mots.

Je me tourne vers lui et m'appuie contre l'évier.

– C'était génial, si tu veux tout savoir.

Benny paraît intrigué.

– Génial ? J'ai vu le pauvre tas d'épingles que vous avez rapporté et me suis dit que ce devait être le dernier sapin.

– Allons. Tu dois reconnaître que défendre les opprimés est toujours le choix le plus noble. Ce pauvre arbre était destiné à être broyé. Nous l'avons sauvé.

Benny me le concède avec un petit haussement du sourcil et je jette un coup d'œil derrière lui pour m'assurer que nous sommes toujours seuls.

– Mais ce n’est pas la seule raison pour laquelle la pépinière forestière a été géniale. (Je me mords le pouce.) J’ai déclaré mes sentiments à Andrew.

Il écarquille les yeux.

– Vraiment ?

– Enfin, je n’ai pas dit : « Andrew, c’est toi que je veux, et si tu me demandais sur-le-champ en mariage, j’accepterais sans hésitation », mais on a plaisanté sur le fait que je ne me laissais pas marcher sur les pieds cette semaine et je lui ai dit qu’il me plaisait.

– Waouh.

Il met ses mains sur sa bouche.

– Au fait, j’ai démissionné.

En entendant ça, Benny avance d’un pas, surpris.

– Pardon ?

– Ouaip, j’ai envoyé un mail à Neda pour lui présenter ma démission.

– Juste comme ça ? Là… *tout de suite ?* Pendant que tu achetais le sapin ?

– Oui ! Et c’est tellement libérateur ! Quelle révélation ! Je vais devoir chercher du travail, mais peu importe ! Quel est le pire qui pourrait m’arriver ?

Benny tressaille.

– *Es-tu vraiment en train de prononcer ces mots ?*

Je hausse les épaules en rassemblant tout mon courage pour lever la tête et m’assurer que le plafond n’est pas en train de s’effondrer.

– Oups. D’accord, c’était stupide.

– Mais… qu'a dit Andrew ? demande Benny. Au sujet de tes sentiments ?

– Pas grand-chose, en réalité. (Je fronce les sourcils.) Ce n'était pas si gênant, mais il n'a pas non plus poussé un grand soupir de soulagement en m'avouant qu'il éprouvait la même chose.

Mon cerveau semble s'apaiser plus je reste ici sans me réveiller en sursaut dans l'avion. C'est un soulagement de m'exprimer sans la moindre timidité, mais je frissonne soudain de honte.

– Euh… Maintenant que j'y repense, c'était un peu gênant.

– Andrew est un type relax, me rappelle Benny. Difficile à secouer.

C'est vrai, mais…

– Il n'a pas vraiment répondu.

– C'est un Américain doté d'une âme d'Australien, ajoute-t-il en riant. Il laisse décanter les choses. Il ne réagit pas de manière impulsive.

Je tire une chaise de la cuisine et m'assois à la table. Benny m'imite.

– Peut-être, mais même s'il n'en reparle jamais, ce n'est pas grave. (Je hoche la tête d'un air résolu.) Si je recommence perpétuellement ces vacances, autant tout dire au moins une fois.

– Tu ne peux pas être *sûre* que tu vas recommencer perpétuellement, raisonne Benny.

Je l'ai déjà considéré de mon côté.

– J'ai survécu presque deux journées entières.

Il fait mine de me toper dans la main, mais je reste immobile avant de taper le milieu de sa paume d'un seul doigt.

– *Hé*, proteste-t-il.

Au bout du couloir, il y a soudain de l'agitation lorsque Kyle et ma mère se retrouvent sous le gui, qui a apparemment été déplacé dans le salon. Benny et moi sourions en entendant le rire hystérique de ma mère lorsque Kyle lui plante un baiser.

Mais retour aux choses sérieuses :

– Demain, ce sera le 22 décembre. Troisième jour.

– Est-ce une bonne chose ?

– Eh bien, je pense qu'un motif se dessine peut-être. (J'énumère sur mes doigts.) La première fois, j'ai été renvoyée dans l'avion le premier soir. La deuxième, j'ai survécu jusqu'à la matinée suivante. Il y a de grandes chances pour que je parvienne au troisième jour – demain –, mais que je doive à nouveau tout recommencer.

Sérieusement, quelque chose pourrait-il être plus terrible ? Devoir vivre dans une boucle temporelle encore et encore, et ajouter seulement *un* jour à la fois ?

Torture.

– Je ne suis pas sûr que ce soit l'unique possibilité, dit Benny en me prenant la main. Tu es tellement réservée. Il ne s'agit peut-être pas de toujours prendre les bonnes décisions, mais plutôt de prendre les bonnes décisions parce que tu laisses libre cours à ton vrai *toi*. C'est peut-être ce dont tu as besoin.

– Ou ça n'a peut-être rien à voir avec moi ? Je ne sais pas, lui dis-je avec honnêteté. Je suis juste fatiguée d'être aussi prudente tout le temps.

Il se penche en arrière avec un grand sourire en me montrant du doigt.

– *Exactement.*

***

Vibrant de l'écho de ces mots dans mon esprit, je suis Benny dans le salon, là où les jumeaux dirigent l'opération de décoration du sapin. Kyle prépare de nouveaux cocktails pour les intéressés, Aaron est allongé sur le canapé dans son jogging ajusté, mon père fixe le pied du sapin, étendu sur le ventre, et Théo s'approche de moi. Il me tend un verre de liquide transparent et pétillant, doté de très peu de glaçons et d'une tranche de citron. Son expression paraît hésitante et coupable, comme s'il sentait notre éloignement sans avoir la moindre idée de ce qui l'explique.

Je ne me suis pas accordé une seconde pour faire le deuil du changement dans notre relation. Sans oublier que tout le monde cultive le luxe de l'ignorance, mais pas moi. Notre erreur – et la réaction de Théo le lendemain – auraient créé une fracture dans ce groupe disparate et merveilleux. Cela ne fait aucun doute maintenant.

Nous sommes amis depuis toujours et Théo n'a pas été capable de gérer ses couilles bleues le matin suivant ? Ce groupe a survécu au malaise causé par le divorce de mes parents, donc il devrait pouvoir supporter un événement bien moins dramatique, mais je n'ai jamais voulu considérer ces relations comme allant de soi.

Je me penche et hume le liquide.

– C'est juste de l'eau pétillante, précise-t-il, vaguement offensé.

– Oh. Merci.

– Tu veux faire un truc plus tard ?

Je prends une gorgée.

– Faire un truc où ?

– Au sous-sol ? Miles et moi discutions de faire un jeu après le dîner.

Ça paraît décidément plus innocent que ce à quoi je m'attendais.

– Jeu de société ou jeu vidéo ?

Je sens qu'il commence à être de mauvaise humeur.

– Comme tu préfères, tant que tu joues. Je t'ai à peine vue depuis qu'on est arrivés.

Sommes-nous aussi enracinés dans des habitudes issues de l'enfance ? Pour passer du temps ensemble, avons-nous besoin de choisir un jeu ? Ça semble tellement évident.

Avant que je puisse répondre, Aaron, coincé entre Lisa et ma mère, accrochant des décorations, s'exclame :

– C'est un choix intéressant. (Il a clairement exagéré sur le sport parce qu'il grimace en tentant de suspendre une guirlande et finit par… la laisser tomber, en espérant qu'elle s'accroche toute seule.) Ils n'avaient plus aucun sapin normal ?

– C'est celui que voulait Mae, rétorque Andrew de l'autre côté de l'arbre. Je l'aime bien.

Ma poitrine s'emplit de braises rouges et ardentes.

Ma mère arrive derrière moi et m'attrape par la taille, posant son menton contre mon épaule.

– Je suis d'accord avec Andrew.

Elle fredonne joyeusement et, au son de sa voix, mon ventre se serre. Un malaise instinctif m'envahit : jusqu'à présent, j'ai réussi à ne pas méditer sur la manière dont je vais annoncer à ma mère que j'ai démissionné, que je l'ai fait sur un coup de tête et que je n'ai pas la moindre idée de la suite.

Ça n'a aucune importance, je me rappelle. *Ça ne durera pas.*

Elle m'embrasse sur la joue en disant :

– Je t'aime, Andouille.

Je le lui raconterai plus tard. Si et quand j'y serai obligée.

En dépit des plaisanteries sur cet arbre farfelu et noueux, je lis sur les visages que tout le monde l'apprécie d'une certaine manière. La télé est allumée un peu plus loin, *Le sapin a les boules* commence. Alors que nous observons Clark Griswold tenter de faire entrer son sapin gigantesque dans sa maison, nous nous efforçons de décorer cette miniature de lumières, de boules et d'une guirlande de pop-corn que les jumeaux et ma mère ont passé l'après-midi à confectionner. Au moment où nous terminons, la pièce fourmille d'allégresse. Il est presque impossible de distinguer l'arbre sous les décorations, mais c'est étrangement parfait.

Cependant, il nous faut presque une demi-heure pour parvenir à prendre une photo de groupe acceptable devant. Avec autant de participants, plusieurs yeux fermés et quelques expressions bizarres sont bien sûr à prévoir. Si seulement c'était aussi simple. Lisa installe le trépied, mais ne parvient pas à actionner le minuteur. Sur deux photos, Zachary se met les doigts dans le nez, sur une, il tente de faire manger son trésor nasal à Miso. Nous immortalisons un éternuement de Miles ; ma mère ne parvient pas à faire scintiller ses boucles d'oreilles Rudolph au moment où l'appareil photo se déclenche. Théo regarde son téléphone sur un cliché et vérifie sa braguette au suivant. (Elle était ouverte.) Sur une autre photo, Miso saute devant l'objectif. Puis Miso saute sur Kennedy et il lui faut un moment pour se calmer. Ricky embrasse Lisa sur une photo, ne parvient pas à sourire normalement sur les autres. Plus on se concentre sur nos attitudes, pire c'est.

Je me rappelle que le changement implique de ne pas hurler « mais… tradition ! » lorsque Théo prend finalement la place de Lisa d'un air impatient et installe son téléphone sur le trépied.

Bonne nouvelle : maintenant, nous sommes tous dans le cadre. Mauvaise nouvelle : l'*highlighter* de

Kyle est tellement omniprésent et la mise au point est si bien réalisée qu'il ressemble à une boule de disco.

– Tant pis, lâche-t-il en entendant le minuteur du four retentir. Ça ira.

***

Après nous être gavés de nourriture, nous nous éparpillons dans le salon, plus tranquilles maintenant.

Le salon est une pièce majestueuse – je veux dire, massive – avec un plafond voûté aux poutres apparentes et un vieux plancher recouvert de tapis colorés. Dans la cheminée crépite un feu, diffusant une chaleur agréable dans toute la pièce. Il s'agit de bois coupé localement, dont l'odeur est inimitable. J'aimerais trouver une bougie, de l'encens, un spray d'ambiance avec ce parfum. J'aimerais que tous les salons des maisons de ma vie sentent comme le chalet des Hollis en décembre.

Le foyer est énorme : quand nous avions sept ans, âge auquel nous étions chargés de balayer la cheminée à la fin des vacances, Théo et moi pouvions presque tenir debout à l'intérieur. Les flammes rugissent. Même une fois qu'elles se sont apaisées et se contentent de craqueler, la flambée donne toujours l'impression qu'une créature vivante se trouve à côté de nous.

Une assiette de cookies est posée sur la table basse. Ma mère et mon père sont assis aux deux extrémités de la causeuse, plongés dans leurs lectures respectives. Benny, Kyle et Aaron font un puzzle par terre avec Kennedy tandis que Zachary, assis sur le dos de Benny, prétend conduire une moto. De la musique de Noël carillonne en fond sonore, et Lisa musarde, ajustant les lumières, tisonnant le feu, nous apportant des couvertures. Ricky passe un appel dans la cuisine et Théo se vautre sur le canapé, les yeux rivés à son téléphone.

Le voir fait remonter un souvenir : ce même soir, la première fois, j'étais assise à côté de lui et nous avons passé la soirée à errer sur Instagram, sans prêter la moindre attention aux autres. C'était très adolescent de notre part, avec le recul. Pourquoi n'avons-nous pas passé du temps avec nos familles ? Combien de fois avons-nous fait ça ? Est-ce la raison pour laquelle Andrew pensait que Théo et moi… ?

Si j'avais plutôt profité du bonheur absolu que me procure la présence de gens que j'adore, les choses auraient peut-être tourné différemment.

Je me dirige vers le sapin et me glisse dessous. Allongée sur le dos, j'observe ses branches enguirlandées. C'est un kaléidoscope de couleurs et de textures : les ampoules colorées, les épines de sapin. Des décorations en verre, en soie, des étoiles métalliques. Un petit batteur de bois que Théo a offert à Ricky il y a près de vingt ans. Du papier plastifié datant de la maternelle avec l'empreinte de nos mains, des formes en céramique censées être des cochons, des vaches ou des chiens. Rien n'est assorti, il n'y a pas de thème. Mais il y a tellement d'amour dans cet arbre, tellement de souvenirs.

À côté de moi, une ombre bloque la chaleur et la lumière du feu, avant de me rejoindre sous l'arbre. Je tourne la tête et croise le regard pétillant d'Andrew.

Mon cœur s'arrête un instant. Après notre aventure à la pépinière forestière, j'ignorais s'il prendrait ou non ses distances avec moi.

– Ça m'a paru être une bonne idée, dit-il en observant les branches au-dessus de sa tête. (Son profil est illuminé par les lumières bleues, jaunes, rouges et vertes. Quelques ampoules clignotent, illuminant les décorations et ses pommettes.) Ça sent drôlement bon aussi.

– C'est beau, n'est-ce pas ?

Je me décale légèrement, m'enfonçant davantage sous les branches. Je me demande à quoi on ressemble de l'extérieur : deux paires de jambes émergeant de l'arbre comme la méchante sorcière de l'Est coincée sous la maison de Dorothée.

J'ajoute :

– C'est un chouette endroit pour réfléchir.

– Et à quoi réfléchis-tu ?

– Je pensais à quel point j'aime cet arbre.

Il tend la main vers moi, le regard dans le vague, puis m'effleure la joue. La décharge électrique provoquée par son contact s'attarde sur ma peau une fois qu'il a retiré sa main. Je reste quelques secondes à me concentrer sur le pouce qu'il me montre.

– Une goutte d'eau.

– Oh.

– Elle doit être tombée de l'arbre.

Je ris.

– Est-ce que tu vas encore dire que j'ai un souci de moiteur ?

Andrew cligne plusieurs fois des yeux avant d'éclater de rire.

– Pardon ?

Oh merde ! Ce n'était pas cette ligne temporelle. C'était avant. Cet Andrew n'est pas l'auteur de cette plaisanterie.

– Laisse tomber.

Ses yeux scintillent de plaisir.

– Viens-tu vraiment de dire que tu as un *souci de moiteur* ?

– Non. (Je pourrais mourir à cet instant.) Oui. (Je me mords les lèvres, en tentant de m'empêcher d'éclater de rire.) Ignore-moi. Passons à autre chose.

Je vois bien qu'il a tout du chat qui meurt d'envie de jouer avec la souris, mais il hausse les épaules et chantonne vaillamment :

– *D'accord.* (Andrew se concentre sur les branches au-dessus de sa tête, puis, prenant sa voix de vieil homme :) Maisie ?

– Oui, Mandrew ?

– Tu sais ce qui vient de me traverser l'esprit ?

– Qu'est-ce qui vient de te traverser l'esprit ?

– On a rentré cet arbre dans le chalet il y a à peine deux heures. Et si un écureuil vit toujours dedans ?

Nous nous dévisageons, les yeux écarquillés, et crions à l'unisson :

– Ahhhhh !

J'avais complètement oublié que mon téléphone était dans ma poche avant qu'il ne se mette à vibrer, interrompant notre fou rire. Je ne vois pas avec qui je pourrais vouloir parler qui ne soit pas dans cette pièce, donc je l'ignore. Mais il se remet à vibrer.

– Tes fesses vibrent, remarque Andrew.

– Si c'est ma boss qui me répond maintenant, je vais avoir besoin d'une boisson plus forte que de l'eau pétillante.

Je le sors de ma poche pour jeter un coup d'œil à l'écran. Heureusement, ce n'est pas Neda. C'est un message de Théo.

Keske vous faites là-dessous

Pas de ponctuation, pas de contexte. Juste Théo, écrivant comme un adolescent.

Traîner avec Mandrew.

Sors de là pour traîner avec moi.

Je réalise qu'Andrew lit par-dessus mon épaule lorsqu'il laisse échapper un petit gloussement.

– Tu vois ?

J'ai un mouvement de recul.

– Je vois quoi ?

Il lève le menton pour désigner mon téléphone.

– Tu n'as pas du tout passé de temps avec lui et il est grognon.

– On discutait justement il y a un moment, je rétorque, ce qui n'est pas un mensonge.

– Tu es fâchée contre lui ?

Je déglutis en fixant les lumières. Mon champ de vision est encombré, je cille.

– Pas exactement.

– Qu'est-ce que « pas exactement » signifie dans ce contexte ?

Je tourne la tête. Andrew bat des paupières avant de froncer les sourcils.

– C'est difficile à expliquer. Je ne suis pas fâchée contre lui, j'ai juste pris conscience que nous sommes proches parce que nous nous connaissons depuis toujours et non parce que nous avons *encore* des points communs aujourd'hui. (Je hausse les épaules.) Juste des chemins qui se séparent, classique quand on grandit, je suppose.

Il sourit.

– Mae…

Je lui souris en réponse.

– Oui ?

Andrew s'éclaircit la gorge, un *hum hum* doux.

– Au sujet de ce que tu m'as dit plus tôt.

Oh.

– Ouais ?

Le paradoxe de mon cœur battant et de mon estomac sur le point de se dissoudre dans de l'acide me donne le tournis.

– J'apprécie ton honnêteté.

Euh. La pire chose qu'il pouvait me dire à cet instant.

– Tu n'as pas à me ménager, Andrew.

Je lui donne une tape joueuse et l'arbre tremble au-dessus de nous.

– Andrew, Mae, que faites-vous là-dessous ? demande ma mère.

– Rien ! répondons-nous en chœur.

– Eh bien, ne faites pas bouger l'arbre, s'écrie-t-elle.

Nous répondons à nouveau ensemble :

– OK !

Il se tourne vers moi et murmure :

– Es-tu sûre que Théo ne pense pas qu'il t'intéresse ?

– Es-tu en train de dire que c'est l'impression que je donne ?

– Non, mais si je l'ai pensé… Théo l'a peut-être pensé aussi.

Eh bien, euh… le fait que Théo pensait qu'il me plaisait pourrait peut-être expliquer sa froideur après un rejet de ma part.

Je secoue la tête et Andrew se tourne vers les lumières, ce qui m'empêche de déchiffrer son expression.

– Est-il étrange que j'aie été inquiet à l'idée que vous… (Il hésite.) Je ne sais pas, que vous vous mettiez ensemble et puis que vous vous brisiez le cœur ?

Je n'arrive pas à comprendre la situation. Andrew est préoccupé par la possibilité que je sorte avec Théo et qu'il me brise le cœur ? Est-ce le monde à l'envers ?

– Euh… oui, c'est très étrange.

Andrew hausse les épaules, l'air impuissant.

– C'est un coureur de jupons. Tu es une fille bien.

Je me mets à rire.

– Je suis une *fille bien* ?

– Je ne veux pas dire romantiquement ou, genre, sexuellement. (Il ricane, mal à l'aise.) Non que je sache quoi que ce soit à ces sujets. Je parle de ton essence.

– Mais que veux-tu dire ?

C'est une bonne chose que je sois allongée.

– OK, j'ai mal choisi mes mots. Je veux dire que tu es quelqu'un de *bien*. (Il se tourne pour me regarder en face. Nous sommes tellement proches.) Tu adores être ici, tu nous aimes tous comme nous sommes. Tu es la personne la plus généreuse et la moins encline à la critique que je connaisse.

– Je ne suis pas…

– Tu es retournée vivre chez ta mère quand tes parents ont divorcé, continue-t-il. Tu adorais ton minuscule appartement, mais tu l'as abandonné parce que ta famille avait besoin de toi. Tu as pris soin de Miles, tu étais là pour ta mère.

Je me mords les lèvres, rayonnant à cause de ses compliments.

– Tu te souviens quand les développeurs ont construit les appartements derrière chez nous ? Tu étais tellement triste parce que mon père adorait regarder les arbres en buvant son café et tu t'inquiétais à l'idée que le daim n'ait plus de maison. Théo était ravi qu'il y ait moins de feuilles à ramasser.

Je glousse, emportée par un tourbillon de souvenirs. On ne m'a jamais autant ménagée pour me repousser. C'est à la fois incroyablement tendre et incroyablement gênant.

– Eh bien, c'est un faux problème. Théo ne m'a jamais intéressée. Mais je suis désolée si ce que je t'ai dit a créé une gêne entre nous.

Il se gratte la joue et j'ai un mal fou à détourner le regard. Je n'ai jamais l'occasion d'être si près de lui. Il a une ombre de barbe sur les joues, mais elle a l'air douce. Je distingue au moins quatre nuances différentes de vert dans ses yeux. Quand il se lèche les lèvres, mon rythme cardiaque monte en piqué.

– Je suppose que c'est ce que je veux dire. Si j'avais su que… (Il s'arrête, soupesant ses mots. Pendant ce temps, mon cerveau se transforme en réacteur nucléaire et se met à fondre. S'il avait su *quoi* ?) Je t'ai toujours vraiment admirée. Tu es l'une des rares personnes de ma vie dont j'aimerais rester proche pour toujours, et je n'ai pas envie qu'une gêne se crée après la pépinière. (Il me jette un coup d'œil, le visage lumineux.) Je n'étais pas sûr d'avoir répondu de la meilleure manière. J'étais vraiment surpris quand tu m'as dit tout ça.

– C'est normal. J'étais surprise de te le dire, moi aussi.

Il sourit.

– Tu as été très courageuse de me confier tes sentiments et je voulais que tu saches… (Il nous désigne tous les deux.) Ça ne changera rien.

Je sais exactement ce qu'il veut dire – notre relation restera identique à ce qu'elle a toujours été – et bien sûr, je lui en suis reconnaissante.

Mais même si je n'ai jamais imaginé – pas même dans mes rêves les plus fous – qu'il partagerait mes sentiments, je me sens profondément rejetée en entendant ces paroles. Après tout, l'objectif de lui avouer ce que je ressentais était évidemment que tout change.

– Passons à autre chose, dis-je soudain.

Andrew rit.

– OK, bonne idée.

– Si tu pouvais voyager n'importe où, où irais-tu ?

Il n'a même pas besoin de réfléchir à sa réponse :

– Budapest. Toi ?

– En dehors d'ici ?

Andrew lève les yeux au ciel.

– Oui, en dehors d'ici.

– OK, d'accord. (Je fais défiler mentalement les images de cartes postales, peu inspirée par mon propre jeu.) Aucune idée. Peut-être Hawaï.

– Tu peux choisir n'importe où dans le monde entier et tu irais à Hawaï ?

– Quel est le problème d'Hawaï ?

Il hausse les épaules.

– Ça semble juste tellement évident. Et Tahiti ? Majorque ?

– Bien sûr, je ne dirais pas non.

Andrew rit.

– OK, donc c'est réglé. Avec cette attitude, c'est moi qui décide de tous nos futurs voyages.

Les mots restent suspendus en l'air et nous nous figeons tous les deux.

– J'ai déconné, dit-il en me souriant.

J'éclate de rire, soulagée que ce n'ait pas été moi pour une fois.

– Oui, complètement.

Nos rires s'éteignent et le silence nous engloutit. Je ne sais pas comment déchiffrer l'atmosphère entre nous. Je lui ai dit ce que je ressentais, je lui ai donné l'opportunité de me répondre sur le même ton, ce qui n'a pas eu lieu. Et pourtant… un étrange accord est en train de naître entre nous.

– OK, j'ai une idée. On ne parle pas pendant cinq minutes. On contemple le sapin ensemble.

– En espérant qu'aucune créature ne nous grignote le visage.

Il éclate à nouveau de rire, puis s'essuie les yeux, lançant sur un ton rieur :

– Seigneur. Es-tu capable d'être sérieuse deux secondes ? (Il s'essuie les yeux.) OK. Cinq minutes.

Je l'imite, concentrée sur le sapin.

– Cinq minutes.

Cette idée est étrange, mais aussi géniale. Elle m'évite de réfléchir à ce que je dois dire, ce qui est tant mieux, parce que mon esprit est une page blanche mortifiée de néant.

Pendant les trente premières secondes, j'ai l'impression d'être perdue entre les bruits de la pièce et le silence qui règne entre nous. Mais notre embarras se dissipe progressivement et je parviens à admirer les lumières, les décorations dorées à ma droite, la photo plastifiée de Théo et Andrew enfants qui pend à une branche toute proche. Je parviens à me concentrer sur sa présence chaleureuse et agréable, tout près de moi. Le bras d'Andrew est collé au mien et nous restons comme ça, respirant à l'unisson.

Son ventre gargouille, ce qui me fait glousser, mais il m'intime le silence. Je me tourne pour le regarder, mais il a déjà les yeux rivés sur moi, ils pétillent d'un air complice. Il lève un doigt devant ses lèvres et chuchote :

– Chut. J'ai juste envie de rester sous le sapin avec toi.

CHAPITRE 15

Le 22 décembre. Toujours là.

Et le thème du jour – le Jour de la Luge – est mon préféré. Malheureusement, je vois un million de manières dont l'univers pourrait me réprimander et me renvoyer à la case départ. Une énorme branche qui s'effondre sur ma tête. Un rocher sur mon chemin. Une musique comique en fond sonore tandis que la caméra me capture – la pauvre vacancière de Noël – prise au cœur d'une avalanche

Je foule le plancher glacial du sous-sol avec appréhension.

La maison est silencieuse. Je traverse la cuisine pour me tenir devant la fenêtre, mon souffle embue la vitre froide devant moi. Les flocons qui tombaient délicatement hier soir se sont transformés en tempête de neige généralisée pendant la nuit, et l'univers qui m'entoure est d'un blanc hivernal. Les arbres flanchent sous le poids de la neige fraîche. Les montagnes sont recouvertes d'une couche scintillante de poudreuse. Je ne me lasserai jamais de cette vue.

Les cookies de Lisa sont toujours sur le plan de travail. Je saisis le plat et je les jette directement à la poubelle, dissimulant les preuves de mon méfait avec le marc de café de la veille, avant de mettre en route la cafetière. Qu'ai-je à perdre ?

Sur ma lancée, je commence à préparer le petit déjeuner. Pourquoi attendre que ma mère se lève ?

L'odeur du café et de la viande cuite fonctionne comme une sirène. Les autres arrivent peu à peu, en traînant des pieds. Bientôt, on allume la télé dans l'autre pièce et le thème musical du *Grinch* filtre dans la maison.

– Merci d'avoir lancé le petit déjeuner, ma chérie.

Ma mère se fait un chignon, enfile son tablier de Mère Noël et me prend la cuillère en bois des mains, me faisant comprendre qu'elle va reprendre les rênes.

Debout à côté de l'évier, je vois Andrew dehors, qui dégage le chemin à la pelle. Il a enfoncé son bonnet sur sa tête mais, même d'ici, je distingue ses joues rougies par le froid, son manteau étiré dans son dos. Son manteau est épais, mais je peux facilement imaginer ses muscles se contracter à cause de l'effort qu'il déploie pour plonger la pelle dans des tas de…

– Mae, ma chérie, peux-tu me passer le… *oh.*

Je sursaute, me tournant vers ma mère, qui se tient juste à côté de moi.

– Quoi ? Quel *oh* ?

Elle s'efforce de paraître impassible, sans succès.

– Rien. J'ai juste besoin de… (elle récupère une spatule dans l'égouttoir) ça.

– Je regardais la vue en faisant la vaisselle.

– Bien sûr.

J'ouvre l'eau et rince à nouveau une assiette propre.

– C'est beau dehors.

Elle hausse un sourcil et jette un coup d'œil par la fenêtre.

– *C'est* beau, en effet.

Je lui jette un regard noir. Se prêter au jeu de ma mère dans ce genre de moment mènerait seulement au désastre.

– La *neige*.

Des pas résonnent derrière nous et un Théo ensommeillé marmonne :

– Il a neigé ?

– Oui.

Ma mère lance un dernier coup d'œil à Andrew, puis m'adresse un sourire narquois avant de s'éloigner. Quand je me retourne vers la fenêtre, Andrew est tourné vers le chalet. Nos regards se croisent, il m'adresse un petit signe de la main.

Je rougis et lui rends son coucou avant d'éteindre le robinet. J'ignore s'il m'a surprise en train de le regarder ou si c'est moi qui viens de le surprendre, mais j'ai le cœur battant. Malgré ce qu'il a dit hier soir, je ne crois pas que nous revenions à la normale avant un bon moment.

***

Je suis sûre que l'éternité que nous mettons à sortir du chalet ne surprendrait aucune mère de famille. Toutes les familles sont-elles aussi désorganisées ? Miles entre dans la salle de bains pendant qu'Aaron se douche et glisse sur le tapis en tentant d'échapper à cette vue. Kyle ne trouve pas ses bottes. Ricky ne trouve pas ses clés. Kennedy n'aime pas les pantalons et Théo se détourne de son objectif (récupérer un aérosol WD-40 au sous-sol) parce que la porte de son pick-up grince. Quand nous sommes *finalement* prêts, nous nous entassons dans notre petite caravane de véhicules pendant le court trajet pour gravir la montagne. Une fois sortis des voitures, le vent froid semble traverser toutes nos couches de vêtements ; les arbres épais qui entourent le chalet ne nous protègent plus. Kennedy finit par se féliciter de porter un pantalon.

Emmitouflés de la tête aux pieds, nous montons sur le télésiège et observons les arbres ainsi que les amateurs de luge sur les pistes de plus en plus minuscules en contrebas. Il a neigé bien plus abondamment ici que dans la vallée et la vue est magnifique. Le ciel est d'un bleu cristallin, l'air est clair, glacial, envahi par une odeur de sapin, la tempête a eu raison de la brume.

Au sommet, le vent est impressionnant et nous nous penchons tous pour négocier qui descend avec qui. Mon père s'attarde, s'attendant à ce que je monte avec lui, mais à vrai dire, je suis persuadée qu'il préférerait qu'on le laisse tranquille.

Mon père est un partenaire de luge complètement nul. Il sait conduire une voiture comme à peu près tout le monde, mais il se transforme en grand-mère névrotique sur une luge. Inquiet, anxieux et fébrile. La plupart du temps, nous faisons des tonneaux sur le côté, ce qui justifie l'appréhension de mon père. Nous passons le reste de la descente à pousser lentement pour avancer, les talons de mon père plantés dans la neige, ses mains crispées sur les freins, alors que les autres dévalent la piste en hurlant de bonheur.

Kyle reste sur le côté, frissonnant malgré ses mille couches de vêtements. Je décide d'invoquer la Mae Intrépide.

– Papa, as-tu vraiment envie de faire de la luge ?

– Bien sûr, répond-il sur un ton très peu convaincant.

– Tu n'aimes même pas la luge. (Je désigne Kyle qui claque des dents.) Pourquoi n'allez-vous pas vous mettre au chaud au refuge ?

Kyle s'approche.

– Quelqu'un a dit « refuge » ?

Mon père fronce les sourcils.

– Tu n'aimes pas faire de la luge avec moi, Andouille ?

Mais il ne déploie pas beaucoup d'efforts pour me faire culpabiliser. La possibilité d'être à l'intérieur du refuge à la place – accompagné de Kyle, un verre de cidre chaud aux épices à la main, au bord d'un feu de cheminée – le subjugue.

Je lève le menton.

– Allez-y.

Ils n'ont pas besoin de se l'entendre dire deux fois : Kyle et mon père remontent sur le télésiège pour descendre la piste en direction d'une source de chaleur, de nourriture et d'alcool.

Miles s'est déjà lancé seul sur sa luge. Ma mère et Lisa se sont mises ensemble. Aaron prend Kennedy, Ricky Zachary et le silence se fait lorsque Andrew, Théo et moi nous rendons compte qu'il reste deux luges, une individuelle et l'autre à deux places.

Ces types font tous les deux plus d'un mètre quatre-vingts ; ils ne pourraient pas partager une luge même s'ils le voulaient. Avec mon mètre soixante-cinq, je sais que je descendrai avec l'un d'eux. En temps normal, je demanderais à Théo parce qu'une telle proximité avec Andrew me transformerait en boule de nerfs.

Mais, maintenant, la perspective de m'installer entre ses jambes écartées, que ses bras m'entourent la taille et qu'il respire dans mes cheveux ne me rend pas nerveuse. Elle me rend avide.

Mais qu'en pense Andrew ? Oui, il m'a rejointe sous le sapin hier soir, et oui, il a paru apprécier ce moment. Mais je ne souhaite à aucun prix le mettre dans une position gênante, maintenant qu'il connaît la teneur de mes sentiments.

Avant que j'aie le temps de proposer de monter avec Théo, Andrew avance d'un pas, saisit la corde de la luge deux places et hausse les sourcils :

– Tu descends avec moi, Maisie ?

Je ne lui oppose aucune difficulté.

– Oui.

Si Théo est contrarié, il ne le montre pas. Il saute devant un couple d'une vingtaine d'années, grimpe sur sa luge et dévale la piste en criant. Dieu merci.

Andrew me tire de mes pensées.

– Pourquoi ne portes-tu pas de bonnet ?

Je me touche les cheveux.

– Merde.

Je l'ai laissé dans la voiture. Non seulement il fait horriblement froid mais mon manteau n'a pas de capuche. Une fois à pleine vitesse sur la luge, mes oreilles vont se transformer en stalactites.

Andrew retire son bonnet et me l'enfonce sur la tête, mais je proteste :

– Mandrew, tu n'as pas à me donner le tien.

Il met sa capuche et me sourit.

– Mes poux préféreront tes cheveux de toute manière.

– Dégueu.

Je lui plante un baiser de remerciement sur la joue, sentant la naissance de sa barbe sur sa peau.

Je suis soudain ravie que Théo soit déjà au milieu de la piste, que ma mère ne soit pas là non plus pour hausser légèrement les sourcils, que les gens derrière nous n'aient aucune idée de l'éternité durant laquelle j'ai rêvé de faire une telle chose.

Je m'écarte et il me sourit, mais soudain, nous prenons conscience de ce qui vient de se passer : je lui fais des câlins tout le temps, mais je ne l'embrasse pas souvent. Maintenant, je ne sais plus où me mettre. J'aimerais contempler sa bouche, mais ce serait une très mauvaise idée parce que je pourrais bien ne plus m'en détacher. Trop tard. Ses lèvres sont rougies à cause du vent, aussi pleines qu'à l'ordinaire, complètement fascinantes. Quand mon attention revient sur son visage, les yeux d'Andrew brillent encore plus, son regard paraît plus intense qu'à l'ordinaire.

– À quoi dois-je le plaisir ?

– Ton bonnet.

– Eh bien, pour ta gouverne, je suis toujours disponible pour des bisous.

– Pardon ?

Il rompt la tension en s'asseyant au fond de la luge, tapotant l'espace entre ses jambes. Mon rythme cardiaque augmente brusquement.

– Bienvenue à bord, Maisie. (Andrew lève les yeux vers moi, mon cœur fait un looping.) De grandes aventures nous attendent.

C'était une chose de lui faire un câlin, mais me glisser entre ses jambes puissantes, sentir l'un de ses bras autour de ma taille et la vibration grave de sa voix dans mon oreille est une expérience tout à fait différente.

– Prête ?

Non.

J'acquiesce, en reculant juste un peu, et Andrew relâche le frein, lève les pieds pour caler mes mollets et pousse de sa main libre. Nous sautillons ensemble pour que la luge prenne de la vitesse, et je pourrais exploser de honte parce que c'est plus que sexuel, mais la luge se met à glisser et accélère sur le versant de la colline.

Ses bras se resserrent autour de moi. Sans réfléchir, je m'agrippe à ses jambes, très fort, m'appuyant contre lui. Je sens le poids robuste de son corps derrière le mien, la manière dont il me stabilise avec les cuisses. J'ai toujours su que Andrew était gentil, généreux et taquin. Mais la manière dont il m'engloutit sur la luge me fait prendre conscience de sa force musculaire. Une image me traverse l'esprit : les jambes nues d'Andrew, ses abdominaux contractés, sa tête renversée en arrière de plaisir.

Je manque avaler ma langue et ne reviens à l'instant présent que lorsqu'il crie joyeusement dans mon oreille, riant d'excitation tandis que nous dévalons la piste à toute allure. Il n'y a aucune trace de l'incertitude que je ressens chaque fois que je fais de la luge avec mon père, aucun déséquilibre, pas la moindre peur que nous nous renversions. Avec Andrew derrière moi, je me sens en sécurité, stable et centrée. J'aimerais que cette descente dure toujours.

– Ça va ? hurle-t-il dans le vent qui nous fouette le visage.

– Ouais !

Une petite pause et malgré les cris des autres personnes qui descendent en luge, les bourrasques, le cliquètement du téléski, j'entends sa respiration se couper.

– Je vais dire quelque chose, crie-t-il dans la mêlée.

Je plisse les yeux, éblouie par la lumière éclatante du soleil, et nous nous penchons à l'unisson pour éviter un arbuste.

– OK !

Il colle sa bouche à mon oreille.

– Après ce que tu m'as avoué hier soir, j'ai cru que tu allais m'embrasser là-haut. M'embrasser *pour de bon*.

C'est à mon tour de perdre mon souffle. Je ne peux pas me retourner et le regarder, je n'arrive pas à déchiffrer son ton de voix.

– Sur la *bouche* ? je crie par-dessus mon épaule, mais ma voix est emportée par le vent.

Andrew se penche, me serre un peu plus la taille, me blottissant contre lui. Sa voix est rauque :

– Ouais, sur la bouche.

Je fixe la piste droit devant nous et les silhouettes commencent à se brouiller. Mes yeux larmoient à cause du vent glacial.

Sa voix est plus douce, mais tout le reste disparaît soudain et je l'entends parfaitement :

– Tu n'as jamais été pour *moi*, Maisie. Je n'ai jamais pensé que tu étais une option.

– Que veux-tu dire ?

Nous franchissons une bosse et nous penchons sur la gauche. Son bras m'étreint la taille. Lorsque nous nous redressons, il ne me lâche pas – bien au contraire, il me serre encore plus. Ses doigts se glissent sous ma veste.

Son haleine chaude me chatouille le cou et, d'une voix tremblante, il dit :

– Je n'ai jamais imaginé que tu puisses être mienne.

CHAPITRE 16

Deux heures plus tard, l'impact de cette première descente n'a pas diminué : j'entends ses paroles – *je n'ai jamais imaginé que tu puisses être mienne* – aussi claire-ment que si Andrew venait de me susurrer ces mots à l'oreille. Pourtant, il est assis à côté de moi autour de la table de jeux du sous-sol et ne me tient plus contre lui en train de dévaler une montagne.

Pendant la première heure de notre aventure sur la luge, je ne ressentais absolument pas le froid. Un feu de camp crépitait en moi, un brasier ardent. Mais, en fin de compte, mes doigts se sont engourdis et mes fesses ont bien failli rendre l'âme à cause du bois glacé sous moi. Maintenant de retour au chalet, nous nous sommes réfugiés au sous-sol – Théo, Miles, Andrew et moi – pour échapper à la chaleur indigeste du feu qui rugit à l'étage et aux gloussements bruyants de nos parents en train de s'alcooliser et de bavarder.

Théo bat un jeu de cartes d'un air absent tandis que nous décidons à quoi nous sommes d'humeur à jouer. Sous la table, un pied recouvert d'une chaussette trouve le mien, l'autre pied le rejoint, m'enserrant dans un câlin pédestre. Un coup d'œil prudent m'apprend qu'Andrew en est l'auteur et j'ai soudain l'impression de porter un pull en laine dans la Death Valley. Maladroitement, je commence à retirer mon sweat, mais il s'agrippe à ma pince à cheveux et Andrew est obligé de s'écarter pour venir à ma rescousse.

Ses pieds s'éloignent aussi. Une fois libérée, je le surprends à réprimer un sourire complice.

– Merci.

Il me regarde dans les yeux.

– De rien.

Je prends plusieurs gorgées d'eau pétillante pour calmer cette fièvre ridicule. On dirait que je n'ai jamais été touchée par un homme, bon sang.

Andrew m'observe à travers ses cils, puis se gratte la nuque.

– On a bien rigolé aujourd'hui, dit Miles en tentant de saisir la bière de Théo qui lui donne une tape sur la main. Je suis content que tu aies convaincu papa de partir au refuge. Si j'avais dû monter avec maman cette année, je crois que j'aurais laissé tomber.

– Merci de t'être sacrifié pour le groupe et d'avoir pris Mae, dit Théo à Andrew avant de m'adresser un sourire suffisant. Pire pilote de luge du monde.

Je le fusille du regard.

– Hé.

Andrew hausse les épaules d'un air magnanime.

– Je suis un humanitaire dans l'âme.

Je le frappe.

– *Hé !*

Ses yeux pétillent lorsqu'ils croisent les miens et son sourire s'estompe au moment où nous avons la même prise de conscience. Je cligne des yeux en direction de la table. Nous avons descendu la piste six fois et je suis reconnaissante qu'aucune des descentes n'ait été aussi dense et tendue que la première, parce que j'aurais sans doute eu un problème de combustion interne et me serais retrouvée dans l'avion suite à une crise cardiaque. Andrew s'est montré dans toute sa splendeur : il a chanté un terrible air d'opéra une fois, juré qu'il avait fermé les yeux pendant toute la descente suivante, salué un autre pilote de luge qu'on doublait lors de la troisième, mais tout était à nouveau normal. Ce que j'ai adoré et détesté à la fois.

Il se trouve que concernant Andrew, j'apprécie apparemment les ambiances denses et tendues.

– Il faudrait qu'on se désigne autrement que comme « les enfants », je dis pour briser le silence. (Théo pose le jeu de cartes au milieu de la table.) « Les enfants », ce sont les jumeaux maintenant.

– Les jumeaux ne sont-ils pas « les jumeaux » ? demande Miles.

– On pourrait s'appeler les « grands enfants », je suggère en riant et Andrew m'adresse un sourire éclatant, ravi par cette proposition.

Andrew prend le jeu de cartes et commence à couper et à mélanger. Je contemple ses doigts en tentant de ne pas penser à ses mains et à leur taille. Il a de longs doigts gracieux. Je ne crois pas m'être déjà concentrée sur les ongles d'un homme, à moins qu'ils soient dans un état de dégénérescence avancée, mais ceux d'Andrew sont naturels, propres, nets. J'aimerais vraiment que ces mains errent avidement sur ma peau nue.

Théo s'éclaircit la gorge et mon attention s'écarte brusquement des doigts d'Andrew.

– Deux vérités et un mensonge, lance Théo en m'adressant un clin d'œil déconcertant.

Andrew lève les yeux des cartes et réplique :

– Je ne crois pas que ce soit un jeu de cartes.

L'ignorant, Théo désigne Miles du menton.

– Tu commences. Je te donnerai une gorgée de bière.

– Miles n'a pas encore assez vécu pour détenir des vérités ou des mensonges intéressants et il est clairement trop jeune pour boire avant le coucher du soleil, réplique Andrew.

– Je te ferai dire, renchérit Miles, que nous avons joué à ce jeu en chimie l'année dernière pour briser la glace. J'ai eu du mal à penser à des trucs appropriés pour l'école.

Je lève les mains.

– Pardon ?

Andrew glousse.

– Ne traumatise pas ta sœur, Miles.

– C’est ton idée, dit Miles à Théo. Commence.

Un peu ennuyée, je devine pourquoi Théo a suggéré ce jeu : il est d’humeur à raconter quelques anecdotes sulfureuses. Et vraiment, maintenant que j’y pense, tous les jeux que suggère Théo sont une manière de parler subtilement ou pas si subtilement de la vie folle et excitante qu’il mène.

– Voyons… (Il fait craquer ses phalanges.) OK, pour commencer : à la fac, l’un des membres de ma fraternité a vécu avec une poule pendant une année entière sans que personne ne s’en rende compte.

Je grogne intérieurement. C’est la vérité. Alors qu’Andrew vivait dans un appartement désordonné mais confortable en dehors du campus de CU Boulder avec l’un des types les plus drôles et les plus bizarres que je connaisse, Théo faisait partie d’une fraternité de dragueurs et rejetons de banquiers d’affaires. Je sais qu’il y a beaucoup de fraternités progressistes et top, mais Théo ne les a pas choisies.

– Mec, pourquoi cachait-il une poule ? (Le visage de Miles pâlit.) Faisait-il des trucs dégoûtants avec une *poule* ?

Je me tourne vers mon frère.

– Miles Daniel Jones, ne sois pas dégoûtant. (Et puis je me tourne vers Théo.) Et toi, ne traumatise pas mon frère.

– Ensuite, continue Théo en riant, je me suis fait tatouer un perroquet sur la hanche pendant un voyage à Tijuana avec des potes.

– Un *perroquet* ? (L'expression d'Andrew est un mélange hilarant d'étonnement et de jugement fraternel.) Sur ta *hanche* ? Pourquoi n'ai-je jamais vu ça ?

Théo sourit d'un air suffisant et se balance en arrière sur sa chaise.

Andrew frémit et comprend.

– Tu veux dire sur l'aine.

– J'aimerais revenir au moment où il a pensé que se faire tatouer à Tijuana serait marrant. J'espère vraiment que c'est le mensonge.

– Et enfin, je ne suis pas chatouilleux. (Il se tourne vers moi en ajoutant :) Nulle part.

Le clin d'œil est clairement lascif. Vulgaire.

– Euh… je pense que la première affirmation est le mensonge, lance Miles, toujours bloqué sur la poule.

– Je suis content qu'il y ait certaines choses que j'ignore de toi. (Andrew se frotte le visage.) Je suis d'accord avec Mae : j'espère que la deuxième est le mensonge.

– J'espère aussi que c'est un mensonge, mais je suppose que le mensonge, c'est la troisième option. Impossible que tu ne sois pas un peu chatouilleux quelque part.

– Tu as envie de vérifier ?

– Je… (Prise de court, j'hésite.) Non, ça va.

– Eh bien, lance Théo, tu as raison. Comme Ellie T. l'a découvert lors de ma dernière année de master, je suis chatouilleux derrière les genoux.

Que ressent-on quand on a eu tellement de partenaires qu'il devient nécessaire d'utiliser le prénom et l'initiale du nom pour chacune de ses conquêtes ?

– Quelle est ma récompense ? Une poule ?

Miles grimace.

– Non, s'il te plaît.

Andrew se tourne vers moi avec un sourire joueur.

– Ta récompense, c'est que c'est ton tour.

– Je déteste ce genre de jeu.

– Et moi donc.

Andrew, le pire menteur du monde, éclate de rire et passe une main dans ses cheveux bouclés. Ils retombent sur son front dans une perfection négligée.

Je commence :

– OK. Un : je haïssais tellement ma camarade de chambre de l'université que j'ai utilisé sa brosse à dents pour me nettoyer les ongles après un entraînement de volley.

– Dégueu, marmonne Miles.

– Deux : à la fac, je craquais pour un type qui, comme j'ai fini par m'en rendre compte, avait pour patronyme légal Sir Elton Johnson parce que ses parents étaient timbrés. Il se faisait appeler John.

– Ça... dit Andrew en me pointant du doigt, mort de rire, c'est la meilleure histoire que j'aie entendue de toute ma vie. Bon sang, pourvu que ce soit vrai.

– Et trois, dis-je sans considération pour la présence de mon frère : j'ai rompu avec mon dernier copain parce qu'il avait un goût de ketchup.

Miles s'effondre comme si on lui avait tiré dessus et se met à convulser par terre.

– Impossible que ce soit vrai, lance Théo en secouant la tête. Il a toujours un goût de ketchup ? Qu'est-ce que ça signifie ? Ton mensonge, c'est le numéro trois.

– Je suis d'accord, marmonne Miles, à terre. En outre, je ne vois pas comment ce serait possible dans la mesure où tu n'as jamais embrassé personne.

Je glousse.

– Raconte-toi ce que tu veux.

Mais Andrew me dévisage, les yeux plissés.

– La brosse à dents. C'est le mensonge. Tu ne ferais jamais une chose pareille, quand bien même tu haïrais sa propriétaire.

Je le désigne, rayonnante.

– Tu as raison. C'était le mensonge.

– Attends. J'espère que ce n'est pas la raison pour laquelle tu as rompu avec Austin, grommelle Miles. Je l'aimais bien.

– C'est l'une des raisons. Et tu l'appréciais seulement parce qu'il te laissait conduire sa voiture.

J'observe, surprise et subjuguée, le cou et les joues d'Andrew rougir. Il semble confus et un peu embêté. Andrew Hollis serait-il jaloux ?

***

Une fois notre jeu ridicule terminé, puisque personne n'a envie de jouer aux cartes, au Cluedo ou à l'un des cinquante jeux de société en notre possession, les garçons filent à l'étage pour grignoter, me laissant seule. Je me pelotonne sur mon lit, succombant à l'épuisement des pensées qui rugissent en moi.

La folie de ces derniers jours me rattrape et je fais une sieste monstrueuse, plongeant dans un sommeil si profond, si total qu'on dirait que je sombre après le repas de Thanksgiving ou après avoir pris un Bendadryl.

Je m'éveille lentement, l'esprit embrumé, en entendant un froissement de papier tout proche. Il faut plusieurs secondes à mes yeux pour s'adapter ; le soleil s'est couché, la fenêtre du sous-sol est complètement sombre. De l'autre côté de la pièce, j'entends une autre page se tourner ; le bruit du papier crépite dans l'immobilité glaciale.

Quand j'inspire brusquement, le livre se referme. Un clic retentit et une lampe s'allume, diffusant une douce lumière.

– Elle est vivante.

Andrew. J'ai l'impression qu'on vient de me gifler.

Ma voix est rauque.

– Quelle heure est-il ?

Il jette un coup d'œil à sa montre. Il tient un livre de poche dans l'autre.

– Six heures. Le dîner devrait être bientôt prêt.

J'ai dormi deux heures ? Waouh.

– Où sont les autres ?

Il regarde en direction de l'escalier, comme s'il pouvait leur jeter un coup d'œil de là où il est assis à côté de la table de jeu.

– Les jumeaux fabriquent de nouvelles guirlandes de pop-corn avec ta mère. Il neige encore, donc les pères pellettent. Ma mère est… hum… (il grimace) en train de préparer un truc.

Je lui adresse une moue inquiète, il acquiesce.

– Je crois qu'il s'agit cette fois d'une sorte de gâteau au café.

– J'ai jeté les cookies.

Je m'extirpe des couvertures et m'assois, en me massant la nuque. Il faisait chaud dans le lit, je me sens groggy et brûlante.

Il écarquille les yeux.

– Quelle rebelle !

Je m'étire en grognant. Il ajoute :

– Est-ce que ça va ?

Je lève les yeux.

– Je suis épuisée sans raison.

Qui eût cru que voyager dans le temps était tellement fatigant ? *Non.* Attendez. Qui eût cru que les voyages dans le temps étaient *réels* ?

Il retourne la chaise pliante sur laquelle il s'est installé et s'assoit à l'envers.

– Un peu de ketchup te requinquerait peut-être.

Je le désigne d'un doigt faussement accusateur.

– Es-tu resté bloqué là-dessus ?

– Peut-être. (Le silence se fait avant que Andrew n'ajoute avec un sourire rusé.) Je me demandais juste si tu voulais dire… (il montre son visage) ou…

Il penche la tête sur le côté en m'adressant un clin d'œil.

J'éclate de rire.

– Tu es un cochon.

Il écarquille les yeux, feignant de se sentir outragé.

– *Je* suis le cochon ?

À l'étage, j'entends des bruits de casseroles, des cris de garçons, suivis par un cri de ma mère :

– Qu'est-ce qu'ils fabriquent là-haut ?

– Ta mère allait commencer à préparer le dîner, mais Benny a suggéré à Théo et à Miles de s'en charger. (Il déchiffre mon expression surprise.) Benny a dit que tu voulais qu'on participe davantage.

– Comme c'est gentil de sa part de m'accorder du crédit pendant que je faisais une sieste monstrueuse !

Andrew rit. Sa pomme d'Adam monte et descend. Lentement, le silence revient nous hanter, il repose son livre. J'aimerais lui parler de la manière dont il m'a tenue dans ses bras sur la luge. J'aimerais aborder le câlin pédestre sous la table. J'aimerais vraiment lui demander pourquoi il semble jaloux de mon ex.

Mais j'opte pour une question plus évidente :

– Qu'est-ce que tu fais ici ? Il y a environ sept cents endroits plus confortables pour lire dans cette maison.

– Je suis descendu te chercher, mais je n'ai pas voulu te réveiller.

– Donc tu es resté dans les parages pendant que je dormais ?

Je lui souris dans la pièce faiblement éclairée.

– Tu étais chou. Tu n'arrêtais pas de sourire dans ton sommeil.

– Je croyais que tu étais en train de lire. (Il hausse les épaules, je ris.) Très Edward Cullen de ta part.

Il fronce les sourcils.

– Qui ?

– Oh Seigneur, Andrew, *non*. On ne peut pas rester amis.

– Je plaisante. Je connais le mec de *Hunger Games*. (Il éclate de rire en voyant mon expression horrifiée s'accentuer.) Tu as l'air tellement insultée ! Est-ce ton test pour faire le tri dans tes prétendants ?

– Oui !

Toujours hilare, il se lève et me fait signe de l'imiter.

– Heureusement que j'ai toujours été un excellent élève.

Oh.

– Allons. (Il me prend par la main.) J'ai dit aux jumeaux qu'on jouerait aux Sardines avant le dîner. (Dans la pénombre, ses yeux étincellent avec malice.) C'est moi qui me cache en premier, et j'ai en tête l'endroit parfait.

CHAPITRE 17

En comparaison avec l'obscurité du sous-sol isolé, l'éclairage de la cuisine paraît obscène, comme si on pénétrait sur le plateau d'un talk-show égrillard. Mon complexe de culpabilité s'est déclenché dans la même mesure que si on s'était roulés nus sur le tapis rêche du sous-sol. Tout le monde lève des regards interrogateurs lorsque nous émergeons de l'escalier. Même si je suis sûre qu'il s'agit seulement de mon imagination, je ne peux m'empêcher de penser que leur silence est plein de suspicion.

J'agite la main d'un air imbécile.

– Salut. Désolée, je me suis endormie. (Je montre vaguement derrière moi, en direction des marches.) Après avoir discuté. Et joué aux cartes. Vous savez.

Miles fait la grimace.

– Merci de nous tenir au courant.

Il tire sur la bretelle de son tablier fleuri et saisit un ouvre-boîte. Certes, c'est un ouvre-boîte relativement sophistiqué, mais mon frère le fait tourner dans ses mains comme s'il s'agissait d'un moteur de fusée conçu par la NASA. Avons-nous raison de confier à ce fœtus la préparation d'un dîner pour treize personnes ?

Andrew commence à lui expliquer comment l'utiliser, mais je l'arrête d'une main sur le bras.

– Non. Il apprendra dans la douleur.

Je me tourne pour adresser le même regard d'avertissement à ma mère, mais elle semble parfaitement satisfaite, assise à la table de la cuisine un verre de vin dans une main, un livre dans l'autre.

Miles doit mourir d'envie de me faire un doigt d'honneur, et puis son expression change soudain du tout au tout. Il me sourit d'un air arrogant.

– Meuf. (Il désigne l'encadrement de la porte.) Vous êtes tous les deux sous le gui.

Andrew et moi levons les yeux en même temps en direction du chambranle. Miles a raison. Le brin festif se trouve maintenant accroché à l'encadrement de la porte par un ruban rouge.

– Je ne l'avais pas vu, je lâche, sur la défensive.

– Moi non plus.

Andrew me dévisage et même si sa bouche ne sourit pas, ses yeux oui, comme toujours. Le temps s'est-il arrêté ? On dirait bien. De toutes les fois où j'ai imaginé attirer Andrew sous le gui, ce fantasme n'a jamais inclus la moitié de nos familles respectives dans les parages.

– Vous pourriez tous les deux reculer *d'un pas*, suggère Théo sur un ton bourru. (Il est assez difficile de prendre son énervement au sérieux puisqu'il porte le tablier de Mère Noël de ma mère.) Vous n'êtes vraiment pas obligés de vous embrasser.

Sauf que je crois bien que si. Aucune envie d'enfreindre la règle.

Andrew laisse échapper un rire nerveux, mais plonge ses yeux dans les miens. Il se penche lentement. Ses lèvres – oh, Seigneur, ses lèvres parfaites – atterrissent sur les miennes dans le baiser le plus pur de tous les temps. Andrew s'écarte et je me concentre pour rester immobile et ne pas me pencher pour en quémander davantage.

C'était parfait, mais ce n'était rien du tout. Le baiser a à peine duré le temps d'une inspiration saccadée.

Un flash nous éblouit, suivi par un bougonnement de Lisa :

– Merde. Je l'ai raté.

Miles nous nargue.

– Ce n'était pas un baiser.

Je regrette immédiatement toutes les fois où j'ai traité mon frère d'idiot ; c'est à l'évidence un prophète, doté de l'intelligence émotionnelle de Yoda.

– Mec, c'est bon, grogne Théo.

Mais nous sommes dans notre petite bulle maintenant. Andrew rit.

– Il a raison. Ce n'était pas un vrai baiser.

Andrew. M'a embrassée. Sur la bouche. Je hausse les épaules avec une indifférence feinte, répondant à voix basse :

– C'était passable.

– Je te promets que mon objectif pour notre premier baiser n'était pas qu'il soit « passable », murmure-t-il.

– Bon, eh bien, dis-je en sentant mon cœur se frayer un chemin dans ma gorge. Essaie encore.

Il lève un sourcil, contemple ma bouche, avant d'écarter à nouveau les yeux.

– *Tu vas l'embrasser* ? s'écrie Zachary du bout du couloir.

Au moins six paires d'yeux nous observent avec une intensité totale, et toutes les cellules de mon corps laissent échapper un grognement mécontent. Les voix éclatent autour de nous.

Kyle rit.

– Je crois qu'interrompre un baiser sous le gui porte malheur.

– Bon sang, ils sont tellement jeunes, chuchote bruyamment Aaron. J'aimerais avoir leur âge. Se rouler des pelles sous le gui. Veiller jusqu'à trois heures du matin. Faire mes lacets sans m'essouffler.

– Ils n'étaient pas en train de *se rouler des pelles*, se moque mon père avant d'ajouter, soudain moins sûr de lui : N'est-ce pas ?

Pourquoi est-ce que j'aime autant ma famille, déjà ? Même si Andrew avait l'intention de m'embrasser à nouveau, le moment a été gâché en beauté.

– Alors, lance Andrew en reculant d'un pas et en glissant ses mains dans ses poches. Sardines ?

– Bien sûr. (Je rassemble un peu d'enthousiasme.) Allons-y !

Les Sardines sont le jeu préféré de Zachary et celui que Kennedy aime le moins, mais elle accepte de jouer quand il le lui propose car comme elle nous l'a dit un soir au dîner :

– Je n'aime pas être trop collée aux gens, mais l'être à l'un de vous ne me dérange pas.

Sur ce, Aaron s'est levé en prétendant avoir une poussière dans l'œil pour pleurer d'émotion sans qu'elle le voie.

Zachary explique à Lisa comment fonctionne une partie de Sardines, s'efforçant de la convaincre. Bon courage, mon petit.

Lisa fronce le nez.

– Donc, on s'empile tous dans un petit espace fermé et on se cache ?

– L'un de nous se cache, explique Kennedy de sa petite voix, et quand quelqu'un le trouve, il le rejoint dans sa cachette.

Zachary se lance dans une chorégraphie de point karaté et l'une de ses chaussures s'envole.

– La dernière personne à trouver la cachette est le dernier vainqueur !

– Le perdant, corrige Kennedy. Papa et Papou l'appellent le dernier vainqueur mais, en réalité, le dernier vainqueur est le perdant.

Zachary hausse les épaules.

– J'aime gagner.

Kennedy semble considérer la possibilité d'achever son frère, mais elle opte plutôt pour regarder Lisa.

– Vas-tu jouer ? C'est Andrew qui se cache en premier.

Lisa paraît ravie que son fils et moi fournissions une excuse pour ne pas participer. Elle déplacera peut-être encore le gui pendant ce temps.

– Je vais demander à Élise si elle a besoin de mon aide pour le dîner.

– C'est Théo et Miles qui cuisinent.

– Ils ont peut-être besoin d'aide ?

– Maman.

Andrew grimace délicatement. Elle rit.

– D'accord. Je vais aller chercher Élise.

Il se tourne vers les jumeaux.

– Prêts ?

Tous deux lèvent leurs petites mains en l'air.

– OK, alors. Cachez vos yeux et comptez jusqu'à cinquante. (Il me regarde.) Au fait, Mae ?

– Quoi ?

– Pas le droit d'ouvrir les yeux, hein ?

Son regard taquin pétille, mes parties intimes agitent le drapeau blanc de la reddition.

– Je n'oserais pas.

Je pose les mains sur mes yeux et commence à compter avec les jumeaux tout en entendant les pas d'Andrew s'éloigner.

– Un… deux… trois…

– Vingt-quatre… vingt-cinq… vingt-six…

– Quarante-huit… quarante-neuf… cinquante.

– *Prêt ou pas, nous voilà !* hurle Zachary.

Les enfants détalent dans des directions différentes : Zachary dans le couloir vers la cuisine et le sous-sol, Kennedy vers la salle à manger plongée dans l'obscurité. Moi, je monte à l'étage. J'ai une intuition assez forte de là où se cache Andrew.

Quand le groupe n'était pas encore au complet, les garçons Hollis n'avaient pas à dormir au sous-sol : il y a quatre chambres à l'étage, plus le grenier. Mon père occupe le bureau, ma mère la chambre de Théo. Kyle et Aaron dorment dans la chambre d'Andrew.

Le cœur battant, j'ouvre la porte et suis frappée par l'effluve intense d'*Andrew.* Lisa dispose des bougies dans toutes les chambres, mais alors que Ricky et elle préfèrent la lavande et Théo le bois de santal, elle réserve l'eucalyptus à son fils aîné. En plus de ce parfum, je distingue la senteur impeccable de la lessive et *sa* présence immanquable, un peu partout. À l'instant où j'entre dans la pièce, la tension augmente, comme si les murs et les meubles désignaient furtivement le placard et sifflaient sur un ton de conspiration : *il est là.*

La lumière est éclairée, ce qui est un autre indice. Kyle est du style à faire attention à sa consommation d'électricité, mais Andrew ne voudrait pas que les jumeaux le cherchent dans une pièce obscure.

J'avance, m'attardant un instant dans la chambre pour me calmer. J'inspire, puis expire. Nous avons joué ensemble des centaines de fois, mais l'occasion de se blottir l'un contre l'autre, seuls tous les deux, dans une cachette, ne s'est jamais présentée.

J'entrouvre la porte du placard.

Andrew se cache les yeux, cillant à cause de la lumière.

– Dis donc, tu as été rapide.

– Ce n'est pas la cachette la plus originale.

Je le rejoins à l'intérieur. Le petit placard semble rétrécir jusqu'à mesurer la taille d'une boîte à chaussures lorsque je prends conscience de la situation.

– Où sont partis les jumeaux ?

– Sous-sol. Salle à manger.

Il ne répond rien, mais je le sens gigoter à côté de moi. Je commence à me noyer dans la tension douloureuse de la proximité.

– Alors… est-ce que tu as du mal à laisser cette chambre à Noël ? je finis par demander.

Je le vois à peine parce que l'unique lumière qui nous parvient est un rai blanc qui filtre vaillamment sous la porte du placard. Mais je devine qu'il secoue la tête.

– Je ne viens plus beaucoup. Et d'ailleurs, je peux dormir n'importe où.

Je sais que c'est vrai. Quand nous étions enfants, Andrew était connu pour s'endormir à table après un gros repas.

– Alors, pourquoi t'être installé dans le hangar à bateaux ?

– Parce que dormir dans un lit superposé au sous-sol me paraît beaucoup trop infantilisant.

Je sais que ça semble extrême, mais je ne pouvais pas le supporter une année supplémentaire.

– Je le vis plus comme une ambiance colonie de vacances, mais je comprends que tu en aies assez.

– Oui.

Penser au hangar à bateaux froid, sombre et vide me fait frissonner.

– Dormir là-bas tout seul ne te fait pas peur ?

Andrew éclate de rire et s'appuie un peu contre moi.

– Qu'est-ce qui pourrait me faire du mal là-bas, Maisie ? Un fantôme ? Un loup-garou ?

– Je pensais plutôt à un tueur en série qui arpenterait la région à la recherche de ses futures victimes. (Il pouffe.) Qu'est-ce qui te fait peur, alors ? As-tu peur de quelque chose ?

– Je suis tombé amoureux des sons en regardant *Halloween, Shining* et *Le retour des morts-vivants*. (Je perçois son sourire fier dans sa voix.) Je regarde ce genre de films pour me détendre.

Quel paradoxe, un homme aussi doux que le miel fan d'horreur !

– Quel est ton film d'horreur préféré ?

Il laisse échapper un rire rauque.

– C'est la première réplique de *Scream*.

– Ah oui ?

– Tout le monde le sait, Maisie.

Maintenant je glousse, moi aussi.

– Je te dis que je n'ai jamais vu aucun film d'horreur, même pas une parodie. (Je lui donne un coup de coude.) Mais alors, vraiment, quel est ton préféré ?

– Pour sa bande-son ?

Je hausse les épaules.

– Comme tu veux.

– Probablement *Sans un bruit*. Mais mon préféré de tous les temps est *Le silence des agneaux*.

Je suis parcourue par un frisson d'excitation.

– On l'a vu ensemble, tu te souviens ?

– Je me souviens que tu m'empêchais de m'éloigner d'un demi-centimètre sur le canapé et que j'ai dû vérifier qu'il n'y avait rien sous ton lit ensuite.

– Écoute, dis-je en riant, je suis une mauviette. Je préférerai toujours les baisers aux meurtres.

Il appuie la tête contre le mur en entendant ça, soupirant comme s'il était préoccupé. Je fais de mon mieux pour ne pas m'imaginer lui lécher la pomme d'Adam.

– Ça va ?

Je lui donne un petit coup d'épaule.

Il se tourne pour me regarder.

– Ça va.

– Ça va tout court ?

– Probablement en train de trop réfléchir.

Mon sang se met à bouillonner et je trompe ma nervosité avec une plaisanterie :

– Parce que je penserai pour toujours que tes baisers sont juste passables ?

Son rire est peu enthousiaste cette fois. Même dans le noir, il y a une sorte de grésillement dans l'air. Je pose les yeux sur sa mâchoire, ce qui ne m'aide pas parce qu'elle est tellement carrée et comestible. Je contemple son cou, tout aussi problématique. Finalement, je me concentre sur ses avant-bras, illuminés par le rayon de lumière. Il a remonté les manches de sa chemise en flanelle et ils sont musclés, légèrement ombragés par ses poils, encore plus incroyables que son cou. Je rêve de les mordiller.

– Cette année a été tellement étrange, dit-il tranquillement. Théo se construit une maison. Ma mère et mon père parlent de prendre leur retraite. Tout le monde semble savoir où il va et… (Il s'interrompt.) J'adore mon travail, mais j'ai la distincte sensation qu'il y a autre chose à saisir. Plus de vie, plus d'aventure. Plus que quelques rendez-vous par mois.

Mon cœur se serre.

– Je vois ce que tu veux dire.

– Je rencontre des filles, mais un rendez-vous en devient un autre. Je ne suis *sorti* avec personne, sur le long terme, depuis un bon moment. (Depuis tout le temps que nous nous connaissons, même si j'ai toujours su qu'il avait des copines, Andrew n'a jamais abordé le sujet en ma présence.) Et puis toi, tu… (Il laisse la phrase en suspens et je me demande soudain si ma voix sortirait de ma gorge si j'essayais de parler.) Ça m'a bouleversé. Pas dans le mauvais sens. Tu vois ce que j'essaie de dire ?

– Pas vraiment.

Je prononce ces mots d'une voix tremblante. Enfin, *je crois* que je sais où il veut en venir, mais j'ai besoin de l'entendre de sa bouche. Il pourrait vouloir dire beaucoup de choses. Par exemple, que cette année est différente parce que Théo et moi ne sommes pas aussi proches qu'avant. Ou que cette année est différente parce que je lui ai finalement avoué mes sentiments. Ou encore que cette année est différente parce que j'ai voyagé dans le temps, même s'il n'en a pas la moindre idée.

– Tu te souviens quand je t'ai raconté que j'étais à une fête où l'amie d'un ami lisait les tarots il y a deux mois ? murmure-t-il.

– Ouais.

– Je me suis moqué gentiment et elle m'a obligé à m'asseoir. Elle a posé les cartes devant moi et elle m'a dit : « Je vais te tirer les tarots. » Je n'avais rien à perdre, elle ne me connaissait pas. Donc j'ai accepté. Elle a lu les cartes et m'a dit que je pourrais être heureux à un poste secondaire au travail. Elle m'a dit que je n'avais pas besoin de paillettes ni d'être sous le feu des projecteurs. Elle a raison, ce n'est pas le cas. Et puis, quand elle m'a dit que j'avais déjà rencontré l'amour de ma vie, je ne l'ai pas *écoutée.* (Il pouffe.) Alors que ma vie entière est fondée sur l'écoute.

Un essaim de libellules aux couleurs éclatantes papillonne en moi, prenant soudain beaucoup trop d'espace. J'ai du mal à respirer parce que le poids de tout ce qu'il vient de dire m'écrase soudain.

– Je n'arrive toujours pas à croire que je ne m'en suis pas rendu compte. (Il penche la tête.) De tes sentiments pour moi.

Je me mordille les lèvres et chuchote :

– Je ne sais pas si ça t'a rebuté… (On dirait que dix ans s'écoulent avant que je prononce les mots suivants.) Ou au contraire, excité.

Il se tourne vers moi. Quand je réalise ce qui est sur le point de survenir, mon cœur n'est plus un cœur, c'est un poing ganté rouant de coups l'intérieur de ma cage thoracique, encore et encore. Andrew lève une main, tellement lentement, et il la pose sur mon cou.

Sa respiration est entrecoupée. Il souffle :

– Excité.

Et à l'instant d'après, les lèvres d'Andrew se posent sur les miennes. Une fois encore, il s'écarte trop tôt mais même pendant cette seconde parfaite et unique, je l'ai senti avide et joueur. Rien à voir avec le moment en public sous le gui.

Et même si nos lèvres ne se touchent plus, l'intensité n'a pas baissé d'un iota parce qu'il reste immobile, à seulement quelques centimètres de moi, aussi essoufflé que moi. Il fait sombre, l'espace est exigu, chaud. Quelques-unes de ses chemises se trouvent sur des cintres – glissées sur le côté, elles nous entourent –, exhalant son odeur. Ces mêmes chemises ont été sur sa peau tandis qu'il travaillait et suait, faisait la sieste et jouait aux cartes avec moi au sous-sol et, maintenant, elles m'effleurent le dos juste après que leur propriétaire m'a embrassée.

– Je peux ?

– Oh que oui.

Il rit, haletant. Respirer à ses côtés, dans la délicieuse attente de la suite, est sans nul doute le moment le plus érotique de ma vie.

Je m'avance au moment où il se penche et sa bouche est là, ses lèvres sont ouvertes. Lorsqu'il me prend par la taille et me serre contre lui, je gémis et il saisit l'opportunité de glisser sa langue sur la mienne.

Voilà.

Je comprends. Je ne reniflerai plus jamais avec dérision en lisant les descriptions des personnages de roman qui s'effondrent après un bref contact. Je n'imagine même pas les bruits que je ferai si je parviens un jour à dénuder cet homme.

La chaleur descend dans ma gorge, jusqu'à ma poitrine qui tonne, puis mes entrailles. J'ai imaginé cet instant un million de fois, mais avec le recul, mon cerveau a manqué de créativité, parce que la réalité dépasse mes attentes. Andrew a un goût de menthe et de chocolat, une odeur de feu de cheminée, il brille comme un rayon de soleil. Si on mettait toutes les choses que je préfère dans une machine de Willy Wonka, je suis à peu près sûre qu'Andrew Hollis serait le bonbon qui en sortirait. Je dois déployer un effort surhumain pour ne pas coller mes hanches aux siennes et lui retirer sa chemise de flanelle.

– Tu es insatiable, dit-il en grognant lui-même.

Je ne connais pas ce pan de sa personnalité, mais on dirait qu'un couloir scintillant et faiblement éclairé vient de s'ouvrir devant moi. Il y a des joyaux un peu partout. De l'or sur les murs. *Voyons jusqu'où cela va,* me susurre une voix. Pendant un bref instant, je panique à l'idée que ce ne soit pas le bon chemin. Qu'embrasser Andrew dans un placard ne soit pas ce que je suis censée faire.

Et puis il se penche, me mordille la joue et toutes mes hésitations se dissipent.

– Je me *sens* insatiable.

– Qui eût cru que Maelyn Jones serait carrément irrésistible, putain, marmonne-t-il dans sa barbe en m'embrassant dans le cou.

– Pas moi.

Il m'agrippe les hanches puis me caresse le ventre, s'arrêtant douloureusement loin de ma poitrine.

– Pendant si longtemps, tu n'étais qu'une gamine. Et puis, il y a quelques années, tu as cessé de l'être.

J'en perds mes mots. Je me contente d'effleurer sa clavicule du bout du doigt.

– J'ai rêvé de toi. Un rêve érotique, dit-il avant d'éclater de rire.

– Quoi ?!

– Dans le lit superposé, avoue-t-il. Mortifiant.

– Quand nous étions tous là ?

Andrew hoche la tête.

– Tu sais que quand on fait un rêve pareil, il te colle à la peau toute la matinée ?

– Ouais.

– Après le petit déjeuner, Théo et toi vous battiez par terre et tu hurlais de rire. Vous vous amusiez tellement tous les deux. J'ai dû refouler cette idée, t'imaginer comme ça. J'en avais le souffle coupé.

Chaque mot qu'il prononce m'oblige à réécrire mon histoire mentale.

– Si j'avais su ça à ce moment-là, j'aurais reconstitué ton rêve avec grand plaisir.

Andrew glousse.

– Et maintenant tu me dis que je te plais, je me souviens du tarot et… je n'y crois pas, ou du moins, je n'y croyais pas. Mais je pense maintenant : et si, depuis tout ce temps, elle était juste sous mon nez ? Ça m'a semblé tellement évident quand on était sur la luge. Tu sentais le caramel et le shampoing sucré et…

– Ouais ?

Je suis en pleine transe d'Andrew.

– J'ai failli t'embrasser dans le cou. Juste comme ça, sans prévenir.

Prise par une impulsion, je l'attrape par la chemise et l'attire contre moi. Quand il laisse échapper un gémissement, son haleine se mêle à la mienne et j'ai soudain envie de faire des choses très très cochonnes avec ce rayon de soleil.

– J'ai déjà pensé exactement la même chose. Tellement… (Il s'approche, puis se dérobe au dernier moment. Sa bouche ouverte se pose dans mon cou, suce et mordille. Je n'arrive plus à penser)… *tellement* de fois.

Les mains d'Andrew glissent sous mes fesses et il remonte ma jambe sur sa hanche, se penche en avant. Un mouvement lent. Je le sens, je distingue la chaleur de ses hanches contre mes jambes, le poids solide…

De la lumière nous éblouit, et un petit corps bondit dans le placard.

Andrew lâche ma jambe, bondissant en arrière. Je lève les mains comme si on venait de m'arrêter. Nous respirons tous les deux si fort et si vite qu'on pourrait sortir d'une séance de CrossFit dans ce placard.

– Trouvés ! s'écrie Zachary en chuchotant, ravi.

– Oh… salut ! (Andrew prend une grande inspiration et ajuste le col de sa chemise.) Ça t'a pris un moment, morveux.

Même dans la lumière pâle, je distingue le cou rougi d'Andrew, sa peau qui palpite au rythme de son cœur. Pour ma part, je ne serais pas surprise de découvrir que je viens de m'enflammer.

– Je croyais que tu serais dans le hangar à bateaux, explique Zachary.

Andrew le fait s'asseoir entre nous et referme délicatement la porte.

– Il n'y a pas de cachette dans le hangar à bateaux.

Zachary semble déçu.

– C'est ce qu'oncle Ricky a dit.

– Où est Kennedy ?

– Elle cherche encore. (Les yeux de Zachary scintillent en me regardant.) Mais ne lui dites pas qu'elle a perdu, d'accord ?

– Jamais, je le rassure.

Au-dessus de la tête de Zachary, Andrew et moi nous dévisageons. J'ai chaud et mal partout. Je suis frustrée et fébrile.

– À suivre ? chuchote-t-il.

Oh, sans nul doute.

CHAPITRE 18

Andrew tire ma chaise lorsque nous arrivons à table et je marque un temps d'arrêt en me demandant si c'est un comportement normal pour lui. Sommes-nous déjà arrivés à table en même temps, et le cas échéant, Andrew m'a-t-il tiré une chaise ? Ses yeux pétillent encore d'hilarité refoulée et je sais qu'il meurt d'envie de m'engueuler parce que je ne suis absolument pas discrète, mais sent-il encore ma bouche sur la sienne ? Moi, je garde l'empreinte de son baiser.

Benny croise mon regard et hausse lentement un sourcil. Je détourne les yeux.

Le dîner est objectivement épouvantable. La table est envahie de plats non identifiables : une masse rouge et marron que je soupçonne être une tentative de sauce à la viande, un bol de nouilles blanches pâteuses et collées. Du pain à l'ail coupé en tranches irrégulières. Des légumes mous et en souffrance qui se noient dans ce qui doit être une sauce ranch.

On dirait qu'une bombe a explosé dans la cuisine. Miles et Théo ont cassé au moins quatre plats et je sais que je devrai nettoyer le chaos plus tard mais, bon sang, c'est le meilleur repas de ma vie. Andrew a dit *à suivre* ! Je serais capable de manger de la colle et de m'en délecter.

– Sérieusement, je chantonne. C'est *délicieux*.

Andrew me donne un petit coup de coude.

Ricky se sert d'une cuillerée à soupe de sauce à la viande et passe le plat.

– Qu'avez-vous envie de faire ce soir ?

Je manque m'étouffer et Andrew me tapote poliment le dos en répondant d'un air décontracté :

– On pourrait jouer au Cluedo ?

– Oooooh. (Ma mère semble apprécier cette idée.) Nous n'avons pas encore joué au Cluedo.

– Nous ne sommes pas là depuis si longtemps, je lui rappelle – et me le rappelle au passage.

Franchement, j'ai l'impression d'être ici depuis un mois. Je fais rapidement l'addition : sept jours des vacances originelles, plus six supplémentaires sur le Territoire des Répétitions.

La sauce passe de main en main. Zachary fait semblant de vomir lorsqu'elle arrive à son niveau et Aaron ne gronde même pas son fils. À la place, il examine la sauce d'un air suspicieux avant de répondre avec désinvolture :

– Je ferais sans doute mieux de ne pas en prendre puisque je suis au régime.

Il la tend à mon père, contournant Kyle.

Je suis sûr qu'il tente d'éviter à son mari l'obligation de la manger, mais Kyle l'en empêche de la main.

– Allons, c'est du boulot d'entretenir ces courbes.

Tout le monde éclate de rire – parce que Kyle n'est que muscles et tendons – et Aaron s'excuse d'un baiser.

Ce moment est tellement simple et adorable. Je détourne le regard à temps pour surprendre ma mère et mon père échanger un regard complice. Mon père baisse le menton, les épaules tremblantes.

– OK. (Je les désigne.) Qu'est-ce que vous cachez tous les deux ?

– Quand je venais de tomber enceinte de toi, j'ai demandé à ton père si j'avais l'air enceinte et il m'a répondu : « Non, on dirait juste que tu te laisses un peu aller », explique ma mère en retenant un fou rire

Mon père se cache les yeux.

– J'ai regretté ces mots à l'instant où je les ai prononcés.

– On aurait pu penser qu'un homme qui interagit avec des femmes enceintes tous les jours serait plus malin, le taquine Ricky avant de se faire tout petit sous le regard ironique de son épouse. Oh non.

Lisa le désigne d'un index accusateur.

– Tu te souviens quand j'ai commencé mes cours du soir de poterie à l'université ?

Ricky glisse sur sa chaise, laissant échapper un « oui » honteux.

Elle se tourne vers nous.

– Je lui ai dit que je me sentais vieille et mal fagotée, entourée de toutes ces jeunes étudiantes, et il m'a répondu : « Ne t'inquiète pas, ma chérie, je t'aime quand même. »

Tout le monde rit et Théo laisse échapper un grognement :

– Papa, sérieux…

Ricky se tourne vers son fils.

– Tu te moques de moi ? Une fille t'a appelé l'autre jour et tu n'arrivais pas à te souvenir de son prénom.

– Je… ! commence Théo avant que Ricky ne lève une main.

– À Thanksgiving, que cachais-tu dans le placard après le départ de grand-mère ?

Andrew et moi nous nous figeons subitement.

Théo ferme les yeux en feignant la honte.

– Une fille.

– Une fille, répète Ricky. Qui t'attendait dans ton placard pendant qu'on terminait de manger. (Des rires éclatent autour de la table et je pense que je l'ai échappé belle.) Théo, tu n'as rien le droit de dire.

– Bouchez-vous les oreilles, marmonne Aaron aux jumeaux qui s'exécutent tardivement.

Miles est le dernier à se remettre de son fou rire et Théo se tourne vers lui, en le taquinant :

– Au moins j'ai du succès, mec.

Tout à l'honneur de mon frère, il ne paraît absolument pas décontenancé par cette réplique.

– J'ai dix-sept ans. Suis-je censé cacher des gens dans mon placard ?

– Non, répondent ma mère et mon père à l'unisson.

– Mae et Andrew sont très silencieux dans leur coin… chantonne Lisa.

La pièce paraît se figer et tous les regards se tournent vers nous. Je lève les yeux de l'assiette où je découpais mes spaghettis en petits morceaux et réalise qu'Andrew a la même expression ingénue de : *quoi, moi ?*

– Pardon, quoi ? demande Andrew, la bouche pleine de salade.

– Oh, on disait juste que vous étiez au-dessus de tout reproche tous les deux, s'exclame mon père.

Ma mère a l'air indéniablement fière.

– Ces deux-là ne sont sans doute pas du genre à faire des coups en douce et à cacher des plans cul dans leurs chambres, lance Ricky à Théo.

Alors que je m'efforce d'avaler quelques nouilles collantes, Andrew pique une feuille de laitue avec nonchalance, disant :

– Techniquement, c'est exact.

– Mae ne ferait jamais une chose pareille avec un inconnu, dit Miles, et je lui adresse un regard noir.

– Les « plans cul » n'intéressent pas ta sœur, renchérit mon père en approchant une fourchetée de spaghettis de sa bouche avant de reconsidérer la chose.

Mon frère laisse tomber sa propre fourchette, écœuré.

– Pouvez-vous tous arrêter de répéter « plan cul », s'il vous plaît ?

Je sens le pied d'Andrew se poser sur le mien sous la table et suis soudain très très intéressée par la composition de la sauce à la viande. Je lâche :

– Cette sauce est si spéciale, comment l'as-tu préparée, Théo ?

Flatté, il babille joyeusement au sujet de la viande qu'il a fait revenir, la sauce tomate en boîte, les fines herbes trouvées dans le cellier. La conversation passe à autre chose et je parviens à déconnecter… C'est une bonne chose parce que je déploie presque toute mon énergie pour ne pas être uniquement concentrée sur les mouvements d'Andrew à côté de moi. J'aurais vraiment du mal à alimenter une conversation.

Je crois que son coude effleure intentionnellement le mien, mais je ne peux pas en être sûre, parce qu'il est gaucher et que je suis droitière. Et puis je pense à ses mains, à ses doigts, à la manière dont il m'a agrippé la jambe et l'a passée sur la sienne avant de se frotter contre moi.

J'imagine ses mains glisser sous mon tee-shirt et remonter sur mes côtes. J'imagine ses doigts ouvrir le bouton de mon jean, jouer avec ma fermeture Éclair. J'imagine cette bouche qui me parcourt le corps, en soupirant d'aise, embrassant mon…

– Mae ?

La voix de ma mère franchit la barrière du son.

– Hmm ?

Je lève les yeux en réalisant que tout le monde me dévisage. Apparemment, j'ai raté une question directe.

Elle fronce les sourcils.

– Est-ce que ça va, ma chérie ?

Horrifiée, je comprends que mon visage et mon cou sont rouge brique.

– Ouais, désolée, j'étais juste occupée à mâcher.

Théo s'appuie sur un coude.

– J'ai choisi le Professeur Violet et tu n'as même pas cillé.

– Oh. (J'agite ma fourchette.) Je prendrai le dernier personnage.

Je sens l'onde de choc faire le tour de la table. Je suis décontractée au sujet de peu de choses, c'est vrai, et le Professeur Violet n'en fait pas partie. Comme toute femme de vingt-six ans qui se respecte, je prends le Cluedo très au sérieux.

Et pourtant.

– Qu'est-ce qui se passe, les gars ? Un peu de changement ne fait de mal à personne.

***

Laissez-moi vous informer que le Colonel Moutarde a gagné au Cluedo ce soir et que le Professeur Violet est déjà parti se coucher de mauvaise humeur. Non seulement j'ai bénéficié de la chance du débutant en choisissant un nouveau personnage mais le Professeur Violet en personne était le meurtrier, dans la véranda, avec la corde. Je ne crois pas que Théo apprécie ma danse victorieuse, mais il semblerait qu'Andrew si.

Nous rangeons ensemble les pions du jeu dans le salon alors que les autres errent en direction de leurs appartements – les chambres pour les adultes, le sous-sol pour les grands enfants –, et puis il ne reste plus que nous, à côté du feu qui crépite dans la cheminée, vibrant de tension sexuelle, nous demandant ce qui nous attend.

Du moins, c'est ce que je *me* demande. Je suis loin d'être fatiguée et donc loin d'être intéressée par la perspective d'aller dormir. Je pourrais sans problème m'attarder pour quelques baisers.

Andrew incline légèrement la tête, m'invitant à le suivre dans la cuisine – d'où je pense, nous planifierons notre fuite vers le hangar à bateaux. Mais l'évier est plein de vaisselle sale.

– Ah oui, d'accord. (Les fantasmes dans lesquels je lui arrachais sa chemise en flanelle sont tués dans l'œuf.) Je dis qu'on devrait nettoyer.

Andrew retrousse ses manches et m'adresse un regard faussement ennuyé :

– « Aidons davantage », a-t-elle dit. « Il faut qu'on se comporte comme des adultes », a-t-elle insisté.

Je glousse et pose mon verre de cidre presque plein à côté de lui pour récupérer les plats éparpillés sur la table.

– Désolée.

– L'alcool, ça ne te réussit vraiment pas, remarque-t-il en vidant le contenu de mon verre dans l'évier avant de le mettre dans le lave-vaisselle.

– Je sais. (Je le regarde refermer le lave-vaisselle puis se laver les mains.) Mais à toi non plus.

Andrew me sourit par-dessus son épaule.

– Je prends des décisions impulsives quand je suis ivre. Par exemple, je suis sans doute toujours à un ou deux verres de me faire tatouer les paroles d'une chanson qui craint.

Je m'esclaffe avant de plaquer une main sur ma bouche pour éviter que mon fou rire fasse écho dans les autres pièces. La dernière chose que je souhaite serait que Miles ou Théo montent nous rejoindre.

– Tu veux dire que tu ne te tatouerais pas un perroquet ?

Il frissonne de tout son corps tout en bouchant un côté de l'évier pour le remplir d'eau chaude et savonneuse.

– Ce que je n'arrive pas à comprendre, c'est pourquoi un *perroquet* ? ajoute-t-il.

Je hausse les épaules en me mordant les lèvres.

– Pourquoi pas un perroquet ?

– Un perroquet cool sur ton bras ou sur ton dos ? *Peut-être.* (Il fait un pistolet avec ses doigts et vise son entrejambe.) Mais un perroquet… Là ? Juste à côté de ta bite ? Pourquoi ?

Je répondrais volontiers, mais cette phrase a électrocuté la partie de mon cerveau où se forment les mots. À l'instant où il lève les yeux, Andrew s'en rend compte.

– Ai-je déboussolé la dame élégante qui sommeille en toi ?

– Un peu.

Je saisis un torchon avec l'intention de sécher les assiettes qu'il lavera, mais il s'approche d'un pas et prend mon visage entre ses mains.

– Tu as l'expression de quelqu'un qui n'est pas sûr que ce soit vraiment réel.

– C'est une affirmation effroyablement exacte.

Il pose ses lèvres sur les miennes en souriant.

– Il faut qu'on fasse la vaisselle, je marmonne contre sa bouche.

– On lavera demain matin, marmonne-t-il.

– On n'aura aucune envie de le faire demain.

Il me mordille la lèvre inférieure, grogne et se détourne.

– Bien. Soyons logiques.

Il s'approche du vieux radiocassette de Ricky sur le plan de travail et enclenche une cassette, appuyant sur « play » avec un clic bruyant. La musique de Sam Cooke s'échappe des petits haut-parleurs, assez doucement pour ne pas atteindre l'étage ou le sous-sol et même si c'est le cas, il s'agit de Sam Cooke, pas d'Ozzy Osbourne. Nous avons sans doute raison de croire qu'on nous laissera tranquilles.

Don't know much about history[3]…

---

3. Paroles de « Wonderful World » de Sam Cooke.

Andrew chantonne tranquillement en lavant les assiettes et les premières fois qu'il me tend quelque chose à sécher, il m'adresse un sourire enjôleur, puis nous trouvons un rythme tranquille. Associant la meilleure combinaison des deux mondes : amis depuis toujours et amoureux transis.

Il rince son mug licorne préféré et me le tend pour que je le sèche.

– Tu veux connaître une anecdote sur ce mug ?

– Évidemment.

– Quand je l'ai peint, j'ai écrit « Mae plus Andrew » en blanc et puis j'ai recouvert l'inscription en rose.

Il me dévisage, bouche bée, le saisit et le retourne immédiatement.

– Impossible.

– Je te jure.

Il le tient à la lumière et plisse les yeux.

– Bon sang, je le vois !

Nous nous approchons et il désigne les lettres en relief. Il a raison. La forme des lettres est à peine visible, mais elles sont bien là.

– Je savais que c'était mon mug préféré pour une raison.

Je ris.

– Tellement naze.

– Euh non, Mae, c'est incroyable. (Il se penche en avant, m'embrassant sur la joue.) Donc je suppose que tu ne plaisantais pas en me parlant de ton coup de cœur.

– Bien sûr que je ne plaisantais pas.

Je me tourne pour le regarder, il se penche encore une fois pour m'effleurer les lèvres.

And if this one could be with you…

Nous reprenons la vaisselle et je ne me rends pas compte que nous nous sommes décalés de telle manière à nous effleurer en permanence jusqu'à ce que son bras glisse le long du mien alors qu'il lave la dernière assiette. Nous nous regardons dans les yeux. Je suis tellement charmée que j'ai l'impression d'être sur le point de m'évanouir. C'est tout ce que j'ai toujours voulu : être ici, exactement comme ça avec lui – et nous ne sommes peut-être pas « ensemble » au sens propre, mais nous sommes indéniablement *plus*.

Une deuxième pensée me frappe comme une pierre qui tomberait dans un lac chaud : *Je suis heureuse. Je n'ai jamais été aussi heureuse de toute ma vie.* Benny avait peut-être raison, je suis peut-être finalement moi-même.

Je l'embrasse dans le cou.

– Laisse l'assiette sécher dans l'égouttoir, je vais ranger les épices, etc.

J'attrape les pots d'origan, de persil et autres mélanges appelés Assortiments pour Pâtes, puis glisse plusieurs boîtes de conserve de sauce tomate sous mon bras, entrant dans le cellier. Derrière moi, l'eau se coupe, et je me tourne à l'instant où Andrew surgit derrière moi, s'essuyant les mains sur le torchon.

– Qu'est-ce que tu fabriques ?

– Je fais un coup en douce.

Lorsqu'il referme la porte, les ténèbres engloutissent son sourire qui reste tout de même la chose la plus lumineuse alentour.

– Les Hollis de sexe masculin ont-ils tous un fétichisme du placard que je devrais connaître ?

– N'est-ce pas typique des fêtes de Noël ? S'embrasser sous le gui ? Se rouler des pelles dans le cellier ?

– Des proches indiscrets…

Sa bouche est seulement à quelques centimètres de la mienne quand il éclate de rire. Il m'embrasse. Comme un tableau effaçable sur lequel on passerait un chiffon, toute autre pensée disparaît. Seuls ses baisers existent, ses bras qui me prennent par la taille, mes propres mains glissant sur son torse, mes bras se pendant à son cou.

J'ai les mots sur le bout de la langue : j'aimerais lui demander *est-ce le meilleur baiser de ta vie ?* – parce que c'est mon cas. Et ce n'est pas seulement parce qu'il s'agit d'Andrew, c'est l'union parfaite, sa bouche qui correspond aux contours de la mienne. Nous embrassons de la même manière.

Il passe de ma bouche à ma joue, puis descend plus bas, déposant ces baisers parfaits sur la peau sensible juste au-dessus de mon cœur, gémissant contre moi. Le son me fait l'effet d'une fusée qui me propulse directement sur Jupiter. J'imagine soudain sa tête entre mes jambes.

Le visualiser dans cette posture me rend soudain vorace ; ma libido s'est transformée en monstre affamé. Andrew ne semble absolument pas troublé quand je l'attire contre moi et l'embrasse plus profondément, quand je gémis ou l'agrippe intensément. Dans le cellier obscur, je peux prétendre que nous sommes seuls, qu'il n'y a pas onze personnes supplémentaires dans cette maison. Je glisse les mains sous sa chemise pour sentir sa peau douce et chaude, explore ses côtes du bout des doigts.

– Tu me palpes ?

Il me taquine, mais le ton rauque de sa voix me laisse entendre qu'il approuve.

– Oui. Tu es délicieux là-dessous.

– À mon tour.

Il joue avec l'ourlet de mon tee-shirt puis me caresse le ventre, les côtes. Il ne ralentit pas, ses baisers ne perdent pas en intensité. J'aimerais m'imprégner de cette sensation, l'engloutir, m'en gaver.

– Tu crois que les autres paniqueraient s'ils découvraient ce qui se passe ici ? demande-t-il.

– Pas tout le monde, mais certainement les membres plus influents…

Son pouce glisse sous mon soutien-gorge.

– Je pense qu'ils seraient heureux pour nous.

L'idée que quelqu'un nous surprenne est à la fois merveilleusement et terriblement réelle. En faire un secret pour nos familles me donne l'impression d'avoir un secret en général. Je peux prétendre que l'Univers ne m'observe pas non plus. Oui, je suis heureuse et je crois que c'est le but ici, mais ce que j'ignore, c'est pourquoi ou comment me raccrocher à cette sensation. Personne ne peut être heureux en permanence. Que se passe-t-il si je ne le suis plus ?

Son pouce glisse sous l'armature en repoussant le tissu sur la courbe de mes seins.

– Je peux ?

Je me fiche du niveau de désespoir de ma voix quand je réponds oui. Je voudrais que son corps tout entier touche le mien, que chaque électron de son énergie soit en contact avec ma peau.

Sa paume épouse mon sein sous mon tee-shirt et nous laissons tous les deux échapper des gémissements ridicules à l'unisson dans nos bouches, puis nous nous écartons, en riant silencieusement. Nous sommes des imbéciles.

Le regard flou, il me caresse, m'effleure, me pince délicatement.

– Tu es parfaite, me dit-il. Tu es si douce.

J'envoie un millier de mercis au ciel parce que, collé contre moi, Andrew est tout sauf *doux*.

C'est le meilleur baiser de ta vie ! se remet à crier mon cerveau lorsque nos bouches se rejoignent. Sa main me distrait agréablement.

Une lumière blanche éblouissante envahit mon champ de vision et nous nous écartons brusquement d'instinct, devant les étagères. Andrew est dans mon dos, mon cœur bat la chamade.

Bon sang de bonsoir, il nous faut vraiment un nouvel endroit pour nous embrasser. Les placards ne nous réussissent pas.

– Euh, salut ! je crie par réflexe, en priant pour que ce soit Benny.

– Pourquoi la porte était-elle fermée ? Qu'est-ce que tu fais là ?

Oh Seigneur. Mon frère.

Je lutte avec mon soutien-gorge pour le remettre à un niveau normal.

– Je venais chercher, euh…

– Ça.

Andrew se redresse derrière moi, tâtonnant sur l'étagère la plus haute. Je n'ai aucune idée de ce qu'il récupère et, franchement, ça n'a aucune importance. Ses hanches frottent contre mes fesses et je le sens. Euh… *waouh.* Il est très très dur. Mon cerveau fond.

Miles doit être concentré sur ce qu'Andrew m'a passé et Dieu merci, parce que je suis entièrement absorbée par la sensation de son entrejambe contre mes fesses. *C'est bien réel.*

C'est ce que je veux.

Il descend l'objet et le tend à Miles, en parvenant d'une manière ou d'une autre à me faire pivoter pour que je sois face à Miles, et devant lui. Pour le *cacher.* Je me souviens qu'il porte un jogging et vu ce que j'ai senti, son état serait sans doute assez évident.

Miles étudie l'objet dans ses mains.

– Tu es venue chercher ce… sombrero en céramique ?

En entendant la réponse de mon frère, je regarde ce qu'Andrew lui a tendu. Ce plat à nachos n'est pas de la première jeunesse. Il est complètement recouvert de poussière. Je n'ai pas vu ce truc depuis dix ans.

– Ouais, Mae avait une fringale.

Andrew me pince la hanche pour me faire réagir.

– Oui !

– Et tu ne pouvais pas manger des nachos dans un bol normal ?

Miles, laisse tomber, bon sang !

– J'étais d'humeur festive…

Il cligne des yeux, puis grimace.

– Tu es toute *rouge*.

– Ah bon ?

– Ah bon ? demande Andrew en retenant un fou rire et en se tournant vers les étagères. Je récupère les nachos, Maisie.

C'est du flagrant délit. Seigneur, pauvre Miles. D'abord le petit copain au goût de ketchup, puis ça.

Quand j'émerge du cellier, Miles me prend à part.

– Vous étiez en train de vous embrasser là-dedans ?

– Bien sûr que non ! (Sérieusement, c'est mortifiant. Pourquoi mon frère ne déchiffre-t-il pas la situation avant de partir ?) On faisait la vaisselle et j'ai eu une petite faim. Juste… retourne te coucher.

Après un dernier coup d'œil sceptique vers le cellier, Miles se sert un verre d'eau et s'éloigne.

Une fois que je suis sûre qu'il est parti, je regarde Andrew. Il ajuste son pantalon avec un grand sourire.

– Eh bien, c'était gênant.

– La chose la plus gênante au monde.

Il y a quelque chose dans son expression : comme un rideau qu'on aurait ouvert, révélant la phase suivante de notre nuit d'aventure.

– Oh. (Je le désigne.) Tu vas dire quelque chose.

Il se penche avec un air de conspirateur.

– J'étais en train de penser…

– À faire quelque chose de très dangereux.

– … qu'au lieu de rester dans la cuisine où nos frères peuvent nous surprendre à tout moment, vous accepteriez peut-être de m'accompagner dans le hangar à bateaux pour un dernier verre.

– Par « un dernier verre », voulez-vous dire nous embrasser partiellement dénudés ?

Il acquiesce avec un sérieux feint.

– En effet. Pour être transparent, je devrais préciser qu'il n'y a effectivement aucune option intéressante d'alcool là-bas.

Je fais mine d'y réfléchir, mais je suis en pleine révolution interne.

– J'accepte, à une condition.

Son expression change immédiatement.

– Nous ne sommes obligés à rien…

– Tu me raccompagnes ensuite, je l'interromps à voix basse. On ne survivrait pas à l'inquisition de nos mères si elles me surprenaient à dormir dehors.

Et je n'ai pas envie de revenir à pied seule dans la nuit.

Une lueur se met à scintiller dans ses yeux.

– Des flash-back du *Silence des agneaux* ?

– Absolument.

CHAPITRE 19

Dehors, le ciel est d'un bleu profond, couleur de l'océan envahi par des minuscules poissons gris argenté. L'air est si froid qu'il me faut plusieurs inspirations pour m'adapter après autant de temps dans le chalet surchauffé. À deux pas du porche arrière, Andrew me prend la main, entrelaçant nos doigts comme s'il l'avait fait mille fois.

– Le ciel n'est jamais comme ça chez moi.

– J'oublie toujours à quel point j'adore cet endroit avant de sortir la nuit et de penser waouh, ouais, ne plus venir serait triste.

Un petit bruit étranglé m'échappe et je le transforme en toussotement.

– Essaie peut-être de convaincre tes parents de le garder…

Sa brève pause me laisse entendre qu'il ne le fera sans doute pas.

– J'ai envie qu'ils prennent la décision qui leur convient le mieux, tu sais ?

Je passe ma main libre dans mes cheveux. Les mèches qui s'échappent de mon bonnet sont complètement entortillées, et je les écarte pour les discipliner.

– Tu as tellement de cheveux, dit-il calmement. C'est si joli.

– C'est chiant. Tu devrais voir mes brosses.

La couleur brun profond vient de ma mère, leur incroyable densité de ma famille paternelle.

– Pense à tous les nids d'oiseau que tu as contribué à fabriquer, plaisante Andrew.

Je ris. Nous continuons à avancer dans l'obscurité, sur la neige illuminée en bleu, si gelée que nous pouvons marcher dessus sans nous enfoncer, et soudain la peur me frappe comme une brique de glace.

– Avant d'arriver au hangar à bateaux, j'aimerais juste te demander de me dire si tu te sens mal à l'aise. Vraiment. Je te promets que je n'aurai aucun problème à accepter un refus, mais je ne pourrai pas supporter que tu m'ignores.

– Tu penses vraiment que je pourrais faire une chose pareille ?

En réalité, non. Je n'arrive pas à l'imaginer.

– Tu as raison.

– Et pourquoi supposes-tu que c'est moi qui changerais d'avis ?

– J'essaie juste de nous protéger, nos familles et nous. Tout est tellement agréable, mais je sais que nous jouons gros.

Il se penche à ces mots, effleure ma bouche de la sienne. J'ai l'impression que sa réponse est un silencieux : *fais-moi confiance, d'accord ?*

Nous voilà devant le hangar à bateaux. Il tend la main pour ouvrir la porte grinçante, révélant l'espace sombre et vide. J'ignore pourquoi, mais découvrir le hangar à bateaux ce soir avec Andrew, dans ces circonstances, rend l'obscurité glaciale plus prometteuse que lugubre. Oui, il gèle ici, mais je sais que dans le coin du fond, il y a un tas de duvets et que dans quelques minutes, je m'y blottirai avec Andrew.

Et si on couche ensemble ?

L'expression – *coucher ensemble* – me traverse l'esprit et se met à clignoter comme un néon fluorescent. Il y a seulement quelques heures, j'ai découvert la sensation de l'embrasser. Mais nous sommes ici, nous ne sommes plus des enfants, nous ne sommes plus des amis de toujours. Si l'intensité entre nous est identique à celle qui nous animait dans le placard ou le cellier, et après plus de dix ans de fantasmes contenus en moi, je ne sais pas comment on parviendra à s'empêcher de s'arracher mutuellement nos vêtements une fois la porte fermée.

La porte claque, Andrew la verrouille. Le clic résonne, contrastant avec le staccato des battements de mon cœur.

– Viens. (Il me guide jusqu'au fond de la pièce et allume une petite lampe dans un coin, l'illuminant d'une douce lumière jaune.) Ta-da.

Quand il recule, je me rends compte qu'il a disposé la pile de duvets par terre et il me faut seulement quelques secondes pour réaliser que le lit de camp est à peine assez large pour un corps. Mais en zippant les sacs de couchage/carcasses de flanelle ensemble, il a fabriqué un petit lit deux places cosy. Il y a des oreillers contre le mur pour nous y appuyer. Il a même récupéré des bouteilles de mon eau pétillante préférée dans la cuisine.

Je dois avoir des cœurs dans les yeux quand je le regarde. Quand a-t-il eu le temps de tout préparer ?

– Tu as dit qu'il n'y avait rien à boire.

– J'ai dit que je n'avais pas d'alcool, mais je sais ce que tu aimes, répond-il en souriant.

J'essaie d'en empêcher mon cerveau, mais les souvenirs surgissent. Je me rappelle les quelques mecs de mon passé, incapables de retenir combien de glaçons je mettais dans mes verres ou de se souvenir d'un seul de mes goûts, encore moins de me procurer quoi que ce soit.

Sans la moindre prudence – submergée par la gratitude et du désir –, je me plaque contre lui. Je passe les bras autour de son cou, il n'y a aucune hésitation de son côté non plus. Bon sang, on dirait une explosion à l'envers, une fusion interne. Il me serre dans ses bras, sa bouche se pose sur la mienne avec un gémissement de soulagement bienheureux. Cette sensation ressemble à un rayon de soleil. Il n'y a pas de pause comme dans le placard, pas d'anxiété à l'idée que quelqu'un pourrait nous découvrir. Ici, seuls la chaleur de sa bouche souriante et nos petits gémissements satisfaits règnent.

Andrew nous fait pivoter pour m'appuyer contre le mur. L'Andrew joueur, adorable et léger se transforme en cet homme qui me fait face, sourire aux lèvres, mais avec un air sombre et excitant. Il m'agrippe par les hanches, me collant contre lui, pour que je sente qu'il en a aussi envie que moi.

Nous glissons par terre. Il retire mon tee-shirt par-dessus ma tête. J'ai finalement l'occasion de retirer la flanelle douce sur ses épaules et de caresser ses bras, sentant leurs muscles définis, la tension dans son dos tandis qu'il erre sur moi, me touchant exactement là où je brûle de désir pour lui.

L'enseigne au néon est de retour. *Sexe. Sexe. Sexe.*

Nous sommes dans le hangar à bateaux depuis environ quatre minutes, à moitié dévêtus. Non que je sois surprise mais… je n'ai pas envie de faire une bêtise.

– Andrew, je marmonne contre sa bouche.

Il s'écarte et, même dans la douce lumière, je lis l'inquiétude sur son visage.

– Quoi ?

Vais-je le dire ? Ou va-t-on avancer à tâtons ? Mais honnêtement, ce n'est jamais une bonne idée. La chaleur du moment est réelle et nous sommes en pleine action.

– C'est gênant, d'accord, mais je n'ai pas…

Il attend que je finisse ma phrase qui paraît soudain trop présomptueuse. Trop rapide. On a juste enlevé nos hauts, Mae, du calme.

– Laisse tomber.

– Tu n'as pas quoi ? insiste-t-il.

Il va et vient délicatement contre la chaleur de mon entrejambe.

– Euh. Non qu'on soit obligés de le faire. Enfin, on ne le fera probablement pas. Mais si de fil en aiguille…

Il y a un sourire dans sa voix.

– Maelyn Jones, pensez-vous à votre contraception ?

Je ne crois pas pouvoir être plus mortifiée.

– Comme je l'ai dit, je rectifie immédiatement. Je ne sais pas si on ira jusque-là, mais de *là* où nous en sommes, j'aimerais…

– Prendre tes précautions. (Il cesse de me taquiner et me frôle délicatement la hanche.) J'ai de quoi. Ne t'inquiète pas.

Andrew se penche, plus tendre maintenant, moins frénétique, comme si évoquer cette possibilité à haute voix avait permis d'évacuer un peu de pression.

L'air du hangar à bateaux semble encore plus froid que celui de dehors, mais les duvets zippés ensemble sont chauds et douillets. Andrew se dépatouille rapidement avec mon soutien-gorge, ce qui est à la fois rassurant et attachant, et puis il le lance près de son lit de camp. Sa bouche est brûlante dans mon cou, sur ma poitrine. Il me mordille et m'embrasse partout.

C'est un peu comme avoir envie de freiner et d'accélérer brusquement en même temps ; j'aimerais aller plus vite, le sentir se mouvoir en moi, mais je me délecte aussi de chaque seconde. Il s'agit de la matérialisation de tant de fantasmes éternels et il fait tout à la perfection, comme s'il avait lu le Guide du Corps de Mae, déterminé à ne pas rater une seule injonction. J'ignorais qu'Andrew éprouvait autre chose que des sentiments fraternels pour moi jusqu'aujourd'hui, mais ma très simple invitation à explorer l'existence d'un *nous* l'a convaincu. Complètement. On dirait presque qu'il attendait ce moment, lui aussi. Qu'il attendait l'opportunité de donner vie à ses propres fantasmes. Ce qui est complètement surréaliste.

Il disparaît sous le sac de couchage et avec une combinaison de baisers, de doigts habiles et de mains déterminées, il parvient à déboutonner mon jean et à me l'enlever, le reléguant au fond du sac de couchage.

Je ne le vois pas, je sens seulement sa bouche sur mon genou, ma cuisse, sa bouche qui me chatouille entre les jambes et, Seigneur, je pourrais trépasser. Je ne crois pas avoir déjà autant désiré quelque chose dans ma vie, comme si j'étais prête à tout sacrifier pour sentir ses baisers ardents là…

Andrew remonte, rampant d'un air paniqué. Il prend de grandes inspirations, une fois sorti du sac de couchage.

– Putain. (Il halète.) Je n'ai jamais été aussi proche de la mort.

Un mélange de rire choqué et de sanglot mortifié m'échappe.

Parce que tout est terrible et effroyable là-dessous ? Pourquoi personne ne m'a-t-il jamais dit la vérité ?

Je m'enfouis mon visage entre mes mains.

– … est-ce que ça va ?

– Super. J'avais envie… mais je n'arrivais pas à reprendre mon souffle… (Il soupire, puis inspire profondément.) Il fait tellement chaud dans ce duvet en flanelle, il n'y a genre, *pas le moindre atome d'oxygène.*

J'éclate de rire en écartant mes mains.

– J'étais en train de conclure un pacte mental incluant le sacrifice de tous nos êtres chers si tu continuais, mais ça ne vaut pas ta mort par suffocation.

Il se penche et appuie son front contre mon épaule.

– J'accuse Mae, dans le duvet, avec son vagin.

Je craque complètement à ces mots, il est secoué de rire lui aussi. Honnêtement, rire avec Andrew, nue, est sans doute la meilleure sensation du monde. Il glisse sur le côté dans le sac de couchage géant, s'appuyant sur un coude. Il commence à dessiner de petits cercles sur mon ventre, ma poitrine, mon cou, de son autre main.

J'aime le regarder dans cette lumière ; l'angle de l'éclairage produit une combinaison parfaite de lignes et de douceur. Sa mâchoire carrée et ses pommettes, sa moue légère, ses cils incroyablement longs.

– Quelqu'un t'a déjà dit que tu as des yeux magnifiques ? demande-t-il. Tu as des yeux de biche, innocents comme ceux de Gidget.

Je glousse.

– C'est une réplique de vieillard, Mandrew.

– Non, pour de bon, insiste-t-il en se redressant sur moi. Je regardais des rediffusions de *Gidget* quand j'étais malade et je crois bien que Sally Field a été mon premier coup de cœur. Ce n'est pas une blague.

– Est-ce bizarre ? Je n'arrive pas à me décider.

– Ce n'est pas bizarre. (Il se penche pour m'embrasser sur la joue.) C'est un canon. Même à soixante-dix ans, elle est irrésistible.

– Tu savais que Tom Cruise a presque soixante ans ?

Il paraît un peu inquiet.

– Tu as un faible pour Tom Cruise ?

Je fronce le nez.

– Pas du tout. Je pense juste que c'est marrant parce qu'il a l'air d'avoir éternellement quarante ans.

Il fredonne, pensif.

– Tu savais que Christopher Walken a presque quatre-vingts ans ?

Je ris.

– Pourquoi nous intéressons-nous à de tels trucs, sérieusement ?

– Parce que nous sommes bizarres, mais dans le bon sens ?

Sa bouche remonte dans mon cou.

– Mais n'est-il pas bizarre dans le mauvais sens de parler de Christopher Walken alors que je suis nue ?

– Le fait que tu sois nue est une bonne chose dans tous les sens du terme. Et, franchement, partager ce moment avec Christopher Walken me ravit.

Une tendresse tellement intense me submerge, je prends le visage d'Andrew entre mes mains pour l'attirer contre moi. Ce n'est pas seulement le plaisir d'être si proche de lui ou le fait qu'il soit aussi beau, c'est sentir que tout est tellement simple et naturel entre nous. Parler entre deux baisers, la nudité sans la moindre gêne, rire de l'expérience de mort imminente d'Andrew entre mes jambes…

Notre baiser commence calmement et en douceur, mais lorsqu'il me mordille les lèvres, je laisse échapper un gémissement qui paraît libérer quelque chose en lui. Il me grimpe dessus, plantant les coudes autour de ma tête, et m'embrasse avec tellement d'intensité que le désir que je ressens pour lui me fait vibrer.

Je joue avec l'élastique de son jogging et glisse les doigts dessous afin de – pourquoi pas – le baisser sur ses hanches et sentir sa peau chaude glisser sur la mienne. Pendant une seconde, je me dis que nous allons trop vite, mais il a la même prise de conscience parce qu'il s'écarte délicatement.

Je n'ai jamais été autant en phase avec quelqu'un. Les heures s'écoulent, nous nous embrassons, nous nous caressons, en discutant et en éclatant spontanément de rire. Le sexe est à notre portée, mais l'obscurité de la nuit aussi, nous rappelant que personne n'est pressé et que nous avons tout le temps de nous amuser. Même l'ouverture maladroite du préservatif nous rend hystériques. Il rit encore contre mes lèvres lorsqu'il me monte dessus et glisse en moi. Je découvre le côté tranquille, concentré d'Andrew, celui qui l'a poussé à décider que son travail serait d'écouter, parce qu'il répond à chacun de mes gémissements avec tellement d'attention.

Quand nous finissons par nous rhabiller et qu'il me raccompagne à travers la neige éclairée par la lune, je souhaite deux choses avec la même intensité : faire demi-tour et me déshabiller dans le duvet ou aller dans la cuisine, nous asseoir autour de la table et discuter pendant des heures.

CHAPITRE 20

À cinq heures trente du matin, deux heures et demie après qu'Andrew m'a raccompagnée au chalet, j'abandonne l'idée de dormir et monte dans la cuisine. Je dois avoir l'air d'une créature des égouts émergeant à la lumière du jour ; une personne qui nécessite très clairement ses huit heures de sommeil. La journée qui m'attend va s'avérer intéressante.

Ricky entre à peu près au même moment que moi d'un pas incertain et nous nous figeons tous les deux à la vue de son fils au bout de la table, penché sur un bol de céréales. Mon cœur dégringole jusque dans les tréfonds de mon ventre et j'observe, horrifiée, Andrew essuyer avec nonchalance le lait qui lui coule du menton.

Il ne nous a pas entendus, je le sais, mais le voir incliné sur la table, silencieux comme une tombe dans cet espace autrement chaleureux et engageant… ça me remémore tellement cet épouvantable matin avec Théo que l'effroi me donne instantanément la nausée.

Est-ce le piège ? La fin surprise ? *Je t'ai eue ! Tu as commis la même erreur avec Andrew. Pensais-tu vraiment que l'objectif était que tu trouves le bonheur ?*

Un bruit m'échappe, entre le soupir et le bougonnement. Andrew lève brusquement les yeux. Il jette un coup d'œil à son père avant de reporter son attention sur moi.

Son regard ensommeillé se met immédiatement à pétiller de bonheur.

– Bien le bonjour, camarades lève-tôt.

Il me regarde comme si j'étais exactement celle qu'il avait envie de voir ce matin, mais le doute tarde à se dissiper et je reste paralysée d'angoisse sur le seuil.

Ricky me dévisage, glisse un regard vers la cafetière, puis me regarde à nouveau avant d'abandonner et de s'en approcher lui-même.

– Que fais-tu debout à une heure si matinale, Drew ?

– Je n'arrivais pas à dormir.

Dans le dos de son père, Andrew m'adresse un clin d'œil malicieux, et une bouffée de chaleur me submerge. Un écho de son grognement, un éclair de son cou arqué de plaisir fait table rase du reste de mes pensées.

– Il faisait trop froid dans le hangar à bateaux ?

Ricky se tourne pour me sourire lui aussi, comme si Andrew lui offrait exactement ce qu'il voulait sur un plateau.

– À vrai dire, je me sentais comme un coq en pâte, bien au chaud. (Andrew touille ses céréales.) Je me suis juste couché tard et puis, je n'arrivais pas à arrêter de cogiter.

– Quelque chose te tracasse ? Des soucis de boulot ?

Ricky sort trois mugs lorsque le café commence à goutter dans le récipient.

– Le boulot est la moindre de mes préoccupations. (Andrew hausse les épaules et mange une autre cuillerée de céréales.) Je suis simplement complètement réveillé et un peu étourdi.

Je baisse les yeux vers le linoléum, en feignant de bâiller pour dissimuler mon sourire fou de joie.

– Eh bien, tu seras crevé à la fin de la journée, lance Ricky en s'asseyant. Ça ne fait aucun doute.

Aujourd'hui : 23 décembre. Le Jour de la Chasse au Trésor. Nous formons des équipes en tirant des noms au hasard dans un chapeau et nous nous déployons dans Park City pour réunir les preuves photographiques des éléments aléatoires d'une longue liste que Ricky et Lisa ont concoctée pour nous – un bibelot en argent, un sucre d'orge géant, un chien vêtu d'un pull, entre autres choses du genre. Parfois, des preuves vidéo sont requises, comme l'année dernière quand nous avons dû filmer des gens en train de danser le cancan. Solliciter la permission ou demander à des inconnus de faire des trucs bizarres peut être mortifiant, mais en général, c'est l'éclate.

La chasse nous donne aussi l'opportunité d'acheter des cadeaux de Noël de dernière minute – Théo et Miles ne prévoient jamais leurs cadeaux à l'avance – et nous permet de sortir des confins du chalet, comme une pause rafraîchissante. Ma mère, Kyle et Aaron restent en général pour commencer à préparer le festin du lendemain. Ils mitonnent toujours le même incroyable menu à chaque Noël : un jambon, un gratin dauphinois, des légumes rôtis, des *macaroni and cheese*, du pain maison et environ dix tartes différentes que nous sommes toujours impatients de goûter.

C'est le jour où nous nous déchaînons et où nous devenons tous impitoyablement compétitifs. Une année, mon père a acheté un nouveau pull à une femme pour que personne n'ait l'opportunité de rayer de sa liste « quelqu'un qui porte un pull des Broncos ».

Quand mes jambes se remettent à fonctionner, je marche finalement jusqu'à la table, tire une chaise et m'assois à côté de Ricky.

– Et toi, Mae ? demande-t-il en me donnant un petit coup de coude. Tu as bien dormi ?

Je devrais probablement mentir, mais je suis trop épuisée pour m'être inventé quelque chose.

– Pas vraiment.

Andrew affecte l'inquiétude :

– Oh non. Toi non plus ?

Ricky sursaute à l'instant où la cafetière bipe, signe que le café est prêt, et j'en profite pour adresser une expression d'avertissement à Andrew. Mais je ne résiste pas longtemps : elle se transforme presque immédiatement en un sourire, comme un rayon de soleil sur mon visage. Dans ma tête, Julie Andrews chante et virevolte sur les flancs d'une montagne autrichienne. Des confettis jaillissent d'un canon pailleté. Une nuée d'oiseaux prend glorieusement son envol au sommet d'un énorme arbre. Je ne suis que bonheur scintillant.

Ricky glisse un mug devant moi et laisse échapper un petit bruit du fond de sa gorge.

– Tu n'as pas *l'air* fatiguée, Maelyn.

– Tu es un peu rouge. (Andrew engloutit une cuillerée supplémentaire de céréales d'un air innocent, mâche, pensif, déglutit, puis ajoute.) Si tu veux faire une sieste un peu plus tard dans le hangar à bateaux, il n'y a aucun bruit et les duvets tiennent vraiment chaud.

Eh bien, maintenant je suis sûre d'avoir les joues écarlates et les yeux brillants. Je me penche vers mon mug, inspirant la douce odeur de noisettes.

– Je crois que ça ira.

– Dans tous les cas, on s'assurera que tu te couches tôt ce soir, renchérit Andrew en croisant mon regard. Parole de scout.

***

Une demi-heure plus tard, il me croise dans le couloir avec ma trousse de toilette, prête à monter les nombreuses marches menant à la salle de bains de l'étage, celle qui a la meilleure pression d'eau. Andrew m'attire dans la salle à manger sombre et retirée, et nous cache derrière l'un des épais rideaux en velours, blottissant son visage dans mon cou.

– Salut. (Il inspire profondément.) Attends pour te doucher. (Il ouvre la bouche et me mordille à la jointure sensible entre le cou et l'épaule.) Tu sens le hangar à bateaux.

Je le taquine :

– Ton numéro de charme au petit déjeuner était très subtil.

Il rit silencieusement et me prend dans ses bras.

– Embrasse-moi.

Je m'exécute.

– Tu veux savoir pourquoi je n'arrivais pas à dormir ? demande-t-il.

Je glousse.

– Pourquoi ?

– Parce que je n'arrêtais pas de penser à tous tes petits gémissements d'hier soir.

– Mes gémissements.

Il dépose des baisers dans mon cou.

– Ouais. Dans le creux de mon oreille. (Sa voix s'atténue.) *N'arrête pas. Je t'en supplie, continue.*

J'ai honnêtement peu de souvenirs aussi concrets – juste des flashs flous de lui qui bouge sur moi, du plaisir en spirale, jusqu'à me cambrer, et de ses propres gémissements graves quand il a joui.

– Je ne croyais pas avoir dit quoi que ce soit de cohérent.

– Tout n'était pas cohérent. (Il rit. Puis son rire devient un grognement.) Comment allons-nous cacher ça ? Je vais avoir un mal fou à rester impassible. On ne devrait peut-être pas se cacher.

Est-il sérieux ? Il ne peut pas vraiment considérer la possibilité de tout divulguer aujourd'hui après seulement une journée d'intimité ? Ne connaît-il pas nos familles ?

Mais je n'ai pas réellement envie de penser à qui que ce soit à cet instant. Je passe les bras autour de ses épaules et il commence à me câliner.

– Tu sais, les frémissements du rideau risquent de paraître suspicieux de l'extérieur.

Il s'écarte en feignant d'être choqué.

– Que se passe-t-il ici, selon toi ?

Mais il me touche la poitrine.

Je sens encore l'écho de la nuit dernière en moi. Dans un rebondissement que je ne peux qu'attribuer à mon éducation plutôt rigide, une pointe de culpabilité assombrit mon euphorie. Ma mère a abandonné une grande partie de la pruderie de sa propre mère, mais il lui reste quelques vestiges conservateurs. Pour elle, le sexe ne devrait pas être sans lendemain. Elle sait que je ne suis pas vierge, mais je suis certaine qu'elle n'apprécierait pas d'apprendre que j'ai couché avec Andrew dans le chalet de ses parents. Je ne regrette rien, mais je n'ai pas envie d'en faire étalage non plus.

Andrew voit l'ombre passer sur mon visage, il me tient plus étroitement par la taille.

– Qu'est-ce qui ne va pas ?

C'est plus que le simple fait d'avoir couché avec Andrew si rapidement – ce qui, franchement, est assez choquant. Ces dernières heures, j'ai oublié que je suis en plein voyage cosmique et que je vis peut-être un compte à rebours. J'ai déjà vécu ce jour précis, exactement à cette même heure, et j'ignore ce qui pourrait à nouveau me renvoyer à la case départ. Est-ce que je me sens plus profondément enracinée que la dernière fois, quand une branche s'est effondrée sur ma tête ? Peut-être ? Je suis arrivée au troisième jour sans retourner dans l'avion, mais je n'ai fait aucune nouvelle déclaration, je n'ai eu aucune prise de conscience hier. J'étais juste… heureuse.

Et la seule chose que j'ai demandée, c'est d'être heureuse.

Donc, que se passera-t-il quand le bonheur m'échappera ? Que se passera-t-il quand ces vacances se termineront ? Andrew rentrera à Denver, moi à Berkeley, et je serai dévastée d'être loin de lui, fauchée et sans boulot ? Et si je ne peux pas continuer sur cette trajectoire ? Vais-je échouer à ce test ? Vais-je remonter le temps, être forcée de revivre tous ces moments et trouver une manière de maintenir éternellement le cap ?

– Rien. (J'espère ne pas être restée silencieuse trop longtemps). Je digère juste les événements.

– Oh merde. (Il paraît soudain préoccupé.) On va trop vite. (Il se frotte le visage.) On aurait dû prendre notre temps hier soir. Mais c'était tellement bon, et j'étais…

– Ce n'était pas seulement toi. Tout s'est passé très vite. (Son propre aveu me donne soudain chaud.) Mais ce n'était pas trop rapide. J'en rêvais depuis que j'ai découvert ce qu'est le sexe.

Un sourire espiègle remonte un coin de sa bouche.

Dégrisée, j'ajoute :

– Enfin, c'est seulement trop rapide si… (Je déglutis.) Si c'est juste une idylle de vacances.

Il s'écarte, l'air vraiment blessé.

– Ça t'inquiète vraiment ?

– Je ne sais pas, parce que tu es plus réservé que Théo sur ces sujets. Ce n'est carrément pas mon style.

Il joue avec la bretelle de mon débardeur.

– Je ne ferais jamais une chose pareille avec toi, Mae. Rassure-toi.

– Il y a beaucoup de facteurs de complication. Commençons par le fait que nos parents sont meilleurs amis et que nous vivons à des milliers de kilomètres l'un de l'autre. (Je me mords les lèvres.) Désolée. Je ne voulais pas être aussi intense.

– Tu plaisantes ? (Il se penche pour me regarder dans les yeux.) Être honnête et sincère l'un envers l'autre est essentiel. Même si tu as l'impression qu'on n'est pas allés trop vite hier soir, on est clairement passés de zéro à cent. Parle-moi.

Je suppose que repousser cette conversation n'a aucun intérêt.

– Je sais que tu voudrais parler de notre relation à tout le monde, mais es-tu sûr de toi ? (Je glisse une main sous son tee-shirt pour chercher sa chaleur. Il ravale un grognement et me distrait momentanément avec un baiser profond qui me laisse une sensation de vide, entre mon cœur battant et mon nombril.) Je ne voudrais pas que les autres s'investissent à outrance alors que nous ne savons même pas encore de quoi il s'agit.

Andrew hoche la tête et je sais que je n'ai pas besoin de m'expliquer davantage. J'ai grandi aux premières loges d'un exemple de relation dysfonctionnelle. Même la rupture la plus simple peut devenir pénible et je ne veux forcer personne à choisir un camp si ça ne fonctionne pas.

Il m'embrasse au coin de la bouche et dit :

– Alors, pourquoi on ne continue pas un peu avant de tout leur raconter ? Je suis tellement heureux que j'ai l'impression d'être bourré. Mais j'essaierai de la jouer cool.

Le problème, c'est que je ne sais pas non plus comment procéder. Je viens d'offrir mon cœur à la personne à qui je l'ai réservé durant la moitié de ma vie et je suis terrifiée à l'idée qu'il n'en ait pas conscience.

Des pas s'arrêtent tout près de notre cachette derrière les rideaux et Andrew se fige, les yeux écarquillés. Du béton coule dans mes poumons et s'y solidifie.

– Salut, quiconque se trouve là, lance Andrew en grimaçant. Je vérifiais… euh… la fermeture de la fenêtre.

Il secoue la poignée, et nous nous dévisageons, interdits, en priant probablement tous les deux pour que ce soit Kennedy ou Zachary, et qu'on puisse prétexter une nouvelle partie de Sardines.

Mais une gorge s'éclaircit et je dois me rendre à l'évidence : ce toussotement n'appartient pas aux jumeaux mais bien à un homme adulte.

– Je connais un bon serrurier.

Benny.

Andrew ouvre le rideau et soupire profondément.

– Oh, ouf !

Benny rit.

– Ai-je envie de savoir ? Qu'est-ce que vous fabriquiez derrière le rideau ?

Je réponds sur un ton ingénu :

– On réparait une poignée de fenêtre ?

Mais Benny ne se laisse pas raconter d'histoires.

– Est-ce la métaphore en vogue ?

– On s'embrassait, répond Andrew en haussant les épaules. Mais tu es tenu au secret.

– J'ai l'impression de porter beaucoup de secrets dernièrement, réplique Benny en me lançant un regard en coin.

Andrew le remarque et nous scrute tour à tour.

– Que se passe-t-il ?

Je l'ignore avec une expression qui signifie *c'est Benny qui l'a dit, pas moi*.

– Mae traverse des trucs en ce moment.

– Bons ou mauvais ? demande Andrew en se tournant vers moi, immédiatement préoccupé à la perspective que je lui cache quelque chose.

– Oh… je dirais bons, répond Benny en haussant les sourcils dans ma direction.

Je lève un pouce par-dessus l'épaule d'Andrew. Dans son dos, Benny esquisse une petite danse de célébration ridicule. Il s'arrête instantanément lorsque, Andrew se retourne vers lui.

– Mais je *venais* vous prévenir que Miles cherche Mae.

– Et tu savais qu'on serait derrière les rideaux ? je lui demande.

Benny tourne les talons en nous adressant un dernier sourire.

– Suivre vos gloussements n'avait rien de difficile.

***

Je trouve mon frère sur le porche, assis sur la balancelle, rivé sur son téléphone. Il lève les yeux en m'entendant arriver et le glisse dans la poche de sa veste, réchauffant ses mains entre ses genoux.

– Salut.

– Salut.

Il fait un froid glacial dehors, et comme je viens de sortir de la douche, j'ai l'impression d'entrer dans un congélateur géant. Je claque des dents, crispe les doigts contre ma tasse chaude de café et remonte la fermeture Éclair de ma parka jusqu'au menton.

– Benny m'a dit que tu me cherchais.

Miles marque une pause, rougit, et je comprends instantanément de quoi il s'agit. Comment ai-je pu ne pas le voir venir ?

Je m'assois à côté de lui et lui donne un coup d'épaule.

– Quoi de neuf ?

– J'avais raison hier soir, n'est-ce pas ?

Il me regarde. Mon frère a hérité des immenses yeux de ma mère et il sait en jouer. Il les arrondit avec innocence ou les plisse avec malice. Là, tout de suite, il grimace un peu, mortifié de me poser une telle question mais espérant aussi, je le sais, que je lui dise la vérité.

– Raison au sujet de quoi ? je demande, pour être sûre.

– Andrew et toi étiez en train de vous bécoter.

– Oui, dis-je simplement.

– Théo est au courant ?

Je suis soudain sur la défensive.

– Non. Et, s'il te plaît, ne lui dis pas. Si on décide que ça devient sérieux, alors on l'annoncera à tout le monde nous-mêmes.

Miles acquiesce et se tourne vers le jardin enneigé.

– Tu es sûre que tu sais ce que tu fais ?

– Pas vraiment.

– Parce que maman va péter un câble quand elle l'apprendra.

Le problème d'habiter chez ma mère, c'est que j'ai vécu la rétrogradation d'adulte indépendante à adolescente. Ma mère cuisine presque tout le temps parce qu'elle adore ça. Elle lave quasiment tous mes vêtements parce qu'elle en profite pour se relaxer et réfléchir à ses peintures. Bien sûr, j'apprécie ces avantages, mais ils signifient aussi que je n'ai pas le droit de me plaindre si elle n'hésite pas à commenter tous les aspects de ma vie.

– Crois-moi, c'est ma raison numéro un pour ne rien dire pour l'instant.

Miles prend une grande inspiration, puis soupire lentement.

– Je crois que Théo est amoureux de toi.

– Quoi ? Bien sûr que non.

– Comment le sais-tu ?

Je ris sèchement.

– Théo est habitué à être désiré par tout le monde. Ce n'est pas mon cas. C'est le genre de mec qui désire ce qu'il ne peut pas avoir.

J'observe Miles assimiler cette information. Il semble comprendre et acquiesce lentement.

– OK. Juste… je n'ai pas envie qu'il souffre.

J'embrasse mon frère sur la tempe :

– Tu es un ange.

Il prétend être dégoûté par cette marque d'affection et me repousse, mais se tourne avant de partir.

– Passe un peu de temps avec lui aujourd'hui.

– Pourquoi ?

– Parce que tu lui manques.

CHAPITRE 21

Je suppose que le destin a œuvré pour que Miles et Théo cassent le saladier que nous utilisons toujours pour tirer les équipes au sort. Ricky va chercher son chapeau de cow-boy et cette fois, lorsque le prénom de Théo surgit, le mien suit immédiatement. Andrew m'adresse une expression attristée, mais je n'ai aucun doute : Miles et lui triompheront. Leur équipe a des atouts de choc entre les yeux de biche de Miles et la capacité d'Andrew à user de son charme pour convaincre n'importe qui.

Ce qui est tant mieux, parce que la liste de cette année repose lourdement sur les preuves vidéo, incluant :

- *Un inconnu qui chante « Vive le vent »*
- *Un chien qui fait un tour*
- *Quelqu'un qui récite sa liste de Noël*
- *Le membre d'une équipe qui accomplit un geste de gentillesse*

Théo s'approche de moi, la liste à la main, un sourire timide aux lèvres. C'est désarmant. Comment cette tortue mal à l'aise peut-elle être le même type qui m'a léché le visage avant de refuser de m'adresser un mot le lendemain ? Je n'arrive pas à me faire à l'idée. Avant, on s'envoyait des textos constamment – sur nos devoirs, l'école, son entraînement de foot et mes projets d'art. Il se plaignait de la neige et je lui envoyais une photo du jardin de ma mère, toujours en fleurs. On ne le fait plus depuis un bon moment. Je me demande si ça lui manque.

Je préférerais vraiment que Miles se trompe sur lui.

– On dirait que tu es coincée avec moi, lance-t-il.

Je lui frappe le bras en riant. Trop fort, Mae. Trop faux. Et Théo me connaît trop bien pour ne pas le deviner : il s'écarte, l'air suspicieux. Mais ce n'est pas non plus son genre de poser ce type de questions devant tout le monde – ou de poser des questions personnelles en général. Nous restons donc silencieux et mal à l'aise tandis que le reste des équipes se forment.

Et puis le départ est donné, nous nous entassons dans le mini-van de Ricky. Assis à l'avant, Andrew choisit l'album de Noël de Nat King Cole. Nous nous mettons tous à chanter faux, concentrés sur nos listes. Puis nous nous moquons de la conduite de grand-père de Ricky, qui déblatère avec enthousiasme sur le merveilleux dîner qui nous attend.

Nous arrivons en ville, trouvons une place sur un petit parking et émergeons en équipe. Après nous avoir donné l'instruction d'être de retour à la voiture dans deux heures, Ricky nous lâche dans la nature en nous rappelant d'être polis, de demander la permission avant de prendre des photos, et ajoute :

– Si vous voulez laisser tomber maintenant, pas de problème. De toute façon, Kennedy et moi allons gagner.

Théo tourne le dos au reste du groupe et nous nous blottissons l'un contre l'autre. Une telle proximité ne devrait pas me paraître étrange – je le connais aussi bien que mes proches –, mais je n'arrive pas à oublier ce que je sais. Ce n'est pas seulement qu'on se soit embrassés dans une réalité passée, ou que je sorte maintenant avec son frère. Ce sont les strates de choses que Théo ignore et mon impression de mieux le connaître – pas sous son meilleur jour – depuis que j'ai vécu cette semaine pour la première fois.

Il parcourt la liste du doigt.

– On devrait commencer par les trucs rapides. Le sucre d'orge géant, dit-il en continuant à lire. Une photo de nous deux avec des bonnets de Père et Mère Noël. La photo d'un renne sur quelque chose. (Il lève les yeux vers moi.) Ça devrait être assez simple.

Surtout parce que je sais où se trouvent la plupart de ces éléments, je ne prends pas la peine d'ajouter.

– Je te suis !

Je lui souris, mais ce n'est pas naturel. Tout paraît forcé entre nous. C'est déprimant.

Il bifurque à gauche sur Main Street et je regarde derrière nous. Andrew et Miles vont dans la même direction, mais ils ont traversé la rue pour nous donner de l'espace. Quand nos regards se croisent, Andrew m'adresse un clin d'œil qui m'apaise, comme de l'eau qui coulerait dans un gosier desséché. Je me souviens que, même si nous devons avancer avec précaution, nous avançons ensemble.

On s'est embrassés.

On a couché ensemble.

Tout se passe très *très* bien.

Je trottine pour rattraper Théo, passe mon bras sous le sien, soudain pleine d'entrain.

– La voilà, lance-t-il en me souriant.

Avant que Park City ne devienne une destination populaire pour skieurs et n'héberge le Festival du film de Sundance, c'était un village de mineurs. Aujourd'hui nichée entre deux stations touristiques géantes, la petite vallée avait été découverte par des soldats stationnés près de Salt Lake City pour trouver des minerais d'argent dans les montagnes. Quand le chemin de fer est arrivé et que la nouvelle s'est répandue, le village a été envahi par les opportunistes en quête de fortune.

Main Street garde la trace de l'ancien village minier, avec ses devantures désuètes, ses bâtiments historiques, mais en lieu et place des saloons et des épiceries, la rue regorge maintenant de boutiques tendance, de restaurants, de galeries, et compte même une distillerie. Park City, c'est aussi beaucoup d'enjeux financiers. Avec plus de touristes que de résidents dans la région, la propriété des Hollis vaut sans doute une fortune. Pas étonnant qu'ils aient décidé de vendre.

Théo et moi engrangeons quelques photos faciles pour la chasse – un renne sur un pull, une image de cow-boy, une toupie de Hanouka, un flocon de neige décoratif. La photo d'un objet portant les mots *Ho, Ho, Ho.* Nous arrêtons un couple dans la rue pour leur demander de chanter « Vive le vent ». Les convaincre est un peu gênant, mais heureusement, ils acceptent, parce que j'ai déjà repéré Andrew et Miles filmant au moins quatre personnes dans la rue, un peu plus loin. Ricky et Kennedy semblent surfer sur leur liste. C'est l'avantage quand on a une petite fille de cinq ans aussi adorable que précoce dans son équipe.

La victoire m'importe peu, mais cette activité a le don de me changer les idées. Ma voix intérieure de plus en plus perçante qui hurle à la catastrophe a presque disparu.

Je ne parviens pas à identifier la raison pour laquelle ce sentiment monte en moi, mais il est bien là : je suis de plus en plus paniquée. Oui, tout est différent, en mieux. Mais je n'ai jamais eu foi en mes propres décisions et quand on obtient tout ce qu'on veut, on ne sait parfois pas exactement comment gérer. Je voulais Andrew, mais il ne suffit pas de l'embrasser et d'être heureuse. Si seulement il y avait une indication, un clin d'œil céleste qui me disait que j'ai tout compris, je respirerais peut-être mieux. Là, tout de suite, j'ai envie de naviguer jusqu'au 26 décembre – au-delà du point où je suis déjà arrivée – avant de pouvoir me détendre et savoir que tout est réglé. Que je suis ici pour y rester.

Après avoir rayé quelques éléments de notre liste, Théo s'arrête devant l'une des boutiques.

– Il faut que j'achète quelques trucs pour mes parents.

Je suis son regard vers la devanture pleine de gadgets sophistiqués de cuisine, de mélanges d'épices, de bibelots de marmiton.

Honnêtement, un magasin d'accessoires de cuisine semble être une assez mauvaise idée de cadeau pour Lisa mais, au bout de l'allée, je vois Andrew se faufiler dans un magasin. Sans Miles, qui doit aussi acheter ses propres cadeaux en vitesse. Mon cœur triple de taille.

– Je file une minute. (Je désigne le magasin.) Il faut aussi que j'achète quelque chose. Tu me retrouves dans vingt minutes ?

Si Théo a vu son frère entrer, il n'en laisse rien paraître. Il me fait signe de partir en levant le menton et je dois rassembler tout mon courage pour ne pas me ruer vers Andrew.

***

Dans la vitrine trônent un vieux sapin de Noël en plumes neigeuses illuminé et un assortiment de jouets anciens. J'entre, accueillie par une bouffée d'air chaud et de musique festive, puis me faufile dans les allées d'appareils électroniques rétro et meubles de seconde main, piles de vieux CD et ustensiles de cuisine usagés, à la recherche d'Andrew.

Je le trouve au fond de la boutique, un vieux CD à la main. Il parcourt la longue liste des chansons au dos.

– Salut, toi.

Il se tourne et me sourit. À cet instant, le monde entier scintille brièvement en doré.

– Salut. (Il jette un coup d'œil autour de nous avant de m'embrasser rapidement.) Comment ça se passe avec Théo ?

– Bien. (Je saisis un CD dans la boîte qu'il inspecte.) Un peu tendu. Je ne sais pas pourquoi.

– Probablement parce que tu couches avec son frère et qu'il n'en a pas la moindre idée.

Je m'illumine à la mention si naturelle du fait que nous *couchons ensemble,* mais la culpabilité assombrit cette révélation aux entournures.

– J'ai l'impression de lui mentir. (Et puis, je me souviens.) Au fait. Miles est au courant.

– Il est au courant que… ?

Andrew paraît légèrement horrifié et esquisse un geste sexuel vague.

Je pouffe.

– Je crois qu'il nous a juste surpris en train de nous embrasser dans le cellier. (Andrew me regarde intensément.) Oh, allons. Il a dix-sept ans, pas sept. Et il m'a posé la question directement.

Andrew grimace d'un air de regret.

– Pauvre Miles.

– Il a promis de ne rien dire, mais je suppose que ce n'est qu'une question de temps pour que tout le monde s'en rende compte.

– Surtout quand je viendrai te voir à Berkeley dans une semaine parce que je ne peux pas rester loin de toi.

Je lui adresse un immense sourire.

– Tu quoi ?

– Peut-être ? (Il sourit d'un air victorieux.) Ce serait bizarre ?

Je me mords les lèvres en secouant la tête.

– On dirait que tout est sur le point de changer.

– Ah ouais ?

– Miles partira à l'université dans quelques mois. Je vais devoir trouver du boulot. (Je lui souris.) Toi et moi.

– On pourrait réfléchir au boulot ensemble, suggère- t-il. À quoi penses-tu ?

Je hausse les épaules en me mordillant les lèvres.

– Quelque chose en lien avec l'art. Peut-être du design graphique free-lance en attendant.

– Je pourrais demander si on a besoin de quelque chose au travail. Des trucs de site internet ? (Il hausse les épaules et je devine qu'il ignore tout du design, mais c'est quand même adorable.) Je peux poser la question.

– Ce serait génial. (Je lui souris.) Je sais que je devrais être plus nerveuse à l'idée de ne pas avoir de travail, mais…

Mais je n'arrive pas à m'inquiéter en sa présence. Chaque fois que je commence à paniquer – à cause de mes voyages dans le temps, de mon travail, de la perspective d'en parler à mes parents –, le regarder m'apaise instantanément. Ça doit signifier quelque chose.

Presque comme s'il lisait dans mes pensées, Andrew me regarde, scrutateur. Il s'éloigne des CD et m'attrape par la nuque pour m'embrasser. Mes pensées vont de *oh, il le fait vraiment* à *oh, j'ai besoin de sentir immédiatement les mains de cet homme sur moi.*

Il incline la tête, sa langue effleure la mienne et il laisse échapper un gémissement discret, qui vibre contre moi. Ce que j'entends, ce que je sens, ce dont je me délecte me rappelle notre osmose de la nuit dernière. Je monte sur la pointe des pieds pour me blottir contre lui, même si dans un coin de mon esprit je m'efforce de me rappeler que nous sommes dans un lieu public et que nos familles peuvent surgir à tout instant. Ses mains glissent sur ma taille, m'agrippent les hanches, et il m'attire contre lui avant de se reprendre et de s'écarter.

Il effleure ma mâchoire, dépose un dernier baiser sur mes lèvres et s'éloigne en souriant :

– Eh bien, on s'est vite laissés embarquer.

Je déglutis. Je chancelle et on dirait que j'ai de la fièvre.

– On a presque baisé dans un magasin de souvenirs.

Les pupilles d'Andrew se dilatent et il prend une grande inspiration, mettant un peu de distance entre nous.

– Ne me tente pas. (Il se remet à faire défiler les CD.) J'ai besoin d'une seconde pour, euh…

Il soupire.

– Je n'avais pas réalisé qu'une conversation au sujet de nos frères te perturberait autant, Mandrew.

Il glousse.

– Je t'assure, beauté, que c'est ta proximité.

J'absorbe cette information, qui me donne le tournis.

– Tout est tellement mieux cette fois.

Andrew marque une pause.

– Pardon ?

Oh merde ! J'ouvre la bouche pour me rattraper, mais quelque chose attire son attention.

– Oh Seigneur. Maisie. Regarde.

Soulagée, je suis son regard. Là, sur un canapé en velours turquoise avec une pancarte à vendre se trouve un coussin avec une broderie de Christopher Walken coiffé d'un bonnet de père Noël et l'inscription : *Walken dans le monde magique de l'hiver.*

J'éclate de rire.

– Eh bien, c'est une *sacrée* coïncidence.

Andrew paraît ravi.

– On devrait peut-être l'acheter pour le mettre dans le hangar à bateaux. J'ai des souvenirs très plaisants au sujet d'une conversation sur Christopher Walken.

– Ah bon ? (Je l'enlace par-derrière et pose mes lèvres entre ses clavicules.) Développez, s'il vous plaît.

– Tu vois, c'était juste avant le sexe hier soir, murmure-t-il d'un air de conspirateur. Avec une fille que je connais depuis toujours. Quand elle était gamine, elle mettait le caleçon Batman de mon frère sur sa tête pour s'en faire un chapeau de pirate.

Je grimpe sur la pointe des pieds pour lui mordre l'épaule.

– Regarde cet énorme sachet de Hershey Kisses à la menthe. C'est mon rêve. Je pourrais me nourrir exclusivement de ça pendant un mois.

Il suit mon regard vers le sac de deux kilos et frissonne d'un air théâtral.

– Tu plaisantes.

– Ce sont mes préférés ! Je les mange seulement à Noël et j'exagère tellement que je me rends malade.

Andrew pivote dans mes bras et pour froncer les sourcils.

– Es-tu une évangéliste du chocolat blanc ?

– Cent pour cent ! je crie avant d'éclater de rire. Bon Dieu, serait-ce notre première dispute ?

– Je serais capable de sacrifier ma vie pour défendre que le Chocolat Blanc N'est Pas Du Chocolat.

– Ce n'est peut-être pas du chocolat, mais c'est délicieux.

– Tu te trompes, Maisie, rétorque-t-il avec la voix de Mandrew. Ces bonbons ont un goût de menthe artificielle et de cul.

– Menthe artificielle et cul ? je réplique sur le ton outragé de Maisie. Je te rappelle que tu voles les chocolats dégoûtants au goût de plastique du calendrier de l'Avent.

– Eh bien… c'est un bon argument.

Il se penche pour m'embrasser, mais nous nous figeons tous les deux en entendant la voix de Théo derrière moi.

– Dites donc. Qu'est-ce que vous trafiquez, au juste ?

***

Un silence de mort règne quand je me retourne. Théo me dévisage, puis son frère, avant de rire sèchement et de regarder en direction du sol.

– Je ne l'avais pas vue venir, celle-là.

– Salut, Théo.

Je ne sais pas quoi dire de plus.

Andrew s'est tourné derrière moi, mais il n'a pas bougé d'un pouce. Il glisse un bras autour de ma taille, m'attirant contre lui.

– Théo. Salut.

– *Salut.* (Théo nous désigne tous les deux.) Alors… vous êtes ensemble ?

– Ouais. En effet. (Andrew laisse la phrase en suspens avant d'ajouter :) Ça va, frangin ?

Théo nous examine pendant plusieurs pénibles secondes.

– Je ne sais pas quoi dire. (Il regarde ma main sur celle qu'Andrew a posée sur mon ventre.) Vous l'avez caché à tout le monde.

– C'est récent.

– Récent comment ?

– Quelques jours. Ou peut-être quelques années, plaisante Andrew en me souriant. Difficile à dire.

Je voudrais être charmée, mais c'est peut-être la pire chose qu'Andrew aurait pu dire à cet instant.

Théo me regarde droit dans les yeux.

– Mae, tu as une seconde pour discuter ?

En réalité, j'ai déjà vécu cette journée dans le passé. J'ai tout le temps du monde. Même si je préférerais faire sept millions d'autres choses.

– Euh… oui.

Je jette un coup d'œil à Andrew par-dessus l'épaule et il me lâche en hochant brièvement la tête. Théo est déjà presque au niveau de la porte, je n'ai pas d'autre choix que de le suivre, loin d'Andrew.

Mon esprit est une boule de nerfs ; on dirait que j'ai perdu la capacité de formuler une phrase. Mon aventure avec Théo semble avoir eu lieu il y a cent ans, mais la possibilité qu'elle ait changé pour toujours la manière dont je le vois me préoccupe. Et je ne peux même pas lui en parler.

Dans la rue, Théo continue à marcher, il passe devant un café, une galerie d'art, quelques boutiques jusqu'à atteindre une portion plus tranquille de Main Street. Il se tourne vers moi et s'appuie contre la devanture d'un commerce fermé, aux murs de briques, encadrement de bois, fenêtres recouvertes de papier. Il penche la tête en arrière, pour regarder le ciel.

– Je ne sais même pas par où commencer. Je ne sais pas comment je suis censé réagir.

– Je suis désolée que tu l'aies appris comme ça.

Il rit, passe une main dans ses cheveux et fixe un point un peu plus loin dans la rue. Il fait froid, mais je ne sais pas si ses joues sont empourprées à cause du froid ou parce qu'il est en colère. Une voiture passe à côté de nous. Un couple souriant, chargé de plusieurs sacs, s'approche de nous sur le trottoir, Théo et moi nous décalons pour les laisser passer.

Finalement, il lance :

– Je me sens tellement bête.

Je secoue vivement la tête.

– Non, arrête. J'ai été surprise moi aussi.

– On était proches, Mae. Toi et moi. On a toujours été plus proches qu'Andrew et toi.

– Quand on était enfants, ouais. (Une autre voiture nous passe devant, suivie par une autre, klaxonnant bruyamment quand des piétons tentent soudainement de traverser la rue.) Mais en tant qu'amis. Théo, on était seulement amis.

– Tu as toujours eu des sentiments pour lui ?

J'acquiesce.

– Depuis combien de temps ?

Toujours, j'ai envie de répondre.

– Longtemps.

Il est pris de court, son cou rougit.

– Il savait ?

– Avant cette semaine ? Non.

– Pourquoi ne m'en as-tu pas parlé ?

– Je n'en ai parlé à personne.

– En dehors de Benny, devine-t-il.

– Benny sait tout.

Il respire lentement.

– Je… (Il s'esclaffe.) Je ne sais pas comment te le dire alors autant me lancer sans réfléchir. J'ai l'impression que tu m'as mené en bateau.

Pardon ? Mon cœur accélère beaucoup dernièrement, mais pas comme ça. Pas de colère et d'indignation.

– Comment t'ai-je mené en bateau ? En étant ton amie…

Je suis interrompue par une déflagration assourdissante, projetant des éclairs de lumière, à moins de trois mètres de nous. Nous sursautons tous les deux violemment. Une voiture a grillé un stop et en a embouti une autre à pleine vitesse. C'est une explosion de métal qui s'écrase et de verre qui explose, de crissements de pneus sur l'asphalte. Théo se jette sur moi, me protégeant d'un projectile qui brise la fenêtre là où ma tête se trouvait seulement une seconde plus tôt.

Nous nous redressons, hébétés. Mes oreilles sifflent. Après avoir pris une inspiration saccadée, l'adrénaline envahit mes veines. Mon corps tout entier commence à trembler.

– Ça va ? demande Théo d'une voix qui semble émerger d'un tube de métal vide.

Abasourdie, j'acquiesce.

– Toi ?

– Ouais.

Nous fixons l'accident et la fumée qui sort des deux voitures. Mon attention est attirée par une tache verte – une couronne de Noël broyée – et le ruban en velours rouge attaché au capot de l'autre voiture.

Dans l'affolement qui va en augmentant, les gens sortent des boutiques, se rassemblent autour de l'accident pour s'assurer que tout le monde va bien. Les passants faisant leurs achats de dernière minute qui bavardaient, traînaient, riaient se sont transformés en spectateurs curieux qui plaquent leurs mains sur leur bouche tandis que les chauffeurs émergent en chancelant de leurs voitures soudain transformées en carcasses.

Théo m'aide à me relever, mais même une fois debout – sur des jambes tremblantes –, je suis incapable de bouger. Le projectile m'était destiné, je le sais. J'ai commis une erreur, fait un mauvais choix quelque part, et je n'ai aucune idée de ce que c'était, ou de ce qui m'attend.

Mais il s'agissait d'un avertissement.

Mon séjour ici, dans cette version de la réalité, approche de sa fin.

CHAPITRE 22

Je m'écarte des bris de verre et des éclats de métal éparpillés sur le trottoir tout proche, Théo sur mes talons. Une fois que l'attention des badauds dévie de l'accident pour évaluer les conséquences alentour, on s'inquiète soudain pour nous, les deux personnes à proximité immédiate de l'accrochage.

La chasse au trésor complètement oubliée, nos familles se ruent vers nous dès qu'ils nous repèrent au cœur du chaos. Pendant les minutes qui suivent le soulagement de se rendre compte que personne n'a été gravement blessé, Théo et moi sommes envahis par l'adrénaline de ce que tout le monde a vu, ce qui est arrivé et du fait que nous sommes passés à un cheveu de la catastrophe. Andrew me serre dans ses bras, vérifie que je vais bien et dépose un baiser soulagé dans mes cheveux, puis les autres se précipitent, attendant leur tour. Mais la terreur se matérialise comme une boule de plomb dans mon estomac.

Je m'approche à nouveau, pour avoir un câlin et puiser du réconfort dans son regard, mais il est en pleine communication silencieuse avec son frère. Andrew dit très calmement :

– Je ne comprends pas pourquoi tu es en colère.

– Ne raconte pas n'importe quoi, Drew. Tu comprends.

Théo plonge les mains dans ses poches et regarde autour de lui, mal à l'aise. Le reste du groupe se rend compte qu'une autre conversation est en cours et se tait.

Rick avance d'un pas et pose une main sur chacune de leurs épaules.

– Hé, les enfants. Que se passe-t-il ?

Théo hausse les épaules et se dégage de l'emprise de Ricky.

– Laisse tomber, papa.

Ricky fronce les sourcils.

– Qu'est-ce que je rate ?

J'aimerais disparaître. Je regarde le ciel. *C'était une blague !*

Théo lève le menton vers Andrew.

– Vas-y. Raconte-lui.

Andrew secoue la tête.

– Pas maintenant. Ce n'est pas le moment.

– Me raconter quoi ? demande Ricky.

Andrew me regarde, pour obtenir ma permission, et je sens progressivement la prise de conscience s'étendre comme une vague silencieuse dans le groupe. C'est peut-être parce que Miles regarde par terre ou parce que Benny s'approche de moi, effleurant mon épaule en signe de solidarité :

toute personne dotée d'un minimum d'intelligence émotionnelle devinerait la teneur du non-dit.

Eh bien, je suppose, en dehors de Ricky.

– Sérieusement ? Que se passe-t-il ?

– On pourrait peut-être en rediscuter une fois à la maison, suggère tranquillement Benny.

Je lui adresse un regard reconnaissant – aucune envie de déclencher une scène ; d'ailleurs, je préférerais l'annoncer moi-même à ma mère, mais Théo soupire brusquement :

– Mae et Andrew fricotent.

Je n'ai aucune idée de la réaction à laquelle il s'attendait. Un silence de mort s'abat sur le groupe qui reporte son attention collective sur Andrew et moi.

– Qu'est-ce que « fricoter » signifie, de nos jours ? demande doucement Lisa, et mon ventre se serre de honte.

– Attendez, lance Ricky. Désolé, j'ai l'impression d'avoir raté quelque chose.

– Peu importe. (Théo s'éloigne sur le trottoir.) Ça n'a pas d'importance.

– Théo. (Je trottine derrière lui pour le rattraper malgré ses grandes enjambées et saisis la manche de sa veste, mais il se dégage.) Attends.

Je saute au-dessus d'une plaque de neige verglacée et m'arrête, éberluée, en face d'un petit glacier fermé pour la saison. Est-il sérieusement en train de me fuir ?

– Théo ! je crie, mais il continue à avancer.

J'avance d'un pas, puis me fige en entendant un grincement métallique, immédiatement suivi par une collision assourdissante juste derrière moi.

Je me retourne, le cœur battant. Le cadre de métal sous l'auvent de la boutique vient de s'effondrer sur le trottoir, à moins d'un mètre de moi. L'innocente plaque verglacée que j'ai évitée a disparu dessous.

Je me redresse vers le ciel.

– Quoi ? (J'écarte les bras.) Que suis-je censée faire ? Est-ce que je devrais laisser Théo tranquille ? Ou rester avec Andrew ? Quoi ! Dites-moi !

Benny s'approche et pose une main sur mon épaule.

– Mae. Trésor. Calme-toi, c'était juste un accident.

– En réalité *non.* (Je suis soudain hystérique : mon cerveau, mon sang, mon cœur s'emballent. L'hystérie reflue en moi comme du métal fondu, chauffé à blanc, anéantissant toute rationalité ou toute mesure.) L'accident de voiture ? *Ça ?* (Je désigne frénétiquement l'enchevêtrement de métal et de tissu.) C'était *clairement* ma faute.

Mon père arrive et murmure doucement « Mae ». Andrew lui a emboîté le pas.

– Chérie, que t'arrive-t-il ? (Il dévisage Benny.) De quoi parle-t-elle ?

Andrew s'approche et pose les mains sur mes épaules.

– Maisie. Que se passe-t-il ?

Je fixe Benny.

– Je n'arrive plus à faire semblant. C'est épuisant. Je ne sais pas comment continuer.

Benny m'adresse un regard impuissant.

Je me tourne vers Andrew, puis vers mon père et mon frère. Je parcours le groupe du regard.

– Je suis coincée dans une espèce de boucle temporelle et je ne sais pas comment en sortir. Enfin, il y a quelques jours, je voulais à tout prix y échapper. Mais maintenant, je n'ai pas envie de tout recommencer.

Andrew me prend la main.

– De quoi parles-tu ?

– Je ne sais pas comment l'expliquer.

Benny s'éclaircit la gorge.

– Nous pensons que Mae se trouve dans un scénario semblable à celui d'*Un jour sans fin*. Elle est revenue au chalet plusieurs fois et, chaque fois, elle se blesse et se réveille dans l'avion le 20 décembre.

Andrew laisse échapper un petit rire incrédule. Les autres se dévisagent avec une expression du genre *: sommes-nous tous en train d'entendre la même chose ?*

– J'essaie de faire attention à tout et je sais que ça a l'air d'être complètement dingue, mais j'ai peur que quelque chose de terrible soit sur le point de survenir, alors, pouvez-vous vous éloigner un peu de moi ?

Personne ne bouge.

– Je vous en supplie, je les implore en lâchant la main d'Andrew. Reculez.

J'ai complètement perdu contenance : mon sang-froid est aussi usé qu'une corde frottée sur une lame dentelée. Je me tourne vers mon frère qui me dévisage de ses grands yeux inquiets.

– Miles. Donne-moi une gifle.

Il pouffe, sceptique.

– Quoi ?

– Au visage. Fort.

J'entends que plusieurs voix prononcent mon nom avec compassion, mais je ne me laisse pas dissuader.

– Donne-moi une gifle. Je veux retourner dans l'avion.

– Mae, je ne risque pas de…

– *Donne-moi une gifle !*

Il recule derrière Benny, regardant notre père pour lui demander de l'aide, et je réalise que Ricky a pris Kennedy dans ses bras, Lisa, Zachary et que tous – même Andrew – me dévisagent comme s'ils avaient peur de moi.

Je tourne les talons et détale dans la rue. Je ne sais pas dans quelle direction. Je prie de toutes mes forces pour que tout se termine et que je me réveille sur le siège 19B. *Sortez-moi de ce cauchemar.*

La seule voix que j'entends derrière moi est celle de Benny :

– Laisse-la partir, Dan. Elle a besoin d'être seule.

***

Deux heures plus tard, Benny entre dans le petit *diner* où je me suis installée. Il balaye brièvement l'intérieur du regard, me repère, soupire de soulagement et s'approche.

Je sirote ma quatrième tasse de café et déchiquète une serviette en morceaux de plus en plus petits, les mains frémissantes. Très bientôt, ils seront microscopiques, une fine poussière sur la table en Formica. Il y a un sapin de Noël chargé de guirlandes dans un coin, des flocons de neige en papier argenté sont accrochés au-dessus de nos têtes, un petit feu de cheminée crépite. Rien de tout cela ne m'aide. Rien de tout cela ne me fait ressentir quoi que ce soit.

– Hé, Mayonnaise, murmure-t-il en m'embrassant sur le front.

Remarquant que je ne lui réponds pas avec un surnom stupide, il tire la chaise en face de moi et s'assoit.

– Tu ne décroches pas ton téléphone ?

Je distingue son inquiétude dans les lignes d'expression autour de ses yeux. Les coins de sa bouche sont orientés vers le bas.

– Je l'ai éteint. (La sonnette de l'entrée tinte quand un couple d'adolescents entre.) Théo va bien ?

– Tout le monde va bien. On s'inquiète tous pour toi.

– J'ai l'air dingue. Leur expliquer la situation est impossible. Je suis là depuis deux heures et Andrew n'a même pas essayé de venir me retrouver. Je vais être terrifiée à l'idée que quelque chose d'horrible puisse survenir à chaque seconde pendant tout le reste du voyage – peut-être pour le restant de mes jours. Les autres doivent penser que je perds la boule.

Il grimace avec compassion.

– Si ça peut te réconforter, ils voulaient tous venir te chercher. Tu n'as pas réussi à effrayer Andrew, je lui ai juste conseillé de te laisser un peu d'espace.

Les premières notes de « All I Want for Christmas Is You » commencent à retentir dans le *diner*. Je fixe le plafond.

– Tu savais qu'ils passent cette chanson toutes les vingt-deux minutes ?

Il ne répond pas. Je commence à remettre silencieusement de l'ordre dans mes pensées. Je grogne et appuie mon front entre mes bras.

– Benny, j'ai réalisé quelque chose pendant que j'étais ici.

Il pose une main sur mon bras.

– Quoi donc ?

– J'ai demandé à l'Univers de me montrer ce qui me rendrait heureuse.

– Ce n'est pas une nouveauté, si ?

Il paraît confus.

– Si. (Je me redresse vers lui.). Je lui ai demandé de me *montrer*. Je n'ai pas dit : « *Donne*-moi ce qui me rendra heureuse » ou « Rends-moi heureuse pour toujours ». J'ai dit : « *Montre*-moi ce qui me rendra heureuse ». Donc il me l'a montré, mais je ne sais clairement pas quoi faire pour gérer la situation, et je ne peux pas continuer à faire semblant ni à prétendre que tout est normal.

Benny secoue la tête, les sourcils froncés.

– Mae, ça n'a pas à être aussi compliqué. Contente-toi de raconter à Andrew ce que tu m'as dit. Explique-lui ce qui t'arrive. Andrew est intelligent. De nous tous, il sera ouvert à l'idée que le monde n'est pas toujours ce que nous croyons.

– C'est bien le problème. (J'ai l'impression d'avoir cent ans.) Comment est-ce que je le lui explique ? Comment est-ce que je le prouve ?

– Comme tu l'as fait avec moi.

Je secoue la tête.

– Mais la première fois que c'est arrivé, et que je t'ai parlé, c'était le début des vacances. Tout se déroulait encore comme je m'en souvenais. Je pouvais prévoir des choses, anticiper, parce qu'elles n'avaient pas changé. (Je continue à déchiqueter ma serviette.) Mais maintenant *tout* a changé. J'ignore ce qui se passera ensuite. Je ne sais pas comment lui prouver que je ne raconte pas n'importe quoi.

– Et ce que tu as dit sur Ricky et Lisa qui veulent vendre le chalet ?

– Il est déjà au courant. Et je lui en ai parlé, je lui ai posé des questions. Deviner qu'ils vont finir par nous en parler n'a rien d'un exploit.

– Allons, Andouille. Rentrons.

Je rapproche mon café de moi et je le serre entre mes mains comme si c'était mon dernier véritable ami.

– J'avais besoin de faire des changements de toute façon. Cette table est mon foyer maintenant. Fais envoyer mon courrier ici.

Jovial, Benny plonge la main dans sa poche de derrière pour récupérer son portefeuille.

– Tu te sentiras mieux après avoir discuté avec Andrew.

– Ils nous attendent tous dans le mini-van ?

Il secoue la tête et sort un billet de cent dollars pour le poser sur la table.

– Ils sont tous rentrés il y a un moment. (Il se lève.) On va prendre un taxi.

Je fixe le billet sur la table.

– Oh, mon Benjamin Franklin. Mon café a coûté dans les quatre dollars.

– Je n'ai pas d'autre billet.

– Je vais payer par carte.

Je commence à me lever, mais il m'arrête d'une main.

– Mae. C'est bon. C'est presque Noël et ce petit restaurant t'a protégée des voitures, des auvents et de tout autre objet volant dangereux. (Il hausse les épaules.) Tu as déjà entendu parler de Spotify ?

– Euh… ouais ?

Il sourit.

– J'ai été parmi les premiers à investir.

– Les premiers premiers ?

– Ouais. (Il désigne la porte du menton.) Allons-y.

CHAPITRE 23

Je passe l'intégralité du trajet du retour à faire défiler les films dans lesquels les personnages remontent dans le temps avant de me réprimander parce que j'en ai à peine vu un ou deux. Pas étonnant que je fasse n'importe quoi. Le taxi nous dépose et je n'entre pas dans le chalet. Je charge plutôt Benny de dire à tout le monde que je vais bien mais que j'ai besoin d'une minute. Je traverse l'étendue de neige derrière la maison à la recherche de la personne qui – je l'espère – saura me rendre le sourire.

J'entends Andrew jouer de la guitare de l'extérieur et frappe d'une main hésitante.

– C'est moi.

Il répond immédiatement :

– Entre.

Le soleil décroît, se cache derrière la montagne, enveloppant le hangar à bateaux dans une ombre crépusculaire inquiétante quand je pénètre à l'intérieur.

– Salut. J'espérais que tu ne tarderais pas trop.

Le soulagement me submerge.

– Salut.

Il pose sa guitare à côté du duvet et s'approche. Il prend mon visage entre ses mains et se penche pour m'embrasser si intensément que le monde qui nous entoure s'estompe.

– Tu as passé une après-midi difficile, dit-il avant de s'écarter.

– Ouais, je voulais te donner des explications sur…

– Tu as failli mourir deux fois en cinq minutes. Tout le monde aurait paniqué. J'étais inquiet, Mae.

Je l'embrasse pour ça ; et bien qu'il ne sache pas et probablement ne puisse pas croire ce qui m'arrive réellement, il ne me laisse pas en pleine chute libre émotionnelle.

Il retire mon manteau avec une avidité qui laisse deviner son désir. C'est exactement la distraction dont j'ai besoin. Nous avançons dans la pièce, laissant un chemin de vêtements dont nous nous débarrassons derrière nous : bottes, chaussettes, tee-shirts, pantalons, soutien-gorge… Frémissants, nous plongeons ensemble dans les duvets.

Il est déjà en érection et monte sur moi avec un gémissement soulagé, blottissant son visage dans mon cou.

– Je suis tellement heureux que tu ailles bien. Ç'a été le jour le plus long de toute ma vie.

Andrew ouvre la fermeture Éclair qui unit les deux sacs de couchage pour dégager un côté et le repousser comme une couverture. Je surprends ses yeux qui scintillent lorsqu'il me regarde brièvement. Mais il fait noir, donc je mets plusieurs secondes à réaliser ce qui se trame.

Il m'embrasse dans le cou, sur la poitrine – avec lenteur –, descend sur mon ventre, mes hanches, puis il m'embrasse là, en laissant échapper des halètements qui vibrent contre ma peau. Je me cache les yeux pour tout bloquer en dehors de la sensation de ses bras qui m'entourent la taille et de ses doigts qui s'enfouissent dans ma peau délicate.

Je n'ai jamais su faire taire mon cerveau et ces derniers jours – surtout aujourd'hui – j'ai été une boule de nerfs et de confusion. Même à cet instant précis, alors qu'il est presque impossible de penser à autre chose qu'au plaisir pur que je ressens, une ombre persiste dans mon esprit : la peur que d'une manière ou d'une autre tout puisse s'arrêter brutalement et que je me réveille dans l'avion, avec ces émotions profondes et réelles dont je serai la seule à conserver le souvenir.

Je m'abandonne dans un cri, l'attire contre moi, lui faisant signe de venir. Il déchire l'emballage du préservatif avec les dents, les mains tremblant d'impatience, et seulement quelques secondes plus tard, nous nous mouvons ensemble et il grogne dans mon cou. Maintenant que je suis parvenue à remonter le temps, pourrais-je découvrir comment l'*arrêter* ? Je voudrais que cette nuit ne s'arrête jamais. J'aimerais qu'elle continue éternellement.

J'aimerais qu'il reste insatiable. Mais Andrew accélère le rythme, sa respiration devient haletante et les muscles de ses épaules se contractent sous mes mains. Il répète mon prénom dans un soupir et se met à trembler.

Il se fige, reprend son souffle contre mon cou.

– Je t'aime depuis toujours, mais cette nouveauté… (Il inspire profondément.) C'est merveilleux et effrayant.

L'écouter prononcer ces mots me donne l'impression d'avoir bu un shot l'estomac vide : une vague de chaleur explose dans mon ventre, et puis la sensation immédiate d'être pompette.

Suivis par des cris assourdissants dans ma tête. Ai-je bien entendu ?

Je commence à paniquer.

Après s'être remis à respirer normalement, Andrew s'écarte et me dévisage. Je ne distingue pas bien son expression : il fait sombre et je vois un peu trouble, mais je sens l'intensité de son regard.

– Ça va ?

J'acquiesce.

Il laisse échapper un petit rire et roule à côté de moi.

– Merde. Désolé. Je me suis emballé. J'ai ruiné le moment.

– Non, pas du tout.

Le problème n'est pas ce qu'il a dit – je rêvais de l'entendre prononcer ces mots, bien sûr – mais plutôt que je suis soudain incapable d'imaginer pouvoir rester avec lui sans que *tout* me glisse entre les doigts dans la prochaine seconde, ou la suivante, ou plus tard ce soir, ou à l'aube demain matin. Je n'ai plus aucun contrôle sur rien et ce doit être proche de la sensation de sauter d'un avion sans parachute.

– Ça ne va pas. (Il se redresse sur un coude pour m'examiner.) Je vois bien que je t'ai bouleversée.

– Tu ne m'as pas bouleversée. Je voulais t'entendre dire ça.

Il rit encore, pour de bon cette fois.

– Bien sûr. Tu t'es transformée en Mae Robot.

– Tu plaisantes ? (Je tente de maîtriser mon intonation.) Je t'ai désiré toute ma vie. Il n'y a littéralement rien que je puisse vouloir entendre davantage. Je te le promets. (Je prends une inspiration tremblante). Mais il faut que je te fasse un aveu difficile et je ne sais pas par où commencer.

Il marque une pause et il paraît soudain prendre conscience de quelque chose.

– Tu as quelqu'un en Californie ?

– Quoi ? Bien sûr que non.

Il soupire, soulagé. Il pose sa bouche sur la mienne dans le noir et je l'embrasse. Je monte sur lui, désirant soudain lutter contre l'angoisse avec le sentiment que j'aime le plus au monde : avoir Andrew rien que pour moi.

– Hé, hé. (Il m'écarte en posant les mains sur mes épaules. Il n'est qu'une série d'angles et d'ombres dans l'obscurité.) Est-ce au sujet du rêve d'*Un jour sans fin* dont Benny parlait ?

– Tu te souviens de mon arrivée ? Je me comportais bizarrement. J'ai dit à Kennedy de ne pas trébucher sur Miso, à mon père de ne pas manger de cookie. J'ai dit à Théo que sa coupe n'était pas le problème, j'ai parlé du gin à ton père. Tout ça ?

Il acquiesce lentement.

– Ouais. Je me souviens que ton arrivée a été un peu… mouvementée. (Il ajoute rapidement :) Mais marrante. Ça ne m'a pas déplu.

– Précisément, te souviens-tu quand je disais tout ça ? Et les intuitions bizarres sur lesquelles tu m'as interrogée ?

Andrew me décale sur le côté.

– Ouais.

– J'avais toutes ces intuitions bizarres parce que c'est la troisième fois que je reviens ici.

Il laisse échapper un long soupir.

– Désolé. Je ne…

– Je savais que ta mère avait préparé ces horribles cookies, parce que mon père s'est cassé la dent toutes les autres fois que j'ai vécu ces moments.

Andrew rit, incrédule.

– Impossible.

– Je savais que Kennedy s'égratignerait le genou. Je savais que tu dormais dans le hangar à bateaux. Je savais où étaient les duvets.

– Alors OK, dit-il en tentant de comprendre. Pourquoi remontes-tu dans le temps dans ce cas ?

Le soulagement qu'il m'écoute et qu'il ne s'enfuie pas immédiatement me procure une douce chaleur.

– J'ai fait un vœu.

Andrew s'esclaffe – un rire heureux et éclatant qui s'évanouit à l'instant où il réalise que je suis complètement sérieuse.

– Un vœu.

Il n'y a pas de manière de contourner cette difficulté. Je prends une grande inspiration et commence :

– La première fois… Eh bien, les choses se sont passées différemment entre Théo et moi.

– Différemment dans quel sens ? me demande calmement Andrew.

– La première fois que j'ai vécu ces vacances, on a passé le dernier soir au sous-sol à jouer à des jeux de société… le soir de Noël. On a forcé sur le lait de poule. Tu es parti te coucher, on est remontés – Théo et moi – et on a fini par s'embrasser dans le vestibule.

Même dans l'ombre, Andrew pâlit visiblement.

Je me précipite pour ajouter :

– C'était horrible. On est tous les deux allés se coucher et, le lendemain matin, il s'est réveillé tôt et m'a complètement ignorée. (Je rectifie parce que c'est faux.) En réalité, il a dit : « Ce n'était rien, Mae. J'aurais dû me douter que tu en ferais tout un plat. » C'était notre dernier jour ici et c'était hyper-triste.

Andrew ne répond toujours rien, donc je continue.

– Et tellement gênant. Tu es arrivé et tu m'as taquinée parce que tu nous avais vus…

– Es-tu sûre de ne pas l'avoir rêvé ?

– Je suis sûre. Tes parents nous ont appris qu'ils vendaient le chalet et ma famille et moi sommes parties à l'aéroport. J'étais en train de paniquer et j'ai fait le vœu de découvrir ce qui me rendrait heureuse. (Je déglutis.) On a eu un accident de voiture. Je me suis réveillée dans l'avion qui m'emmenait ici. Et puis, la même chose a recommencé deux fois. Une fois, je suis tombée dans les escaliers, l'autre, une branche m'a assommée.

Il secoue la tête comme s'il ne parvenait pas à digérer mes paroles.

– Tu as embrassé Théo trois fois ?

– Non – Seigneur – juste une fois. Chaque fois que je remontais dans le temps, j'essayais de découvrir ce qui se passait. J'ai pensé que c'était une sorte de puzzle, tu comprends ? J'estimais avoir compris et j'échafaudais un plan d'action puis, boum, adieu. Je n'arrêtais pas de revenir en arrière parce que je commettais une erreur. (J'attends qu'il m'interrompe, mais il est complètement silencieux sous moi.) Et une fois, j'ai pensé : « Et puis merde. » J'ai commencé à faire tout ce que je voulais vraiment, et tout a commencé à rouler.

Toujours rien. Aucune réaction d'Andrew.

– Je suis entrée en crise en ville parce que tu es ce que je veux et que j'ai le pressentiment que nous n'allons pas réussir à tout conserver. Que tout va disparaître. Et puis, tout a commencé à déconner.

– C'est pour ça que tu as demandé à Miles de te gifler ? demande-t-il, confus.

– Oui !

Le silence se fait, mes pensées s'embrouillent. J'ai peut-être l'air complètement dingue.

– Je savais qu'on ferait un singe de neige. Je savais que Miso détruirait ton pull.

– Miso n'a pas détruit mon pull.

– Eh bien, non, pas encore mais…

– Mae… (Andrew laisse échapper un soupir épuisé et se frotte le visage dans la pénombre.) Pourrais-tu juste… (Il se tait, puis s'éloigne davantage de moi. Un frisson me hérisse les bras, je me sens soudain trop nue. Je saisis le duvet et tente de me rapprocher de lui, mais il me tient à distance.) S'il te plaît. Non… j'ai juste besoin de…

– Je sais que ça paraît fou. (Je suis véritablement préoccupée de l'avoir effrayé. Je pose une main sur son épaule, elle est glacée.) Je le *sais*. Mais je crois que j'ai l'occasion de recommencer pour arranger les choses. Vraiment. Pour toi et le chalet. Et ma *vie*.

– Je croyais que Théo ne t'intéressait pas.

Mon ventre se serre.

– Non. Il ne m'a jamais intéressée.

– Mais tu viens de me dire que vous vous êtes embrassés dans une version du passé.

– Pendant genre une *minute*.

Il se frotte le visage.

– Je ne suis même pas sûr que ça se soit passé, mais tu en es clairement convaincue.

– Je sais que ça paraît impossible, je comprends bien, mais c'est la vérité. J'étais triste et désespérée. Ce n'était pas super, il était vraiment froid après et je l'ai immédiatement regretté. Je ne…

– Triste et désespérée pourquoi ?

– À cause de toi, en partie. Et de l'état de ma vie en général.

– Et donc tu as demandé à l'Univers de te montrer ce qui te rendrait heureuse et… (Il secoue la tête.) Je suis le résultat ? C'est moi la récompense à la fin de jeu ?

– Eh bien… je bégaie. Oui… enfin non, mais…

– Pourquoi ne pas m'avoir avoué tes sentiments ? Ça semble, je ne sais pas, *un million de fois plus simple* ?

– Parce que j'avais peur. Parce que je te connais depuis toujours et je ne voulais pas tout gâcher. Parce que je ne pensais pas t'intéresser. Mais être renvoyée dans l'avion encore et encore m'a fait réaliser que l'échec n'avait pas d'importance. Il fallait que j'essaie.

– Donc, quelle Mae est réelle ? Celle qui poursuit ses objectifs ou celle qui embrasse mon frère parce qu'elle a peur de se confronter à ses sentiments avant de faire un vœu pour s'en sortir ?

– Celle-là. Celle qui est là, qui te dit qu'elle veut que ça continue entre nous.

– J’ai besoin… commence-t-il avant de se frotter le visage.

Quand il lève les yeux vers moi, même dans la lumière tamisée, je vois que le chatoiement dans son regard s’est éteint, comme une bougie qu’on aurait soufflée. J’ai besoin d’un peu d’espace.

Les mots résonnent dans le silence glacial de la pièce caverneuse. Mon ventre se dissout douloureusement dans de l’acide.

– Andrew. Ce n’était…

– Mae, dit-il très calmement, ça suffit. Ne prétends pas que ce n’est pas important. Tu as embrassé Théo parce que tu avais décidé – sans même me consulter – qu’il n’y aurait jamais rien entre nous. Que ce soit un rêve ou que tu te sois frappé la tête ou – je ne sais pas – que tu remontes dans le temps, ne prétends pas qu’il est aberrant que Théo et toi… (Il s’arrête abruptement, incapable de terminer sa phrase.) Et puis, au lieu de te confronter à ta vie, tu… fais un vœu ? (Frustré, Andrew passe une main dans ses cheveux.) Seigneur. Je n’arrive pas à comprendre… je ne comprends plus rien.

– Andrew, je commence d’une voix tremblante. Ce n’est pas comme si le destin n’avait pas joué de ton côté. Tu m’as parlé du tarot.

– Oh, voyons, Mae, bien sûr que nous savons que ce sont des conneries.

Un petit feu s’allume en moi.

– Ce qui est en train de m’arriver n’est pas des *conneries*. Que tu me croies ou pas.

– Ouais, eh bien, je ne crois pas que le destin veuille que tu embrasses un frère puis l'autre.

– Comment te faire comprendre que c'était une erreur ?

Il se penche et se frotte le visage.

– Je crois que tu as davantage de sentiments pour Théo que tu ne l'admets.

Sa vulnérabilité touche un point sensible.

– Andrew, je sais que tu as du mal à me croire et je réalise que ce que je te raconte ne va pas dans mon sens, mais non. Théo n'est pas fait pour moi. Je crois que j'ai la chance de rectifier le tir. Et peut-être aussi de sauver le chalet.

Il rit, mais ce n'est pas le rire d'Andrew que j'ai toujours entendu. C'est l'enveloppe vide d'un rire.

– Il faut que tu oublies ta mission de sauver le chalet.

Aïe. Je tente de réunir des mots pour formuler une réponse, mais mon cerveau reste complètement vide, à cause de la tristesse.

– C'est tellement bizarre, dit-il dans sa barbe, et puis il s'extirpe du duvet et sillonne la piste de vêtements en les ramassant petit à petit.

Il pose délicatement une pile des miens devant moi et commence à enfiler boxer, pantalon, chemise, pull et chaussettes.

– Je n'ai pas envie de continuer à en parler, dit-il calmement. Tu devrais sans doute rentrer au chalet.

Et… c'est tout.

Je me rhabille dans un silence mortifié. Je voudrais qu'Andrew me regarde comme il m'a regardée hier soir, les mains derrière la tête, un sourire éreinté et satisfait aux lèvres. Mais il me tourne le dos et fixe son téléphone. Quand je m'éloigne vers la porte sans un mot, il me suit, me raccompagnant jusqu'au chalet. Je ne suis pas surprise, mais j'ai le cœur brisé. Andrew sait que j'ai peur du noir et même s'il est en colère contre moi – même si je suis presque sûre que c'est terminé entre nous –, il reste l'homme le plus incroyable que je connaisse.

CHAPITRE 24

Une autre nuit sans sommeil.

Je n'arrête pas de me tourner et de me retourner. Je fixe le lit de Théo dans l'obscurité avec un étrange mélange de mortification et de colère. Mon instinct me dit que je n'aurais pas dû raconter à Andrew ce qui s'est passé avec Théo, mais mon instinct a toujours été un imbécile. C'est le genre de choses que j'aurais de toute manière dû partager avec lui, n'est-ce pas ? N'est-ce pas ce que les gens font quand ils tiennent à quelqu'un ? Ils confient leurs défauts et leurs erreurs avec autant de facilité qu'ils reconnaissent leurs forces ?

Mais à quelle réaction m'attendais-je de sa part ? M'attendais-je à ce qu'il éclate de rire ? À ce qu'il me croie aveuglément et attribue ma bêtise à une erreur cosmique géante ? Je ferme les yeux… c'est un peu ce que j'espérais. Je voulais qu'Andrew juge ce non-événement aussi ridicule que moi maintenant. Je voulais au moins qu'il compatisse. À ce stade, je n'arrive pas à comprendre comment j'ai pu espérer une telle chose.

Théo est descendu très tard au sous-sol. J'ai entendu ses pas dans l'obscurité, il a retiré son jean et grimpé dans le couchage du haut. Il m'a fallu cinq bonnes minutes pour parvenir à rassembler le courage de l'appeler, mais il était déjà endormi. Ou il faisait semblant. Non que j'y trouve quelque chose à redire. Hier soir, je me suis faufilée dans le chalet très tard et je me suis ruée dans mon lit pour éviter de parler à qui que ce soit.

Je rejoue tous les événements dans ma tête pour la centième fois, soudain fiévreuse. Je soupçonne qu'Andrew ne se sent pas beaucoup mieux dans le hangar à bateaux.

Nauséeuse, je m'extirpe des couvertures, saisis mon téléphone et me dirige à l'étage. Il est une heure et demie du matin.

Le carrelage de la cuisine est glacial sous mes pieds nus. Le couloir semble presque sinistre dans l'obscurité. Le craquement discret des dernières braises de la cheminée du salon m'attire. Elles s'efforcent de continuer à rougeoyer, crépitent et scintillent sous une montagne de bois noir de suie. Je ne peux pas décemment faire un feu sans risquer de réveiller Ricky, au sommeil si léger, et pas même une conversation avec Benny ne m'aiderait maintenant. Je récupère les couvertures des canapés et des fauteuils et me fabrique un lit de fortune devant le foyer.

Demain, c'est la veille de Noël et j'y ai à peine pensé. Certains d'entre nous passeront la matinée de Noël à l'église, puis nous nous régalerons d'un festin, ouvrirons nos cadeaux. Le jour de l'année que je préfère va être diablement gênant. Andrew est fâché contre moi. Théo est fâché contre Andrew *et* moi. Tout le monde est au courant pour Andrew et moi, mais il va être évident que quelque chose a mal tourné.

Univers, je demande, *en quoi ai-je gagné au change en comparaison du jour où nous avons quitté le chalet ?*

Alors, même si je suis d'avis que le whisky a un goût de troufignon enflammé, je m'en sers un petit verre et porte un toast aux braises qui s'éteignent doucement avant de le boire d'une traite.

J'ai besoin de dormir et, plus important encore, j'ai besoin d'échapper à mes propres pensées.

***

Je me réveille le dos douloureux et le cœur serré à l'instant où le soleil passe au-dessus des montagnes. Une couverture sur les épaules, je traîne des pieds jusque dans la cuisine, prépare du café, m'assois et attends l'inévitable : un réveil gênant avec le père des deux garçons que j'ai embrassés.

Ricky arrive.

– Maelyn, marmonne-t-il, toi et moi, nous nous ressemblons comme deux gouttes d'eau.

Mais il ne termine pas sa phrase.

Il se sert un café, s'assoit en grommelant et ferme les yeux. Il inspire profondément.

– Ça va, ma grande ?

– Pas top.

Il acquiesce et boit une gorgée.

– Ça va entre Andrew et toi ?

– Pas top.

Il continue à hocher la tête en examinant la nappe.

– Ça va avec Théo ? Je ne réponds pas, il ajoute : Laisse-moi deviner. « Pas top ».

J'enfouis ma tête entre mes bras et gémis :

– J'ai tout fichu en l'air. Aujourd'hui, il va y avoir tellement de malaise.

– Tu n'as pas tout fichu en l'air. (Il repose sa tasse.) Et quand bien même, tu es entourée de personnes expertes dans l'art de faire n'importe quoi, et ce, bien avant ta naissance.

Je le fixe.

– Que veux-tu dire ? Lisa et toi êtes ensemble depuis toujours. Ma mère et mon père ont été mariés pendant vingt-quatre ans.

– Bien sûr, c'est comme ça que vous le voyez, vous les enfants. (Il se reprend.) Même si vous n'êtes plus vraiment des enfants, n'est-ce pas ?

Je ris doucement.

– Non.

Il renifle et se gratte la joue.

– À vrai dire, le bien l'a emporté sur le mal depuis longtemps, mais tout le monde commet des erreurs à vingt ans. Bon sang, même à trente. (Il marque une pause et croise mon regard de l'autre côté de la table.) Peut-être aussi à quarante ou à cinquante.

– Pour être honnête, l'idée que tu puisses vivre un chaos émotionnel est… je n'arrive pas à l'imaginer.

Ricky éclate de rire.

– Tu sais que ta mère et Lisa étaient colocataires. Ton père, Benny, Aaron et moi avons vécu au même étage en première année, dans le dortoir. On a immédiatement accroché, on passait tout notre temps libre ensemble. (Je connais déjà cette histoire, mais ce qu'il s'apprête à dire me stupéfie.) Lisa et Benny se sont fréquentés pendant quelques semaines avant qu'elle et moi ne nous mettions ensemble. Si je me souviens bien, je crois que nous avons commencé avant leur rupture.

Je hausse les sourcils.

– Pardon, quoi ?

Il acquiesce.

– Tu crois que *ce* n'était pas le bordel ?

Il y a tellement d'éléments à digérer et à mettre en perspective que je réponds seulement :

– Benny avait une *copine ?* Et c'était Lisa ?

Ricky éclate de rire.

– En effet.

– Mais… vous êtes encore tellement proches.

Il me dévisage, l'air tendrement émerveillé.

– Bien sûr, trésor. C'était il y a plus de trente ans. Quand l'amitié vaut la peine, les gens s'efforcent de faire en sorte que ça marche. Comme avec tes parents. Nous avons survécu à leur séparation parce que nous accordons beaucoup de valeur à l'amitié qui nous lie.

– Et donc, que s'est-il passé ? À la fac ?

Il sirote son café, pensif.

– Les détails sont assez flous, mais si je me souviens bien, Benny était plus en colère à cause de notre manque d'honnêteté que du reste. Il a pris ses distances pendant un mois ou deux, mais il est revenu. Nous étions destinés à devenir une famille.

Le timing est parfait – ou peut-être terrible. La porte de derrière s'entrouvre, des bruits de bottes retentissent dans le vestibule et Andrew pénètre dans la cuisine.

– Salut, Drew.

Ricky boit une gorgée de café et m'adresse un clin d'œil. Je lui sourirais, mais je suis trop occupée à me concentrer pour éviter de m'effondrer.

Andrew se sert une tasse de café et fait mine de partir. Mais son père l'arrête.

– Viens t'asseoir avec nous.

Je ferme les yeux et tente de prétendre que je suis invisible.

Andrew jette un coup d'œil par-dessus son épaule, en lâchant un « papa » plein d'avertissement.

– Eh bien, tu pourrais au moins dire bonjour.

– Bonjour.

Je distingue un éclair de douleur dans ses yeux – qui doit être un mélange ambivalent de culpabilité et d'énervement –, et Andrew ressort.

Ricky soupire dans son café.

– Ça va aller. Parfois, les apparences sont trompeuses.

***

J'ai beau souhaiter de tout cœur que Ricky ait raison – que je n'aie pas tout gâché, que tout aille bien –, je ne vois pas comment. Au petit déjeuner, Théo se plonge dans une conversation sur les jeux vidéo avec Miles pour ne pas avoir à m'adresser la parole. Ma mère tente de croiser mon regard chaque fois qu'elle me fait passer un plat, et donc me tend constamment de la nourriture mais, malheureusement, une boule de regret prend toute la place dans mon estomac. Je me demande bien ce que mon père ou Benny lui ont dit parce qu'étrangement, elle n'insiste pas. Quand Andrew arrive finalement – bien après le petit déjeuner –, ce n'est pas seulement horriblement gênant, c'est douloureux. Il traverse la cuisine, marmonne quelque chose à Lisa dans le couloir, sort de la maison et monte dans son 4Runner.

Pendant plusieurs secondes chargées de tension, les occupants de la cuisine – ma mère, Aaron, Kyle, Benny, mon père et moi – nous taisons. Seul le moteur du quatre-quatre d'Andrew rugit, s'éloignant sur les graviers de l'allée. Une fois qu'il est parti pour de bon, nous reprenons nos occupations – principalement ignorer l'énorme éléphant dans la pièce –, mais l'humeur n'est définitivement pas à la joie.

Que l'ambiance soit aussi sombre est très étrange. En temps normal, nous nous amassons tous dans la cuisine. Il y a de la musique, on danse, on grignote tout en cuisinant, on se raconte des histoires, on se taquine. Pas cette fois : nous sommes tous inertes. Même le jogging métallique ajusté d'Aaron, assorti d'une énorme ceinture Gucci, n'est pas suffisamment absurde pour nous remonter le moral.

On n'entend plus que les bruits spongieux de ma mère qui prépare ses *mac & cheese* maison. Je n'arrive pas à me défaire de l'idée que c'est exactement le bruit que faisaient les zombies qui mangent dans *The Walking Dead*. Je n'arrive même pas à rire. On dirait que mes rires ont séché dans ma poitrine avant de commencer à prendre la poussière.

Personne ne me dit rien directement, mais le poids du silence semble dériver vers moi et peser sur mes épaules.

Ricky entre dans le chalet après avoir terminé de dégager l'allée arrière.

– J'ai entendu le moteur du 4Runner. Vous savez où est parti Drew ?

Nous bafouillons de vagues réponses et il passe au salon pour poser la question à Lisa. Dans la cuisine, le silence revient, et nous tendons tous l'oreille pour entendre la réponse.

Sa voix filtre dans le couloir.

– Je ne sais pas. Il a juste dit qu'il avait envie de prendre l'air.

Le volume de la question silencieuse de tous les autres – *qu'est-ce qui se passe, putain ?* – devient de plus en plus assourdissant. Je récupère quelques assiettes sales et me dirige vers l'évier.

Benny me suit.

– Salut, toi.

J'ouvre le robinet pour faire couler l'eau chaude et marmonne :

– Je suis l'équivalent humain d'un pet qui fait fuir tout le monde.

Malheureusement, j'ai parlé suffisamment fort pour que les autres m'entendent et Benny s'efforce sans succès de retenir son hilarité. Après un soupir soulagé, ils profitent tous de cette bouffée de légèreté pour s'approcher de moi, me faire un câlin, m'assurer qu'ils savent que je n'ai rien fait de mal. Je sais qu'ils ignorent ce qui se passe exactement mais que ça n'a pas d'importance pour eux. Ils m'aiment, ils aiment Andrew. C'est un mauvais moment à passer, comme Ricky l'a dit.

Pour eux, il s'agit d'un écueil à surmonter, qui nous rendra plus forts.

Je suppose que je vais devoir prendre la mesure de ce que signifie pour moi me remettre des sentiments qui m'ont hantée tous les jours pendant plus de la moitié de ma vie.

La voix de ma mère l'emporte sur celle des autres et je sais que mon répit est terminé, ce qui me convient. Je mérite probablement ce qu'elle va me dire.

– Mae. (Elle me force à me tourner, me prend la main, m'attirant loin de la mêlée.) Viens par ici, ma chérie.

Elle m'escorte hors de la cuisine, dans le couloir. Une fois seules, elle passe les mains dans mes cheveux en me regardant intensément dans les yeux. La honte me submerge, comme de l'eau chaude qui coulerait sur une brûlure.

– As-tu envie d'en discuter ?

– Pas vraiment. (Je ferme les yeux en refoulant une vague de nausée.) Je suis désolée. Je ne sais pas quoi dire, à part que j'ai déconné.

– Mais de quoi es-tu désolée, voyons ? demande-t-elle en prenant mon menton entre ses doigts pour que je la regarde en face. Tu as vingt-six ans. C'est le moment où tu es censée commettre des folies et « déconner » un peu.

Je suis surprise qu'elle ne soit pas plus énervée. Ma mère n'a pas peur des émotions fortes ; contrairement à mon père, elle exprime tout ce qui la traverse. Mon père est un penseur ; il réprime toujours ses émotions jusqu'à ce qu'elles explosent sous la pression, ce qui nous surprend toujours. Je l'ai entendu élever la voix seulement deux fois dans ma vie. Mais je m'y attends de la part de ma mère. Je m'attendais à ce qu'elle me passe un savon.

– C'est tout ?

Elle pouffe.

– Enfin, si tu as vraiment envie que je te gronde, je peux probablement trouver quelque chose à te reprocher, mais c'est Noël. Considère que c'est mon cadeau.

– Eh bien, dans ce cas, dis-je en grimaçant, je devrais aussi t'apprendre que j'ai démissionné. *Maintenant,* tu peux me passer un savon.

Son regard s'enflamme pendant la durée de sa grande inspiration contrôlée et puis, avec un rire las, elle m'attire contre elle.

– Viens par là. (Elle m'embrasse sur la tempe.) Tu es dans tous tes états.

– Oui.

Je suis tellement bouleversée que j'aimerais me jeter dans la neige pour me réveiller de ce cauchemar.

– Écoute-moi bien, parce que je vais te raconter un secret que tout le monde ne connaît pas : tout va bien se passer. Vraiment. Tu observes les autres agir de manière chaotique et tu penses que tu n'as pas le droit de l'être toi-même, mais c'est faux. Tu as le droit de ne pas être parfaite, mon cœur.

Lorsque je passe les bras autour de sa taille et me blottis dans son cou, je me sens enracinée ici pour la première fois depuis plus de jours que je ne peux les compter.

***

Andrew n'est pas revenu au moment où nous sommes prêts à distribuer et à ouvrir les cadeaux, donc nous nous mettons à faire des gâteaux. *Beaucoup* de gâteaux. Des cookies aromatisés à la menthe, une pièce montée mexicaine digne d'un mariage, du pain d'épice, des biscuits de Noël – ceux qu'on prépare tous les ans depuis toujours. Après avoir réservé une assiette pour le père Noël, sous un ciel de plus en plus sombre, nous commençons à mettre la table.

Les bougeoirs que nous utilisons appartenaient à la mère d'Aaron et sont une manière de nous remémorer comment tout a commencé. Je dispose les fleurs au centre de la table et les bouteilles de vin à intervalles réguliers sur toute sa longueur. Les jumeaux les ornent – ainsi que Miso, et eux-mêmes – de nœuds colorés trouvés dans le salon.

Andrew se glisse discrètement dans la cuisine au moment où nous finissons les préparatifs et s'installe aussi loin de moi que possible, dans le coin du fond, à la place habituelle d'Aaron.

Je suis sûr que tout est délicieux – c'est mon repas préféré de toute l'année, qui dégage une odeur absolument merveilleuse –, mais je ne me délecte de rien. Je mâche d'un air absent et déglutis, en m'efforçant de prétendre que je suis la conversation. C'est comme avoir une brique de glace dans l'estomac. Andrew m'évite du regard, ce qui m'attriste tellement que je ne comprends pas pourquoi je suis encore ici et non de retour sur le siège 19B. Je n'ai peut-être pas terminé de tout ruiner en beauté et l'Univers me laisse l'opportunité de sortir toutes mes cartes. Je prends mon verre de vin, rempli presque jusqu'à ras bord. Je suis sûre de ne pas le décevoir.

– On a pensé qu'on ferait mieux d'attendre ton retour pour ouvrir les cadeaux, dit Ricky à Andrew.

Andrew mâche, puis avale sa bouchée un peu rapidement, les joues rougies de culpabilité.

– Merci. Désolé. Vous n'étiez pas obligés.

– Pas de problème, chéri, ajoute Lisa. On voulait être tous ensemble.

Les jumeaux ont fait preuve de beaucoup de patience toute la journée, mais la perspective d'ouvrir les cadeaux équivaut à celle d'appuyer sur un interrupteur. Kennedy et Zachary laissent libre cours à leur excitation en piaillant. Je me souviens de ce sentiment, je me souviens de mourir d'envie de terminer de manger pour découvrir mes cadeaux et d'être finalement tellement reconnaissante d'avoir retardé le moment parce que cette journée passerait trop vite sinon. Mais cette fois, j'aimerais tout expédier pour me réfugier au sous-sol. Je voudrais me mettre au lit et succomber à l'obscurité. J'exagère peut-être, mais je me demande s'il serait possible de disparaître, une fois tous les autres endormis, prendre un avion pour Berkeley tôt et passer le jour de Noël seule chez moi. Mon écharpe se prendra peut-être dans l'escalator à l'aéroport et je reviendrai à la case départ. Serait-ce si terrible ? Honnêtement, je ne crois pas que ce soit pire que ce qui se trame maintenant.

Après avoir nettoyé et rangé, nous nous dirigeons lentement vers le salon. Tout autour de moi, mes êtres chers babillent joyeusement, excités de découvrir leur cadeau surprise de Noël. Ma mère apporte un énorme plateau de cookies, Ricky un pichet de lait et des verres sur un plateau. Les cocktails sont servis, la musique est allumée, le feu rugit. C'est tout ce que je préfère dans la vie, mais je n'arrive pas à en profiter. Quelle bonne leçon : prenez garde à ce que vous souhaitez. Je voulais réparer les dommages causés avec Théo, mais c'était seulement un début sur l'échelle de se gâcher la vie. Avec ce qui vient de survenir avec Andrew, j'ai l'impression d'avoir obtenu mon doctorat en idiotie.

***

De l'autre côté de la pièce, Andrew est assis sur un fauteuil, il contemple le feu de cheminée dans un silence qui ne lui ressemble pas. Je me demande où il a passé toute la journée, ce qu'il a fait. Comment peut-il avoir l'air si triste après la fin d'une relation de deux jours ? Je fais le deuil de ce que j'ai désiré pendant la moitié de ma vie. Quelle est son excuse ?

Il est peut-être en train de décider comment annoncer qu'il ne viendra pas l'année prochaine – si ces vacances ont lieu l'année prochaine – et franchement, c'est tout ce que je mérite.

Quand je me tourne vers les autres, Kyle porte un bonnet de père Noël : c'est à son tour de choisir quel sera le premier cadeau à être ouvert. Même si nous tirons tous seulement un nom, l'idée que chaque personne recevra seulement un cadeau est une plaisanterie. La pile sous le sapin est gigantesque. Les cadeaux des parents aux enfants, des enfants aux parents, les babioles que nous repérons tout au long de l'année et qui nous font penser à quelqu'un. Kyle reçoit toujours des objets aléatoires avec des tacos dessus. Aaron adore les chaussettes originales. On offre à mon père beaucoup de cadeaux blagues, des coussins Hourra, des prétendus chewing-gums Juicy Fruit au goût d'ordure, des bricoles à cacher dans la main donnant des décharges électriques quand on en serre une autre. Il adore jouer des tours à son équipe au travail et nous y participons tous plus ou moins malgré nous. Le tas de cadeaux sous le sapin est un étalage hilarant d'adoration, de capitalisme à l'œuvre et de notre incapacité à nous modérer en quoi que ce soit.

Lorsque Kyle m'apporte une petite boîte et que je vois le prénom d'Andrew sur la ligne *de la part de*, j'ai l'impression d'avaler un ballon de basket. C'est une nouveauté par rapport à la première fois. Je sais que suffisamment de choses ont changé dans cette version de la réalité pour que ça ne veuille peut-être rien dire. Ça pourrait être un détail acheté lors d'un passage au 7-Eleven. Comme une boîte de Snickers – mes sucreries préférées – ou une cannette de Clamato, pour se moquer de moi.

Mais le petit grognement qu'il pousse – comme s'il avait oublié le cadeau et aurait voulu le reprendre, l'escamoter – me laisse penser qu'il ne s'agit pas d'une boutade. C'est une preuve de tendresse.

Sous la pression de l'attention de tout le monde dans la pièce, je tire sur le ruban rayé vert et déchire l'épais papier rouge. La boîte porte le nom de la boutique dans laquelle nous étions ensemble. Mon ventre se serre. À l'intérieur, je découvre un tee-shirt avec une photo de Christopher Walken qui dit i'm walken on sunshine.

Aïe. Il a dû l'acheter dans la petite boutique hier après mon départ.

Ce cadeau est si parfait qu'il me tire presque un soupir de douleur, mais je lève les yeux et me force à sourire. Il y a de fortes chances pour que je ne parvienne jamais à rassembler la force nécessaire pour enfiler ce tee-shirt. Je dormirai sans doute juste à côté. Enfin, jusqu'à ce que j'aie quatre-vingts ans et qu'il ne soit plus qu'un tas de fils à force d'être caressé par une fille au cœur brisé. Ensuite, je serai forcée de faire des câlins à l'un de mes sept cents chats pour le remplacer.

– Merci, Andrew.

– De rien.

– Il est parfait.

Il contracte la mâchoire, hochant la tête vers le feu.

– Ouaip.

Benny fronce les sourcils et baisse la tête. Ma mère et mon père échangent des regards inquiets. Ricky et Lisa aussi.

Mais c'est à mon tour de choisir le cadeau suivant. Je me dirige vers le sapin sur des jambes incertaines et attrape la première boîte qui me passe sous la main. Heureusement, c'est pour Kennedy et son bonheur distrait l'assistance.

Les cadeaux sont ouverts. Les câlins prodigués. Tout autour de moi, tout n'est que voix joyeuses, excitation et couleurs chatoyantes. Je fais de mon mieux pour rester présente, sourire aux bons moments et répondre quand quelqu'un me pose une question. Je lance des *oooh* et de *aaah* quand il le faut – du moins, c'est ce que je crois. Mes parents m'ont offert une nouvelle Apple Watch. Miles un Snickers géant. Mon vrai cadeau secret de Noël vient d'Aaron, qui m'offre des billets pour un concert des Lumineers en février. Pendant quelques minutes, mon enthousiasme est réel.

Et puis, ma mère se lève pour remplir sa tasse de thé, j'entends la porte de la cuisine s'ouvrir, le cliquètement des griffes de chien sur le linoléum et son halètement désespéré.

– Oh. Oh non. Oh, Miso. (Elle appelle.) Andrew ?

Je ne sais pas s'il le fait exprès, mais Andrew croise mon regard. Je crois que nous savons tous les deux ce qui va se produire. Lorsque ma mère arrive dans le salon avec les restes de l'horrible pull de Noël d'Andrew, je pense pendant une seconde que je suis sauvée.

Il me croira.

Mais c'est bien le problème. Je lis dans ses yeux qu'il croit tout ce que je lui ai raconté, ce qui d'une certaine manière est pire.

Andrew se lève, prend le pull des mains de ma mère et quitte la pièce.

CHAPITRE 25

L'église catholique de St. Mary à Park City est un bâtiment impressionnant avec ses vieilles pierres et sa structure en bois, érigée au milieu d'un champ recouvert de neige. En été, elle est entourée par des arbres imposants et verts, mais à cette période de l'année les branches sont nues, uniquement décorées par les splendeurs cristallines de l'hiver.

Nous arrivons tôt pour la messe de Noël du matin – ma mère, Miles, Lisa et moi – en partie pour ne pas perdre trop de temps avec le reste du groupe mais aussi pour éviter le chaos des jeunes enfants plus tard dans la matinée.

Même si j'adore l'église de notre ville, le fait d'aller à St. Mary seulement une ou deux fois par an en fait un lieu spécial et symbolique pour moi. À l'intérieur, la simplicité est esthétique : un plafond voûté, des poutres croisées en bois pâle, des murs en pierres sans prétention. Des bancs d'église en bois lisse et de hautes fenêtres illuminant l'espace.

Et puis, malheureusement, il y a l'autel, la seule chose qui prouve que je suis une très mauvaise catholique et que j'irai sans doute directement en enfer. Messe du dimanche ou pas. Avec ses arches de pierre entourant une fenêtre en ogive, on dirait vraiment un sexe féminin de là où nous sommes assis, sur le côté, et ni Miles ni moi ne pouvons le contempler sans pouffer de rire.

Mais aujourd'hui, je le fixe pendant cinq minutes d'affilée sans réaliser que je scrute les profondeurs sombres du vagin de cette construction. Que m'arrive-t-il ?

Je détourne les yeux et me concentre sur mes mains posées sur mes genoux. Je suis chaleureusement entourée par ma mère à ma gauche et Lisa à ma droite. Elles ont collé leurs bras aux miens, un point de contact tellement simple mais rassurant. Mes deux mères, l'une parce qu'elle m'a donné naissance et m'a éduquée, l'autre parce que c'est sa meilleure amie depuis toujours. On aurait pu penser que l'ambiance serait bizarre avec Lisa après le fiasco émotionnel causé avec ses deux fils ces derniers jours, mais il n'en est rien.

Probablement parce qu'elle me connaît depuis plus longtemps que quiconque, en dehors de mes parents. Elle m'a prise à part ce matin alors qu'on marchait vers la voiture et m'a dit : « Je veux que tu saches que je serai toujours – *toujours* – là pour toi, quoi qu'il se passe. » Ce n'était pas un long échange, seulement un câlin et un sourire triste et compréhensif, mais c'était exactement ce dont j'avais besoin pour relâcher un peu la tension. Décevoir les adultes de ma vie est la kryptonite de ma paix intérieure.

De nous tous, ma mère est la plus pieuse, mais chacun a sa propre relation avec l'église. La mienne tend vers le réconfort sentimental : j'adore les chansons, la communauté, l'incroyable beauté de l'architecture (en dehors du sexe féminin). J'aime la constance des rituels. Ma mère n'a jamais exigé que nous ayons les mêmes croyances qu'elle – après tout, mon père éprouve un désintérêt prononcé pour tout ce qui a trait à la religion – ou que nous devions suivre les commandements de l'Église, ce qui est tant mieux parce que j'ai toujours été fermement convaincue que la Bible est une fiction. Elle nous demande seulement de venir et d'écouter respectueusement, de tenter d'être toujours bons et gentils, et de faire de la générosité une valeur dans nos vies.

Mais *maintenant*, c'est la première fois que j'entre dans une église après avoir obtenu une preuve réelle et irréfutable qu'un pouvoir qui me dépasse est à l'œuvre dans ce monde. Je n'en connais pas la nature exacte, mais je suis forcée d'admettre que je ne comprends pas tout ce qui se passe. Je crois maintenant que l'Univers se livre à des actes de gentillesse aléatoires et qu'il nous appartient de décider quoi en faire.

Il m'appartient de découvrir comment mettre la semaine dernière derrière moi et trouver le bonheur

– que ce soit avec Andrew ou en suivant une autre trajectoire dans ma vie.

Alors que le prêtre prononce tranquillement son sermon sur l'Évangile de Luc, je ferme les yeux et tente de brouiller tous les sons et toutes les images. J'essaie d'être présente durant ce moment apaisant, d'absorber la chaleur de ma mère à côté de moi et la fermeté du dossier dans mon dos. Je déploie toute mon énergie pour ne pas émettre d'autres vœux silencieux – le pardon d'Andrew ou un job qui me donnerait envie de me lever le matin. J'ai passé des années à ne pas compter sur ma capacité à prendre des décisions et à me laisser porter. Dès le moment où j'ai cessé d'être aussi passive et où j'ai suivi mes instincts, tout a commencé à s'arranger. Ce ne peut pas être une coïncidence. Je sais ce qui me rend heureuse, me faire confiance. Quel cadeau, n'est-ce pas ? J'ai trouvé la clé du bonheur.

Maintenant, il ne me reste plus qu'à découvrir comment le reconquérir.

Ma mère se penche et me chuchote à l'oreille :

– Est-ce que ça va ?

Ma mère ne parle jamais durant la messe – encore moins pendant la messe de Noël –, à moins que ce soit pour nous demander le silence. Mais elle préférerait se couper un bras plutôt que de laisser ses enfants traverser seuls une épreuve.

– Juste en train de réfléchir. Je voudrais que tu sois fière de moi. Je voudrais être fière de moi.

– Je suis toujours fière de toi. (Elle me prend la main.) J'ai confiance en toi. La seule personne à qui tu dois rendre des comptes, c'est toi-même. (Elle m'embrasse le dos de la main.) Je voudrais que tu trouves ce qui te rendra heureuse.

Elle se redresse, regarde droit devant elle, sans savoir à quel point ses mots viennent de me réchauffer le cœur. C'est réel. Il y a tellement de choses sur lesquelles je dois travailler, mais c'est un moment de prise de conscience, comme lorsqu'on arrive à placer une pièce de puzzle.

La seule personne à qui tu dois rendre des comptes, c'est toi-même.

Quand j'ai cru que rien n'avait d'importance et que personne ne s'en souviendrait, j'ai commencé à vivre authentiquement. J'ai démissionné. J'ai été honnête avec mes sentiments. J'ai poursuivi mes objectifs sans peur.

J'ai les pieds bien ancrés dans le sol, le dos contre le bois.

Je suis consciente de l'air frais et clair à l'intérieur, du fredonnement et de la vibration de centaines de corps autour de moi. L'écho de mon vœu que me renvoie ma mère fait naître une idée.

***

Miles me rattrape sur le chemin enneigé du chalet.

– Ça va ?

C'est la première fois que nous parlons vraiment depuis cette matinée sur le porche, et je n'ai aucun doute : mon frère de dix-sept ans est extrêmement perturbé par ce qui arrive à sa sœur ennuyeuse et tranquille.

– Oui, ça va. (Je soupire lentement.) Quelle étrange semaine !

– On dirait bien.

Je m'arrête à quelques pas du porche et lève les yeux vers le chalet. Après m'avoir adressé un petit signe entendu de la tête, ma mère suit Lisa, martelant la terrasse avec ses bottes. Elle se réfugie au chaud à l'intérieur. Mais même si je sais qu'une partie de mon plan pour arranger les choses est en marche, le désarroi me prend à la gorge. Aujourd'hui, c'est notre dernière journée complète ici.

Miles fait traîner ses chaussures brillantes sur le chemin mouillé en direction de la maison. Ma mère risque de ne pas être ravie de découvrir la neige fondue et le sel qui trempent le bas de son pantalon pour l'église, mais je ne suis pas prête à entrer non plus. Si mon frère veut traînailler, alors d'accord.

– Théo m'a dit qu'il regrettait de s'être énervé contre toi l'autre jour.

Oh.

Ses paroles détournent mon attention du chalet, je le regarde. Miles est déjà plus grand que mon père. Il est tellement naturel de le considérer comme un éternel enfant, mais dans seulement quelques mois, il partira de la maison pour étudier à l'université. Il quittera le nid et tout se passera bien.

Je plisse les yeux à cause du soleil qui se réfléchit sur la neige.

– Théo a dit ça ?

Il acquiesce.

– Hier soir. C'est sorti de nulle part. Que s'est-il passé entre vous ?

– C'est entre Théo et moi.

Il cligne des yeux et danse d'un pied sur l'autre.

– Qu'est-ce qui te préoccupe, mon chou ?

– Est-ce vrai que Ricky et Lisa vont vendre le chalet ?

Je prends le temps de réfléchir. J'hésite sur la quantité de détails à lui confier avant qu'ils nous l'annoncent eux-mêmes.

– Je crois. C'est la rumeur, du moins. De qui l'as-tu entendu ?

– Papa a fait un commentaire. (Il contemple le chalet, puis fronce les sourcils.) Ça craint. J'aimerais que maman ou papa l'achète.

Et soudain, l'illumination dans mon esprit, un coffre à trésor qui s'ouvre lentement. Je plante un baiser sur la joue de mon frère et gravis les marches en courant, à la poursuite de ma deuxième excellente idée en une seule matinée.

***

– Benito Mussolini, je lance en entrant dans le salon paisible, pour mon plus grand bonheur. Quel plaisir de te trouver ici.

Le sapin de Noël scintille comme s'il était chargé de joyaux dans un coin de la pièce ; le feu de cheminée crépite tout proche. À l'étage, j'entends les jumeaux courir, probablement toujours en pyjama et surexcités par toutes les sucreries trouvées dans leurs chaussettes de Noël.

– Eh bien ! (Benny lève les yeux de son livre et glisse son pouce pour garder sa page.) Tu es étrangement joyeuse.

– Mon humeur est étrangement joyeuse. C'est Noël, après tout. (Je désigne le couloir.) Tu m'accompagnes pour qu'on discute ?

Il se lève, me suit et nous montons à l'étage jusque dans le grenier. Je ne croise pas Théo, Andrew est sans doute dans le hangar à bateaux, accompagné de sa guitare et de ses regrets. Mais c'est pour le mieux : je ne pourrais pas avoir cette conversation s'il était dans les parages.

Il fait froid ici en comparaison avec la chaleur écrasante du salon. Benny récupère une couverture sur le lit pour me couvrir les épaules, puis enfile son pull en cachemire vert. C'est tout à fait représentatif de Benny : avoir suffisamment d'argent pour s'offrir du cachemire mais choisir d'acheter un pull identique à celui qu'il a toujours porté.

Assis sur une chaise branlante à côté de la fenêtre, il me fait signe de prendre place sur une option plus stable – un tabouret en bois – et écarte ses cheveux de son visage.

– Comment ça va, Andouille ?

– En prenant un peu de recul, ça va super. Sans emploi mais en bonne santé, avec une communauté assez géniale autour de moi, si j'ose dire. (Je marque une pause et regarde un oiseau atterrir sur la branche devant la lucarne du grenier.) Mais dans le royaume de l'amour romantique, comment dire ? Assez merdique.

Il rit malgré le poids de la vérité.

– C'était bon tant que ça a duré ?

– Les trente secondes qu'a duré ma vie romantique avec Andrew Polley Hollis ? Oui, Benny, c'était putain de grandiose.

Les coins de la bouche de Benny retombent un peu et, à la seconde suivante, il se renfrogne complètement. Pendant des années, il m'a écoutée déblatérer éperdument sur Andrew. L'été avant ma seconde, Benny m'a surprise en train d'écrire nos prénoms ensemble sur un reçu de Park City Mountain et j'étais tellement gênée que j'ai tenté de brûler la pièce à conviction avec l'une des bougies aromatisées de Lisa. J'ai fini par mettre le feu à un oreiller. Benny m'a tenu compagnie pendant le cours de prévention contre les incendies de quatre heures que mes parents m'ont obligée à suivre, pour que je ne sois pas obligée de rester seule toute la journée.

Quand j'avais dix-neuf ans, Benny a été le premier à courir dans la cuisine quand je me suis ouvert le front. J'étais censée vider le lave-vaisselle, mais je n'arrivais pas à détacher les yeux d'Andrew qui grattait sa guitare à la table de la cuisine. Je me suis redressée sans regarder et j'ai heurté le coin d'un placard. J'ai sans doute des centaines d'histoires dans le genre, et Benny en a été le témoin pour la grande majorité d'entre elles.

– Je suis triste pour toi, dit-il maintenant.

– Je suis triste pour moi aussi. (Je déglutis malgré la boule de chagrin qui occupe ma gorge.) Mais je suppose qu'il y a une bonne leçon à tirer : effacer ses erreurs est impossible. Il faut découvrir la manière de les réparer.

– Est-ce la raison pour laquelle tu m'as fait monter ici ?

– En effet, dis-je en glissant mes mains entre mes genoux. Mais je ne suis pas là pour parler du problème Andrew.

Il fronce les sourcils et fouille dans son sac pour récupérer sa pipe.

– De quoi s'agit-il, alors ?

– Tu as dit quelque chose au sujet de Spotify dans le *diner*.

Il acquiesce en allumant la pipe avec son briquet. L'étincelle imprime un feu d'artifice sur ma rétine qui tarde à se dissiper. Il inspire profondément, puis souffle la fumée sur le côté pour ne pas me déranger avant de s'affaler sur son siège.

– J'en ai parlé, n'est-ce pas ?

– Je me rends compte que c'est très intrusif, mais j'ai été très surprise de te voir laisser cent dollars pour mon café juste parce que tu n'avais pas de plus petites coupures.

– Ouais. (Il hoche la tête en regardant derrière moi.) Ç'a été une surprise. Plutôt agréable.

– Quand as-tu… je bafouille. Enfin, je n'en avais pas la moindre idée.

– Eh bien, pour être juste, je n'en faisais pas un secret. Mais on parle rarement d'argent pendant les vacances de Noël, dit-il en souriant. À dire vrai, j'ai vendu quelques actions il y a peu. Tu me connais. (Il désigne son jean déchiré.) Je n'accorde pas trop d'importance à ces trucs. Je préfère user mes vêtements jusqu'à la corde. Je n'avais pas la moindre idée de quoi faire de tout cet argent. Un mec me donne des conseils maintenant. Il est bon. Intelligent. Et fiable, je pense.

– Eh bien, dis-je en sentant mon estomac se tortiller et la nervosité me submerger. Je ne voudrais pas devenir le cliché de l'amie horrible, mais je me demandais si je pourrais te proposer de m'aider à faire quelque chose.

Benny m'adresse un léger sourire.

– Je crois que je sais où tu veux en venir.

Je cligne des yeux.

– Où est-ce que je veux en venir ?

Il lève le menton.

– Continue.

Je me recroqueville de plus en plus sur moi-même, en regrettant d'avance ce que je m'apprête à dire, mais je me lance en grimaçant :

– Tu pourrais peut-être devenir mon aval à la banque pour obtenir un prêt afin d'acheter le chalet ?

Son expression change. Je l'ai surpris. Donc je m'empresse d'ajouter :

– Je peux sans doute couvrir les mensualités, j'ai des économies. Et une fois que j'aurai un nouveau job, je pourrai payer l'hypothèque. Je vis chez ma mère, je n'ai quasiment aucune dépense. Je suis sûre de trouver un boulot relativement rapidement et tu serais seulement mon cosignataire.

Il a toujours les sourcils froncés et je suis mortifiée d'insister, mais je le fais.

– Tu pourrais vivre ici sans payer de loyer et te contenter d'être Benny. Jouer de la guitare. Faire des bêtises. Je paierai l'hypothèque et une fois que j'aurai économisé, je pourrai payer de plus gros trucs. Ce serait un investissement. Je réalise aussi que ça dépend de ce qu'ils demanderont… OK, ça dépend de beaucoup de choses… (Je marque une pause et reprends mon souffle.) Je n'ai juste pas envie que nous perdions cet endroit.

– Je n'ai pas envie que nous le perdions non plus. (Il m'examine pendant plusieurs secondes.) En être propriétaire est important pour toi ?

Je secoue la tête.

– Enfin, je sais que devenir propriétaire d'une maison, surtout d'une vieille maison et *surtout* dans un autre État, n'est pas facile. Mais si tu vivais ici, ce serait peut-être plus simple ? Je ne sais pas. Je réalise que ça paraît dément. Pour être honnête, tous ces détails me sont venus il y a une demi-heure. Ce n'est pas tant la question d'en être propriétaire que la possibilité de conserver cet endroit pour nous y retrouver. Je pense vraiment que c'est l'une des choses que je suis censée réparer.

Il acquiesce avec l'air de comprendre.

– Je vois.

– Réfléchis-y. (J'ajoute rapidement.) Ou pas. Enfin, je ne sais pas si je t'ai insulté ou…

– Absolument pas.

– … ou si c'est faisable ? (Je grimace d'un air désolé.) Je me sens vraiment naïve tout d'un coup.

– Je suis désolé, dit-il avec un sourire et il se penche pour me prendre les mains. Tu ne m'as pas insulté et tu n'as pas l'air naïve du tout, trésor. Te faire patauger n'était pas mon intention, j'essayais de percer tes motivations et je me demandais si je t'enlèverais quelque chose que je n'avais pas pris en considération.

– M'enlever… ? (Je secoue la tête.) Je ne comprends pas.

– T'ôter l'opportunité d'être propriétaire de cet endroit. J'ai déjà fait une offre à Ricky et Lisa.

J'ouvre la bouche, mais rien n'en sort, en dehors d'un grincement sifflant de zombie. Finalement, je dis :

– Une offre pour le chalet ?

Il me serre les mains.

– La première fois que tu as vécu cette semaine, tu as appris que Ricky et Lisa vendaient le chalet le dernier jour. Et enfin, qui sait ? Je serais peut-être intervenu plus tard pour faire une offre, mais je me connais. J'ai du mal à m'engager pour des choses aussi importantes. J'aurais peut-être été triste comme les autres et j'aurais brièvement envisagé de l'acheter, mais de retour à Portland, je parie que je me serais convaincu du contraire. Mais tu me l'as dit le premier jour. Alors… (Il me sourit.) J'ai passé toute la semaine à soupeser à quel point j'adore cet endroit et à essayer d'imaginer ne plus jamais y retourner avec vous tous. Savoir ce qui se passerait m'a aidé à me faire à l'idée de sauter le pas. J'en ai aussi profité pour fourrer mon nez dans les affaires de Ricky. (Son sourire devient carnassier.) Subtilement, bien sûr. Juste une question par-ci, par-là.

– Je suis désolée. (Je tends les mains, incapable de refréner mon euphorie.) Qu'est-ce que ça veut dire ?

– Ça veut dire que je vais acheter le chalet.

Je bondis de mon siège et me jette sur lui pour l'enlacer. Sa chaise craque, se casse et nous roulons tous les deux sur le plancher poussiéreux.

– Je suppose que ça te convient ?

Benny rit sous moi.

***

Je suis certaine que ma prochaine conversation ne pourra pas rivaliser avec la perfection de mon échange avec Benny, mais je suis soulagée. Lorsque je descends au sous-sol, Théo ne se lève pas immédiatement pour partir.

En réalité, il sourit.

Il est assis à la table de jeu, vêtu d'un pull de Noël Captain America qui paraît au moins une taille trop petite et il tient un mug de café à la main.

– Je te cherchais.

– Tu es bien le seul. (Je ris en m'asseyant.) La plupart des habitants de ce chalet se détournent chaque fois que j'arrive.

– Aïe, ce n'est pas si grave, n'est-ce pas ?

Je secoue la tête.

– Je plaisante. Tout le monde a été incroyablement patient avec mon désastre interne, comme je m'y attendais.

– Sauf moi.

Je ris un peu trop fort.

– Sauf toi.

– Écoute, dit-il. Je me suis comporté comme un imbécile hier. Je suis désolé. Tu me connais… Parfois, j'ai juste besoin d'un peu de temps pour remettre de l'ordre dans mes idées.

Je ne crois pas avoir été consciente de la tristesse que m'inspirait la fêlure de notre relation avant d'entendre ces mots. Les larmes montent comme une vague dans ma gorge. Bien sûr, je le connais. J'ai toujours su qu'il mettait du temps à s'énerver et encore plus de temps à désamorcer sa colère. Donc pourquoi ne lui ai-je pas accordé le bénéfice du doute la première fois ? Avec le recul, il avait juste besoin que je le laisse tranquille le matin suivant, afin de digérer sa propre mortification. Tout ce temps, j'ai été en colère contre lui parce qu'il s'est comporté exactement comme il l'a toujours fait.

Mais avant de parvenir à les refouler, les larmes coulent. Il saute immédiatement sur ses pieds et fait le tour de la table, s'agenouillant pour m'enlacer. Je suis sûre que ma réaction le déroute, mais il ne peut pas savoir à quel point j'avais besoin d'entendre ses excuses – pour une erreur que cette version de Théo n'a même pas commise. C'est un peu comme être en colère contre quelqu'un après que cette personne s'est mal comportée dans un cauchemar ; ce n'est pas de la faute de Théo si j'avais besoin de prendre mes distances avec lui.

Il demande d'une voix grave contre mon épaule :

– Vas-tu me raconter ce qui t'arrive ?

La perspective de tout revivre me donne l'impression de courir droit dans un mur de briques – métaphoriquement. Je sais aussi que cela ne l'aidera pas. Si Théo avait du mal à accepter ma relation avec Andrew, découvrir ce qui a eu lieu dans une autre version de la réalité ne présente aucun avantage. Le lui raconter ne m'aidera pas à me sentir mieux, n'aidera pas Théo à se sentir mieux et n'améliorera absolument pas la situation entre Andrew et moi.

– Ça te dérange si on évite le grand déballage ? Je crois que, dans ce cas précis, je ferais sans doute mieux de passer à autre chose.

Il s'écarte, lève le menton et me dévisage avec douceur.

– OK, je te laisse tranquille. Mais si tu changes d'avis, tu sais que je suis toujours là pour te donner de mauvais conseils.

Je glousse.

– Merci.

Après un long silence, il me demande :

– Donc tu avais vraiment le béguin pour mon frère depuis tout ce temps.

J'acquiesce.

– Depuis nos treize ans.

Il siffle doucement d'un air compatissant.

– Ça fait un bail, Mae. Putain.

– Serait-il bizarre de t'avouer que je ne sais pas ce que je ressentirais si je n'étais pas amoureuse d'Andrew ?

– Ce n'est pas bizarre du tout. Enfin, tu peux en parler avec moi, tu sais ?

– Ouais.

– Ai-je tout fait foirer entre vous ?

J'éclate de rire.

– J'ai bien peur que non. J'y suis parvenue toute seule comme une grande.

– Tu crois que ça peut s'arranger ?

Je me mordille les lèvres.

– Je vais tout faire pour.

Théo se lève pour s'asseoir sur la chaise à côté de moi.

– Je ne sais pas exactement ce qui s'est passé entre vous, mais Andrew est très discret. Donc le fait qu'il ait immédiatement voulu en parler à tout le monde est assez dingue. (Il effleure une rayure sur la table.) Je crois que c'est ce qui m'a fait réagir hier. La familiarité. J'ai cru que vous étiez ensemble depuis longtemps.

Je laisse échapper un rire sec.

– Nan.

– Il avait l'air *rangé*, tu sais ? Donc, pour ce que ça vaut, je crois que si tu as de vrais sentiments pour lui, tu devrais te battre encore un peu avant de laisser tomber.

Je jette un coup d'œil à mon téléphone et réalise que si je compte faire un coup d'éclat, j'ai plutôt intérêt à m'y mettre.

– Je préférerais me couper le bras plutôt que de tourner la page avec ton frère, donc je n'abandonnerai pas. (Je me lève et dépose un baiser sur sa joue.) J'ai un plan. Souhaite-moi bonne chance.

CHAPITRE 26

Dans la première version de ce séjour, Andrew n'était pas seul dans le hangar à bateaux le jour de Noël. À cette heure environ – aux alentours de cinq heures de l'après-midi –, il accrochait des guirlandes métalliques et des morceaux de papier cadeau à motif houx dans la cuisine avec Zachary et Kennedy, il chantait des comptines de Noël d'une voix de Muppet. Les jumeaux se tordaient de rire.

Mais cette fois, la cuisine est tranquille. On ouvre les cadeaux et on fourre le papier froissé dans la poubelle de recyclage. Il n'y a pas de guirlande en évidence ni de minuscules ciseaux sur la table ou de rebuts de papier éparpillés par terre. Nous mangerons les restes dans une heure mais, pour l'instant, tout le monde profite de la pause pour faire une sieste, lire ou siroter un cocktail à côté de la cheminée, savourant les derniers instants que nous passerons ensemble. Mais pas moi : dans le grenier de Benny, je me mets au travail.

Et puis, le cœur serré, je saisis le paquet que ma mère m'a aidée à achever et marche péniblement à travers la neige fraîche pour atteindre la petite Forteresse de Solitude d'Andrew.

Il ne répond pas quand je frappe, donc je reste inutilement dehors pendant environ deux minutes – en me demandant que faire, en paniquant parce qu'il m'ignore, jusqu'à ce que mon hystérie atteigne un point critique – avant de songer qu'il faut peut-être simplement que je toque plus fort.

– Entrez, s'écrie-t-il cette fois. C'est ouvert.

Je pousse la porte et entre.

Le sac de voyage de Andrew est prêt et les duvets sont enroulés, appuyés contre le mur du fond. Il est assis sur le lit de camp, une jambe repliée sur l'autre, et il joue de la guitare.

J'ai préparé un petit discours, mais voir son sac prêt me met dans tous mes états. Je ne suis même pas certaine qu'il prévoyait de dire au revoir.

– Tu rentres à Denver ce soir ?

– Ouais. (Il lève les yeux et tente de sourire. Malgré la tension entre nous, il ne peut pas s'empêcher d'être gentil.) Après le dîner.

Je bégaye, incapable de penser à la réplique la plus appropriée.

– Es-tu au courant pour Benny et le chalet ?

Je grimace intérieurement, en me souvenant de ce qu'il a dit sur le syndrome du sauveur que m'inspire cet endroit.

– Papa m'en a parlé tard hier soir. (Sa voix est inhabituellement plate.) Bonne nouvelle.

– Ouais.

Je m'enfonce dans des sables mouvants ; je n'ai aucune idée de quoi lui dire maintenant.

– Je t'ai apporté un cadeau.

Il fronce les sourcils, surpris, et me dévisage de l'autre côté de la pièce.

– Mae, tu n'avais pas à m'offrir quoi que ce soit.

– Ce n'est pas un cadeau de Noël, je précise en décidant de commencer mon discours. Écoute, Andrew, je sais que tu es en colère contre m…

– Je ne suis pas en colère contre toi, rétorque-t-il avec douceur. Je suis en colère contre moi. (Il continue à gratter les cordes d'un air absent, tandis qu'il réfléchit.) Plonger la tête la première dans une relation n'est pas mon genre et j'ai une fois de plus la confirmation du pourquoi de la chose.

Je ne peux m'empêcher de l'interroger :

– Pourquoi ?

Il me dévisage d'un air chagrin car il sait que ses paroles vont me faire mal.

– Parce que même en connaissant une personne depuis toujours, je suis capable de me tromper sur elle.

Wouah. Il aurait tout aussi bien pu me décocher un coup de poing. Mais il a tort : certes, nous nous connaissons depuis le berceau, mais j'étais davantage moi-même avec lui que je ne l'ai jamais été auparavant.

– Tu ne t'es pas trompé sur moi. (J'avance un peu plus dans la pièce, mais laisse plus d'un mètre entre nous.) Enfin, nous avons peut-être rencontré un obstacle tout au début de notre relation, mais tu ne t'es pas trompé sur moi. Et c'était fantastique, Andrew. Si ça n'avait pas été aussi bien, tu ne serais pas aussi bouleversé maintenant.

Il soutient mon regard pendant un long moment avant de battre des paupières et de se remettre à gratter sa guitare.

– Il y a quelques années, j'ai demandé à ma mère ce qu'elle a ressenti en rencontrant mon père et elle m'a raconté, en gros, qu'ils s'étaient croisés dans leur dortoir, qu'ils avaient commencé à sortir ensemble et qu'ils ne s'étaient plus quittés depuis ce jour-là.

Il ne répond pas, mais il m'écoute. Je le sens. Même s'il joue de la guitare, il est pleinement présent, avec moi.

– Je lui ai demandé : « Est-ce que tu savais ? » et au lieu d'expliquer que c'était le destin ou quoi que ce soit de romantique, elle m'a dit : « Je suppose ? Il était sympa et c'est la première personne qui m'a encouragée à peindre. » Je sais qu'ils sont divorcés et que le recul change probablement tout, mais elle me parlait à *moi* – le produit de ce mariage – et elle ne m'a pas raconté un coup de foudre ni qu'elle ne pouvait pas alors s'imaginer être avec quelqu'un d'autre. Ça s'est juste *produit*.

J'attends qu'il réagisse, mais il n'en fait rien. Dans le silence, les paroles de la chanson qu'il joue d'un air absent m'enveloppent comme une bouffée d'air chaud.

Don't know much about history...

And if this one could be with you...

Il est tellement distrait que je ne sais pas s'il réalise ce qu'il joue. Je continue :

– Je veux dire, évidemment, je suis restée sur ma faim. (Une pause.) Même si personne n'a envie d'imaginer ses parents en train de fricoter, on préférerait imaginer quelques feux d'artifice, de la passion, une prédestination impérieuse.

– Ouais.

Il s'éclaircit la gorge et se remet à accorder sa guitare.

– Je sais que toi et moi – *nous* – nous sommes désintégrés dans les airs. Mais même ainsi, je ne peux pas m'empêcher de penser qu'on tenait quelque chose. J'en ai rêvé pendant si longtemps alors que tu n'en avais aucune idée. Et puis, quand tu as découvert mes sentiments, il y a eu comme… un déclic en toi. (Je me tais pour chercher les bons mots.) Ce qui s'est passé entre nous était vraiment romantique.

Il hésite avant de replacer ses doigts sur les frettes. Il se remet à jouer.

– Et ce n'était pas seulement romantique en théorie : c'était romantique dans la réalité. Chaque seconde passée avec toi était proche de la perfection.

(Je danse d'un pied sur l'autre.) Choisir notre arbre, des flocons de neige dans tes cheveux, la luge, le placard, notre nuit ici. J'ai vécu ces moments grâce au vœu que j'ai formulé. Un vœu ! Qui eût cru que les vœux étaient réellement exaucés ? Le monde n'a rien à voir avec ce que je croyais – après tout, la *magie* est bien réelle, existe vraiment – mais ce n'est même pas le plus difficile à digérer. La partie la plus incroyable de tout ça, c'est que j'ai pu être avec *toi*. L'homme de mes rêves.

Andrew incline la tête en arrière et la pose contre le mur, les yeux fermés. Il laisse sa guitare à côté de lui sur le lit de camp. Il paraît fatigué et prend une profonde inspiration. Je sens qu'il ne me rejette pas. Il ne se contente pas non plus de m'écouter passivement, il absorbe chaque mot. Ce qui me donne la confiance de continuer.

– Et même si je l'ai souhaité, je ne me suis pas *reposée* sur mes lauriers. J'aurais pu omettre de te raconter ce qui m'arrivait, passer sous silence l'erreur que j'ai commise avec Théo. (Je lève le menton.) Mais je suis fière de te l'avoir racontée. Aurais-je préféré mieux te l'expliquer ? Bien sûr. Mais je t'ai dit la vérité parce que je ne voulais pas commencer notre relation sur un mensonge. J'ai été honnête sur mes sentiments. J'ai été honnête sur mes erreurs. J'ai été honnête lors des meilleurs et des pires moments que j'ai vécus cette semaine. (Je prends une inspiration pour me calmer parce que ma voix commence à s'étrangler.) Et s'il y a bien une chose que nous avons faite à la perfection, c'est communiquer, être transparents et honnêtes entre nous depuis le début. Depuis le début, nous avons *communiqué.* Il n'y a personne au monde avec qui je me sois déjà sentie aussi à l'aise.

Il ne reste pas indifférent, je m'en rends compte. Il serre les dents, sa pomme d'Adam remonte quand il déglutit.

– Confier des choses qu'on ne partagerait jamais avec quelqu'un d'autre est tellement intime. On permet à cette personne de nous connaître, sans filtre. Donc je suis désolée que cette situation soit une telle déception et je suis désolée si l'intensité de mes sentiments pour toi t'a poussé à prendre des décisions hâtives. Mais je t'aime depuis que j'ai découvert la signification du mot « amour » et je ne peux pas revenir en arrière. Jamais je ne souhaiterais que mes sentiments disparaissent. T'aimer est la preuve dont j'avais besoin qui prouve que l'amour peut durer des décennies. Peut-être même toute une vie, qui sait. (Je toussote et ajoute sans réfléchir.) Mais espérons que je t'oublie parce que sinon, ça craindra pour nous *et* ta future femme.

Je laisse échapper un *ha-ha* gêné dans le silence pesant qui règne dans la pièce… jusqu'à déglutir très bruyamment. J'aimerais que le sol s'ouvre sous mes pieds.

Mais je ne peux pas m'arrêter maintenant. Dans un sursaut de bravoure, je traverse la pièce pour lui tendre le cadeau emballé dans un épais papier vert brillant surmonté d'un nœud rouge mat. Quand j'ai terminé de mon côté, ma mère me l'a emballé. Elle me l'a tendu, des larmes dans les yeux, avant de m'embrasser dans la paume de la main.

– Je voulais t'offrir ça. Je l'ai intitulé *Bonheur.*

Finalement, il baisse la tête et ouvre les yeux, sans pour autant me regarder. Il examine avec circonspection le paquet que j'ai à la main.

– Qu'est-ce que c'est ?

– Ouvre-le.

Il me regarde brièvement, l'air confus. J'ajoute :

– C'est un original de Maelyn Jones. Dans un cadre peint par Élise Jones. On l'a fait aujourd'hui.

Avec hésitation – et révérence –, il le prend. Avec ses doigts qui ont effleuré presque toute la superficie de ma peau, il défait le nœud en soie. Le bruit de l'épais papier qui se déchire résonne dans la pièce. Nous n'avons pas mis le cadeau dans une boîte, il est emballé tel quel : un dessin encadré, fusain sur papier.

Je me demande brièvement où ma mère a trouvé le simple cadre en bois qu'elle a tendrement décoré avec des peupliers frémissants peints avec art – si Lisa a sacrifié un vieil objet sans valeur sentimentale pour faire de la place ou si Benny a aidé ma mère à fouiller dans le grenier –, mais je n'ai pas vraiment le temps de m'y appesantir, parce qu'Andrew inspire et paraît adorablement dégonflé lorsque tout l'oxygène quitte ses poumons.

Sur mon esquisse, la silhouette doit avoir dans les quatre-vingts ans, mais on reconnaît Andrew. Je me suis efforcée de capturer la gentillesse chaleureuse de son regard, l'insoumission de ses cheveux, la courbe rieuse de sa bouche. Et la femme à côté de lui, c'est évidemment moi. J'ai tenté d'adoucir mes pommettes, de capturer la rondeur de ma lèvre inférieure et la profondeur de mes yeux joyeux.

Nous sommes assis sur la balancelle du porche, devant le chalet, côte à côte, les doigts entrelacés. Ma main gauche est posée sur ses genoux, ornée d'une alliance simple. Andrew vient de faire une plaisanterie parce que je ris. J'ai la bouche ouverte, la tête inclinée en arrière d'allégresse, et ses yeux brillent d'une fierté ravie. Nous ne faisons pas semblant ; nous ne paraissons même pas conscients que quelqu'un puisse se trouver dans les parages et nous observer.

Qui sait ce que nous avons vécu ces soixante dernières années, mais nous sommes indéniablement heureux.

– Mandrew et Maisie, je précise d'une voix grave. Je n'ai pas eu le temps de peindre, mais je crois que je préfère comme ça. De cette manière, c'est seulement une esquisse, juste une possibilité. Même si ça ne devient rien de plus, tu seras le seul à me rendre aussi heureuse et je t'en suis infiniment reconnaissante.

Je me penche pour l'embrasser rapidement sur le front et tourne les talons avant de fondre en larmes.

Je réserve les sanglots pour le moment où je sors, seule, dans la neige.

***

Je n'ai aucune envie de retourner au chalet. Je n'ai pas envie de me sentir à l'étroit à l'intérieur. J'ai besoin d'un peu de tranquillité pour digérer les énormes révélations de ces derniers jours, pour prendre du recul et déterminer que faire.

Le chemin du chalet doit mesurer environ un kilomètre et il vient d'être déblayé. Mes bottes crissent sur la fine couche de neige tassée, mais c'est une après-midi anormalement chaude pour la saison. J'entends la glace fondre sur les branches des arbres dans une joyeuse cacophonie de gouttes et d'éclaboussements. Sur le chemin principal, face au vent, je remonte la fermeture Éclair de mon manteau et bifurque à gauche, marchant un kilomètre supplémentaire vers une allée qui m'est presque aussi familière que ma rue à Berkeley.

Andrew, Théo et moi nous promenions là tout le temps quand nos parents nous envoyaient faire un tour dehors. On ramassait des branches et on en faisait des épées, des cannes ou des baguettes magiques. On désignait tour à tour les chalets qu'on achèterait quand on serait grands et on décrivait ce qu'on ferait tous les jours de la semaine, une fois résidents permanents. On se faufilait entre les sapins à la recherche de tanières d'ours ou de pièges de chasseurs, en vain. Au fil des années, certaines des maisons ont été vendues et remodelées ou même complètement rénovées. Mais la petite rue manque du lustre ostentatoire des autres quartiers de la luxueuse Park City ; même les maisons rénovées ont conservé l'esprit cabane dans la forêt. En plein été, il suffit de plisser les yeux pour imaginer le merveilleux paysage hivernal prêt à surgir.

De la fumée sort des cheminées et un medley de musique de Noël filtre sur la route. Je m'arrête au niveau de mon chalet préféré – recouvert de lierre, on dirait la chaumière d'un gnome dans les bois – et lève les yeux vers l'immense baie vitrée qui donne sur le chemin. Deux silhouettes en ombres chinoises se déplacent dans la pièce principale, près d'un sapin de Noël très éclairé. Une autre s'affaire dans la cuisine. Même d'ici, je perçois l'odeur de dinde rôtie et du beurre salé des quiches qui refroidissent, mêlée à la fragrance des sapins. Si j'avais pensé emporter mon carnet d'esquisses, j'aurais dessiné la scène sur-le-champ.

Je suis tellement heureuse ici, sous la neige, alors pourquoi ne pas vivre dans un endroit où il neige ? La prise de conscience que je n'ai pas à rester en Californie, que je ne suis pas censée calquer ma vie sur un *template* à la mode, est un revirement soudain. Je peux déménager. Je fouille dans mes pensées pour imaginer le travail de mes rêves. Je peux découvrir qui est vraiment Maelyn Jones. Je me suis lancée avec Andrew, et ça ne m'appartient plus maintenant, mais ça ne signifie pas que je dois laisser filer le reste de mon courage.

***

Mon humeur, illuminée par cette révélation, s'assombrit à l'instant où j'entre dans le chalet et réalise qu'Andrew ne se trouve pas dans le salon.

Je lance :

– Salut les gars.

Les bavardages turbulents s'arrêtent brusquement. Miles se redresse en sursaut.

– Salut, Mae.

Tout le monde me dévisage avec impatience. Je ne m'attendais pas à ce que mon retour soit aussi attendu.

– Salut…

Zachary roule sur le ventre en gloussant sur le tapis.

– Qu'est-ce que vous regardez ? J'ai un nid d'oiseaux dans les cheveux ?

Aaron passe les doigts dans sa chevelure couleur trou-noir en répondant : « Non. Pas du tout » comme si ma question avait été sérieuse.

Finalement, Lisa demande :

– Es-tu entrée par le vestibule ?

Je secoue la tête.

– La porte d'entrée. Pourquoi ?

Ils continuent à me dévisager comme s'ils attendaient à ce que je dise autre chose.

– D’accord. Euh… Andrew est-il toujours dans le hangar à bateaux ?

– Il est… commence Kennedy au moment où Ricky s’exclame :

– Il faisait froid dehors ?

Je cligne des yeux, confuse, et réponds lentement :

– Euh… ouais.

Je baisse les yeux vers ma nouvelle montre et réalise que je suis partie presque deux heures et que je n’ai pas vérifié si la voiture d’Andrew était encore dans l’allée. Je pourrais demander s’il est encore là, mais je ne suis pas sûre de vouloir savoir.

Je me tourne, gênée, sans savoir sur quel pied danser.

– Eh bien, vous vous comportez tous très bizarrement, donc je vais descendre un moment au sous-sol. Prévenez-moi si vous avez besoin d’aide pour le dîner.

– Tu devrais monter à l’étage, chantonne Zachary.

– Je devrais ?

Toutes les têtes acquiescent, du même avis.

Je les dévisage encore un instant, perplexe, avant de répondre :

– D’accoooord. J’y vais.

Voilà au moins une excuse pour prendre la fuite. Je traîne les pieds dans le couloir, m’appuie sur la rampe et commence à monter les escaliers, mais j’écrase quelque chose sous ma chaussette. Je lève le pied, ramasse l’objet et étudie ses reflets argentés.

C'est un Kiss à la menthe écrasé. Je reste sidérée pendant quelques instants, puis je me concentre sur le sol et réalise qu'il y en a un autre à seulement quelques centimètres dans les deux directions : l'un vers l'étage, l'autre vers la cuisine, par où j'entrerais après une balade en temps normal.

Je suis envahie par une bouffée d'espoir. Je monte les marches en courant et suis la piste des chocolats dans le couloir. Ils mènent directement à la chambre d'Andrew et s'arrêtent juste devant son placard.

Mon cœur s'affole dans ma cage thoracique quand j'ouvre la porte. Andrew plisse les yeux dans la lumière.

– C'était une promenade monstrueuse, Maisie. J'attends pour me cacher depuis au moins une demi-heure.

Je suis presque trop abasourdie pour parler, mais apparemment pas suffisamment pour ne pas fondre en larmes.

– Andrew ?

Du bas des escaliers retentit une salve d'applaudissements et de hourras.

– Je t'avais dit de monter ! hurle Zachary avant que quelqu'un ne le fasse probablement taire d'une main sur sa bouche.

Après un petit rire rauque, Andrew m'attire dans le placard.

Ai-je laissé échapper un cri ? Mon cœur bat si fort qu'une véritable tempête fait rage dans mes oreilles.

– Que se passe-t-il ?

Sa voix est douce, très légèrement suggestive.

– Qu'est-ce que tu crois ?

Je crois qu'il m'a attirée jusqu'ici de la manière la plus adorable qui soit, je crois qu'il fixe ma bouche, je crois qu'il est sur le point de m'embrasser. Mais étant donné mon état émotionnel fragile, comme du cristal de sucre soufflé, supposer quoi que ce soit serait probablement une très mauvaise idée.

– Eh bien. (Je me mords les lèvres et regarde autour de moi dans l'espace exigu et faiblement éclairé. Énoncer des banalités paraît prudent.) Je crois que tu as conçu un jeu de piste avec mes chocolats préférés pour me mener jusqu'à toi, dans ce placard.

Il m'adresse un sourire éclatant. Il me prend doucement par la taille, puis glisse les mains sur mes hanches en m'attirant contre lui.

– Tu devines pourquoi ?

Je suis sur le point de lui répondre, pour être sûre, qu'il ferait mieux de le dire mais les mots paraissent fatigués et poussiéreux dans ma gorge. Ce qui m'échappe me surprend :

– Tu voulais qu'on se retrouve seuls, à l'endroit où l'on s'est embrassés pour la première fois, afin de m'avouer que j'avais raison depuis le début.

Andrew pose délicatement ses lèvres sur les miennes.

– Tu avais raison depuis le début, Maisie.

Je sais qu'il parle de nous et de ce que j'ai dit dans le hangar à bateaux, mais son haleine a une odeur de menthe.

– Je le savais bien : les Kisses à la menthe sont délicieux.

Il glousse en me soufflant dans le cou.

– Savais-tu qu'en réalité ils s'appellent « Hershey's Kisses Candy Cane Mint Candies[4] » et que c'est de la « crème blanche avec une touche de menthe croustillante » ? (Il m'embrasse dans le cou.) Ce qui signifie, bien sûr, que ce n'est techniquement pas du chocolat blanc. Je ne suis plus obligé de te renier parce que tu les adores.

– Waouh, *merci.*

Son sourire faiblit.

– Tu es sortie si vite du hangar à bateaux que je n'ai pas eu le temps de te dire quoi que ce soit.

– J'ai pensé que tu avais besoin d'espace.

– Je regrette de ne pas avoir trouvé mes mots plus rapidement, avoue-t-il. Mais malheureusement, je ne suis pas comme ça.

– Mais si tu avais trouvé tes mots plus rapidement, alors tu ne m'aurais pas concocté une telle surprise dans l'espace que tu préfères : un placard.

– Avec ton truc préféré : les bonbons dégoûtants.

– Ne sois pas faussement modeste, Andrew Polley Hollis, tu sais que c'est toi que je préfère.

---

4. « Kisses de Hershey aromatisés à la menthe et au sucre d'orge ».

Son sourire joueur s'estompe et le soulagement se peint sur son visage quand nous arrêtons de badiner. Andrew prend mon visage entre ses mains et me plante un long baiser sur les lèvres. Il s'approfondit et il m'attire encore plus contre lui, en laissant échapper un soupir discret lorsque sa langue touche la mienne.

– Je peux le dire maintenant ? demande-t-il en s'écartant de quelques centimètres.

– Dire quoi ?

– Que je t'aime ?

J'entends un léger pop dans mon oreille, comme si une porte venait de se fermer, bouchant l'air. Andrew fixe mon sourire éclatant.

– Je t'aime aussi.

Il enroule une mèche de cheveux autour de son doigt.

– Et tu n'as pas à être de retour en Californie demain, n'est-ce pas ?

– Non. Je suis en pleine course vers l'aventure, prête à tout.

– En voilà une bonne nouvelle.

– Ouais, ce n'est pas une blague. Je n'ai aucune envie de monter dans un avion.

Il pouffe.

– Il se trouve que j'ai un quatre-quatre et que Denver se trouve à seulement huit heures de distance. Que dirais-tu d'un road trip ?

Je me redresse au moment où il se penche pour m'embrasser. Le soulagement est si puissant que j'ai l'impression que mon sang est en plein délire. Première étape dans la prise en charge de ma vie d'adulte : je dors dans le hangar à bateaux avec Andrew ce soir. Et tous les soirs, si on me laisse choisir. Électricité ? Eau courante ? Leur importance est surfaite.

Il fredonne de bonheur, s'écartant lentement après avoir déposé une série de baisers qui me font penser à des gouttes de pluie sucrée. Il tarde à ouvrir les yeux et je sens qu'il est lui aussi plongé dans ses pensées, et je tombe à nouveau amoureuse de lui.

– Je suppose qu'on peut se réjouir que notre première dispute soit passée.

Je m'écarte, alarmée.

– C'était notre première *dispute* ?

Il semble pris de court.

– Tu pensais que c'était la *dernière* ?

– Euh, ouais ? Tu as quand même dit que tu ne me connaissais pas du tout. (Je ris, incrédule, en voyant ses yeux s'illuminer jusqu'à ce qu'un sourire prenne possession de tout son visage.) Quoi ? Pourquoi te moques-tu de moi ?

– Parce que tu as raison, je crois, mais tu as jeté rapidement l'éponge après treize ans.

Je le repousse d'un air joueur, mais il ne va pas bien loin.

– Qu'étais-je censée penser ?

– Que tu me connais depuis vingt-six ans ! Un jour, c'est une goutte d'eau dans l'océan.

– Nous avons été ensemble pendant seulement trente-six heures ! Un jour, c'est, genre, les deux tiers de notre relation.

Il pouffe, ravi, et le temps se fige. Andrew m'observe avec une tendresse amusée. Je commence à gigoter, soudain sur la défensive.

– Mes parents ne se disputent pas, je lui rappelle. Ils se critiquent constamment et se lancent des remarques passives-agressives. Après la seule grosse dispute de leur relation, mon père a fait ses valises.

– OK, eh bien, tu vas devoir apprendre à gérer les conflits parce que même les gens matures émotionnellement ne sont pas tout le temps d'accord. C'est scientifiquement prouvé.

– Et alors ? je lui demande en souriant. On sort ensemble ?

Il devient un adorable mélange entre amusement et nervosité.

– J'espère ?

– Les Mae de treize à vingt-six ans sont en train de faire des loopings là-dedans.

Je tapote ma tempe.

Son hilarité se calme progressivement.

– Alors… sommes-nous… ?

– Ça dépend. (Prononcer ces mots me donne l'impression d'avaler des morceaux de verre parce que c'est le vrai moment de vérité.) Tu me crois ?

– Au sujet du vœu ?

Cela a été l'expérience la plus déconcertante et éclairante de ma vie et j'ai beau l'aimer, je ne sais pas comment avancer avec Andrew s'il pense que tout a été un rêve.

– Ouais.

– Bien sûr que je te crois.

La tension dans mes épaules se délite comme un vieux parchemin.

– Et… ça ne te dérange pas… tout ça ?

– Laisse-moi te poser une question, rétorque Andrew. Dans cette version de ton Noël, ton père s'est-il cassé une dent sur un cookie ?

– Absolument pas.

– Kennedy s'est-elle écorché le genou ?

Je vois où il veut en venir et souris.

– Nan.

– Tu vois ? Tu savais pour les duvets au sous-sol. Tu as rassuré mon père pour le gin. Tu es parvenue à convaincre Benny d'acheter le chalet. Et si je t'avais écouté pour Miso, je posséderais toujours mon horrible pull de Noël préféré, n'est-ce pas ?

– Ça t'apprendra à ne pas écouter ta… euh… qui voyage dans le temps.

Mon sourire se brise et je commence à bafouiller, laissant le reste de ma phrase suspendue dans les airs.

Les yeux d'Andrew se plissent, il m'adresse un sourire complice.

– Ma « quoi » qui voyage dans le temps ? ajoute Andrew, moqueur.

Et pendant un bref instant, ma confiance faiblit. Alors que je fourmille de suffisamment d'espoir et de joie pour soulever le chalet, l'Univers ne pourrait-il pas en profiter pour me jouer un mauvais tour une dernière fois ?

Mais, cette fois, je ne vais nulle part.

– Ta « petite copine » qui voyage dans le temps.

Le sourire d'Andrew illumine l'intérieur du placard.

– Finalement, Maisie. Je pensais que tu ne me poserais jamais la question.

ÉPILOGUE

Six mois plus tard

Hé ! s'écrie Benny, sur le porche. Je pourrais te repérer à deux kilomètres.

Il n'est pas nécessaire de lui demander à qui il parle. Ce n'est évidemment pas à moi, avec mon débardeur gris et mon short en jean élimé.

– Ah ouais ? (Andrew lisse son horrible pull.) Tu veux dire que je le porte bien ?

– Tu n'étouffes pas là-dedans ? demande Benny.

Il fait tellement chaud que j'ai l'impression que sa voix se matérialise dans les airs comme un mirage.

Andrew secoue la tête.

– Parfaitement confortable.

Je jette un coup d'œil à mon copain et remarque les gouttelettes de sueur qui perlent entre ses sourcils par trente-deux degrés. C'est toujours un adorable menteur. J'ai refusé de lui tenir la main sur le chemin parce qu'elle est trop moite. Nous savons tous les deux qu'il n'hésitera pas à sacrifier son confort personnel pour prouver qu'il a raison et il a décidé que son « truc » au chalet, ce sont les pulls festifs. Toute célébration devient une bonne excuse. J'imagine que son pull bleu-gris, rouge cerise et blanc immaculé est une ode affectueuse à nos pères fondateurs. Je lui donne seulement jusqu'au déjeuner avant qu'il ne le mette en lambeaux.

– Joyeux 4-Juillet ! s'écrie-t-il.

– Joyeux 4-Juillet. Venez par ici.

Benny nous fait signe de nous approcher.

Le gravier crisse sous mes baskets alors que je trottine en direction des marches et de mon oncle préféré. Notre voiture est garée sur le chemin principal, loin des engins de chantier qui encombrent désormais l'accès du chalet – ou du Chaos, comme Benny l'a surnommé. Je discerne déjà les changements qu'il a mis en œuvre et c'est incroyable. Le porche est neuf. Le chalet tout entier a été repeint du même ton de marron, les volets verts, mais l'effet d'une bonne couche de peinture fraîche reste impressionnant. Toutes les fenêtres ont été remplacées, les corniches réparées. Un nouveau toit, un nouvel aménagement dans le jardin et un porche abrité sont en construction à l'ouest de la maison, en face des montagnes. Je suis impatiente de voir ce que ça donne à l'intérieur.

Benny m'étouffe dans un câlin et je me surprends à m'écarter immédiatement. Il exhale la même odeur de shampoing à base de plantes, mais il sent aussi le sapin et le bouleau, la terre et le vernis.

Son rire tonitruant vibre contre moi. Être de retour ici avec Andrew, pour la première fois depuis Noël, me donne l'impression de flotter dans une bulle de savon, au-dessus de l'océan, au coucher du soleil. C'est le paradis.

Benny s'écarte pour m'inspecter du regard.

– Tu as l'air en forme, Andouille.

Je suis sûre qu'il a raison – le bonheur fait rayonner les visages et rend les démarches sautillantes –, mais Benny n'a rien à m'envier. Il est bronzé, ses cheveux ont blondi au soleil, ils sont poussiéreux à cause, je suppose, des travaux ininterrompus au chalet. Son sourire pétille maintenant au coin de ses yeux et je me rends instantanément compte qu'il n'est pas juste content d'être ici, il est extatique.

C'est au tour d'Andrew d'obtenir un câlin, une accolade virile avec tapotement dans le dos. Quand j'ai fini ma contemplation du nouveau porche, je voudrais leur dire d'arrêter de discuter et de se congratuler. Je ne tiens plus en place. Benny nous invite finalement à entrer.

Je suis muette d'admiration. La rampe est identique à celle que j'ai toujours connue mais remise à neuf, son brun miellé chatoie dans le soleil de l'après-midi qui filtre par la porte d'entrée. L'escalier a été verni, tout comme le plancher. Benny a conservé la plupart des vieux meubles, mais ils ont été polis, traités, nettoyés, ce qui rend l'intérieur lumineux et accueillant. Avec une nouvelle couche de peinture sur les murs, l'espace semble encore plus clair.

– Je n'arrive pas à croire que tu sois parvenu à un tel résultat en six mois, lance Andrew en pivotant lentement sur lui-même. Le chalet n'a pas été aussi rutilant depuis… eh bien, sans doute avant ma naissance.

– Attends une minute.

Benny nous escorte jusque dans la cuisine où un nouveau carrelage réverbère les rayons du soleil. Des appareils électroménagers en aluminium ont remplacé les appareils originaux. Le réfrigérateur est un mastodonte tellement technologique que je le suspecte de pouvoir faire les devoirs de maths de Miles. Ma mère, Aaron et Kyle vont vouloir démarrer leur propre émission de cuisine ici quand ils le verront. Une nouvelle table de cuisine en bois massif se trouve au cœur de la pièce, avec seize places.

Benny a transformé la salle à manger que personne n'utilisait jamais en salon avec d'impressionnantes étagères pleines de livres. Le sous-sol a été terminé, séparé en quatre pièces avec des cloisons : une pièce familiale en bas des escaliers, où Benny nous dit qu'il installera une table de billard, une table de ping-pong, un flipper et trois chambres donnant sur la pièce principale, avec une salle de bains partagée au fond de la maison.

– Plus de lits superposés, s'exclame Andrew avec jubilation.

– Je les ai donnés à une famille au bout de la route, la maison de pierres de Mountain Crest. (Benny saisit un tournevis égaré sur l'étagère.) Les deux filles attendent des jumeaux. Dingue, n'est-ce pas ?

Andrew croise mon regard écarquillé ; le sien resplendit. Il sait exactement de quelle maison Benny parle, comme moi. Il sait que je me promenais sur la route qui mène à cette maison tandis qu'il achetait des chocolats pour me déclarer son amour dans le placard. Les voies de l'Univers sont clairement impénétrables.

Benny parcourt la pièce en hochant la tête.

– Maintenant, on a plein d'espace pour tout le monde et même pour d'autres encore.

Les chambres à l'étage sont restées à peu près identiques, en dehors du grenier qui a été rénové pour devenir la chambre de Benny. Elle n'est pas terminée – c'est encore une zone en pleins travaux –, mais on devine ce qu'il veut en faire. Le vitrail reste. Le plafond mansardé ne changera pas. En réalité, le grenier ressemble à ce qu'il a toujours été, juste en mieux.

Une voix appelle Benny au rez-de-chaussée et il s'éloigne, nous laissant vagabonder seuls, Andrew et moi. Les meubles de sa vieille chambre sont tous là, et l'odeur d'eucalyptus subsiste en arrière-plan sur les draps, les murs, les vêtements du placard. Je passe un doigt sur la table de nuit au moment où deux bras m'attrapent par la taille pour m'attirer

– en gloussant – dans le placard. La porte se referme derrière nous et Andrew se transforme en Monsieur Mains Avides, mi-chatouilleur, mi-caressant.

– Je crois vraiment que tu es un fétichiste du placard.

Il fredonne dans mon cou.

– Quand je pense à toutes les années que nous avons gaspillées à ne pas faire ça.

Je pousse un cri perçant en l'envoyant balader pour rire, mais il me rattrape et m'enlace.

– Viens par ici, lance Mandrew avant de blottir son visage dans mon cou. (Il laisse échapper son grognement signifiant *qu'est-ce que tu sens bon* puis demande :) Ça te fait quoi d'être de retour ?

– C'est incroyable. (Je passe mes bras autour de son cou et plonge les doigts dans ses cheveux.) Et bizarre. Mais dans le bon sens.

– Bizarre comme Christopher Walken.

– Exactement. (Je l'embrasse sur le menton.) Où veux-tu dormir ce week-end ?

– Probablement ici, dit-il en haussant les épaules. Les lits en bas sont individuels et le hangar à bateaux sera trop chaud.

Honnêtement, je ne sais pas ce que je ressentirais là-bas. De la nostalgie, bien sûr, mais aussi un peu d'amertume ? Je sais que Benny a de grands desseins pour cet endroit, mais de ce que j'en sais, les travaux n'ont pas encore commencé. Je pourrais y dormir malgré tout, pour me remémorer le temps passé, mais il n'y a pas d'air conditionné. Andrew a raison, au cœur de l'été, ce ne sera sans doute pas très agréable.

– As-tu déjà dormi ici avec une fille ?

– Une fois, répond Andrew en reculant d'un pas et en me triturant les joues. Liz.

L'une des copines d'Andrew qui a duré le plus longtemps, il y a plusieurs années. Nous avons bu un verre avec elle et son mari il y a quelques mois, elle est hilarante.

– Mais on n'a rien fait.

Je pouffe parce que c'est n'importe quoi. Je n'arrive pas à m'imaginer au lit avec Andrew Hollis et ne pas le déshabiller.

– Espèce de menteur !

– Non, sérieusement. Mes parents étaient à deux mètres de distance. J'étais bien trop mal à l'aise pour pouvoir faire quoi que ce soit.

– Eh bien, tes parents ne seront pas là cette fois, je lui rappelle. Et les affaires de Benny sont dans l'une des chambres du bas donc… c'est parti.

Andrew grogne, blottissant encore une fois son visage dans mon cou.

Ce week-end, nous serons seuls avec Benny : personne n'a pu se libérer. Mes parents installent Miles à UCLA où il a déjà commencé l'entraînement de football. Kyle a des répétitions de danse du show qui deviendra la nouvelle sensation de Broadway, comme nous l'espérons tous. Théo est en pleins travaux dans sa propre maison près de Ogden Canyon, à une heure et demie de distance,

Ricky et Lisa ont décidé de partir faire une croisière d'été de Seattle à Alaska. Mais pour Andrew et moi, venir depuis Denver a été facile. C'est un long week-end pour nous deux et nous mourions d'envie de découvrir les nouvelles installations de Benny.

On entend un coup léger, et Andrew et moi échangeons une grimace « *Pris en flagrant délit !* » avant qu'il n'ouvre la porte, laissant pénétrer un rayon de lumière à l'intérieur et dévoilant le visage amusé de Benny.

Benny rit.

– Je pensais bien vous trouver ici.

– Parce que, Bentley, ce placard est notre *espace sacré.*

– Je promets de ne pas le changer. (Il lève le menton.) Venez. Il faut que je vous montre quelque chose.

Nous le suivons au rez-de-chaussée et j'essaie de deviner ce qui nous attend. Je suis déjà bouleversée par l'association parfaite entre l'ancien et le moderne à laquelle il est parvenu. Qu'est-ce qui nous reste à voir ? Le jardin de derrière ? Un nouveau détail chouette sur le porche de devant ? Andrew hausse les épaules quand je lui adresse un regard interrogateur, s'essuyant les mains sur les cuisses. Il a les joues rouges et je me demande si tous ces changements sont difficiles à digérer pour lui. C'est pour le mieux, mais tout de même.

Nous bifurquons en bas des marches et empruntons le couloir qui mène à la cuisine, traversons le vestibule puis sortons du chalet.

Le jardin de derrière n'a pas changé, mais je m'arrête quand même net. Andrew continue à marcher mais je ne le suis plus. Mes pieds refusent d'avancer parce que le bâtiment que je vois ressemble à peine au hangar à bateaux avec lequel j'ai grandi. J'ai en face de moi un magnifique refuge rustique. On dirait un chalet miniature, avec une baie vitrée géante qui donne sur la montagne. Il possède une cheminée, des marches, un minuscule porche avec deux chaises de jardin peintes d'un jaune éclatant et une petite table.

Je ne réalise pas que je pleure avant qu'Andrew ne se retourne et saisisse ma main en se moquant tendrement de moi. Il sèche mes larmes de sa main libre.

Il tremble.

– Tu étais au courant ? je lui demande.

Il ne répond pas et se contente de me tirer par la main pour me faire entrer. C'est une seule pièce – enfin, si on exclut la nouvelle salle de bains –, mais il y a un lit à baldaquin dans un coin, une méridienne et un fauteuil confortable autour d'une table basse, le tout sur un superbe tapis. La cheminée est évidemment éteinte, mais le climatiseur fonctionne vaillamment pour maintenir une température fraîche et respirable.

Mon regard est attiré par les photos encadrées qui décorent les murs ; il y en a au moins vingt, certaines petites, d'autres d'au moins trente centimètres sur quarante. Dessus, nous sommes tous ensemble par groupes : mon père et moi sur une luge. Andrew, Ricky, Théo et Lisa sur le porche du chalet principal. Benny et ma mère, des cocktails à la main et trinquant devant le photographe. Miles et les jumeaux jouant aux dames par terre. Kyle me tenant par les pieds à côté d'un bonhomme de neige. Aaron et ma mère vêtus de tabliers en train de cuisiner. Benny avec moi adolescente, Théo et Andrew l'été, en pleine randonnée sur l'Iron Canyon Trail.

– C'est irréel.

Je me tourne pour voir comment Andrew digère toutes ces nouveautés, mais il ne se tient plus à ma droite, il…

Il est à genoux.

Ai-je le cerveau le plus lent de l'univers ? Peut-être. Mais il me faut cinq bonnes secondes pour parvenir à convoquer des lettres pour former un mot qui est seulement : « Oh ».

– Maisie, dit-il en ouvrant sa main pour révéler une bague en or sertie d'un saphir à l'ovale parfait.

Il me dévisage pendant de longues secondes, ému et silencieux.

– Nous avons vécu pas mal d'aventures ces six derniers mois, continue-t-il d'une voix rauque. Ton emménagement à Denver, ton nouveau boulot, notre nouvel appartement. Il n'y a rien que j'aime plus que préparer le dîner avec toi, nous raconter nos journées, rêver à ce que nous ferons ensuite. (Il déglutit, les yeux dans mes yeux.) Je n'ai pas passé une seule nuit sans toi depuis notre dernier séjour ici. Je ne sais pas comment nous y sommes parvenus, si ce n'est en faisant de cette relation notre priorité. Tu es ma priorité, Mae. Je suis tellement amoureux de toi. Je n'arrive pas à imaginer vivre aux côtés de quelqu'un d'autre. Alors, veux-tu m'épouser ?

***

Seule une imbécile aurait fait autre chose que hurler *OUI* et – une fois assurée que Benny nous a laissés seuls ici – me jeter sur cet homme. Andrew tente de me convaincre sans grande conviction que nous devrions annoncer la bonne nouvelle à Benny. Puis il abandonne, me laisse l'escorter jusqu'au lit et lui retirer son horrible pull.

Je ne me lasse pas de la chaleur douce de son torse, de la manière dont ses mains me parcourent comme s'il voulait me toucher partout à la fois, de la façon dont il plonge les doigts dans mes cheveux quand j'embrasse son corps. Son ventre se tend sous ma main, il arque les hanches puis me glisse sous lui et, prenant son temps, soupire et me susurre des cochonneries à l'oreille.

Nous sommes devenus excellents en la matière – nous pratiquons assidûment –, mais la profondeur des émotions qui surgissent chaque fois qu'il s'approche de moi me surprend toujours, quand je sens qu'il se tend, qu'il s'excite. Il me taquine sur ma manière de le regarder, mais je crois qu'il adore secrètement ça, parce que je jure que voir ses yeux se fermer à la seconde où il se laisse aller est la chose la plus sexy dont j'aie été le témoin.

Je l'empêche de se relever. Pas tout de suite. Je tends le bras entre nous et nous fixons la bague à mon doigt, en riant parce que les mots *mari* et *femme* sont tellement curieux dans nos bouches.

Où allons-nous nous marier ? je m'interroge. Andrew m'adresse un regard faussement ennuyé. Ici, bien sûr.

Nous peuplons notre petit mariage des membres de notre famille d'élection. Nous décidons que Tahiti est une excellente destination de lune de miel. Un chien avant d'avoir un enfant.

Nos baisers ralentissent, s'approfondissent et puis je lui grimpe dessus et il m'observe avec adoration, joue avec mes cheveux, redessine mes courbes du bout des doigts, guidant mes hanches jusqu'à atteindre le bord du gouffre, en sueur, sous moi.

Je m'effondre sur le lit à côté de lui. Les draps sont doux, d'un coton agréable, froids contre ma peau, et Andrew laisse échapper un petit rire satisfait.

– Comment t'attends-tu à ce que je marche après ça ?

– J'espère que Benny a prévu que nous dormions ici, dis-je en reprenant doucement mon souffle.

***

Mais nous allons avoir besoin de boire et de manger et il nous reste encore plusieurs heures à tuer avant d'aller dormir.

Il me regarde et glousse.

– Tu veux te donner un coup de peigne ?

Un coup d'œil dans le miroir de la salle de bains m'apprend que mes cheveux sont tout emmêlés, mes lèvres gonflées et rougies par les baisers. Mon sourire en coin est éperdu d'amour. Je fais du mieux que je peux pour arranger ma coiffure avec les doigts avant d'admettre ma défaite.

– Mes affaires sont dans la voiture. Benny se fiche de mes cheveux.

Nous entrons dans la cuisine et sommes accueillis par un « SURPRISE ! » cacophonique hurlé par sept voix surexcitées. Je comprends soudain pourquoi Andrew insistait pour qu'on retourne au chalet annoncer la nouvelle à Benny, et pourquoi il m'a conseillé de me recoiffer. Je comprends aussi pourquoi il est rouge pivoine et plié de rire. Ricky et Lisa ne sont pas partis en croisière. Théo ne surveille pas les travaux de sa maison à Ogden, et même si Kyle est toujours à Manhattan, ce n'est pas le cas d'Aaron et des jumeaux. J'ignore quand ils sont arrivés ou depuis combien de temps ils nous attendaient pour nous féliciter après nos fiançailles.

– Étiez-vous en train de vous *battre ?* zézaie Zachary.

Il lui manque maintenant les deux dents de devant. Aaron s'efforce vaillamment de retenir un fou rire.

– Oui, répond Andrew avec honnêteté. Et regarde ! Mae a gagné une bague.

Me voilà étouffée par les câlins de mes futurs beaux-parents (!), d'Aaron et des jumeaux. Benny saisit l'opportunité de se moquer de mes cheveux ébouriffés avant de me serrer dans ses bras. Même si c'est une incroyable surprise, tout paraît étrangement calme sans mes parents et sans Miles.

Je récupère mon téléphone sur le plan de travail de la cuisine et envoie une photo de ma main gauche à ma mère.

Je parie que tu es déjà au courant,
mais regarde !

Je fixe l'écran en attendant l'accusé de réception, mais mon message tarde à s'envoyer, la barre de progression reste figée en l'air.

– Alors, il paraît que tu adores ton nouveau boulot ? lance Aaron en attirant mon attention vers lui.

– Oui !

Je souris. Je suis *la designeuse* graphique en chef de Sled Dog Brewing, une micro-brasserie située à seulement un kilomètre de Red Rocks et accessoirement le pub le plus branché de la ville. Je supervise deux personnes qui gèrent le site internet et les réseaux sociaux, et je conçois tout le merchandising – tee-shirts, verres à pintes, casquettes, bonnets, et autres babioles marrantes. Le propriétaire a été tellement impressionné par mon travail qu'il m'a demandé de repenser toutes les étiquettes, ce qui signifie que mes créations se trouveront peut-être un jour dans des frigos à travers tout le pays. Jusqu'ici, Sled Dog a été le job le plus amusant et gratifiant de ma carrière.

– J'ai déniché une bouteille de brune impériale, dit-il.

– Comment as-tu fait ?

La bière brune impériale vient de gagner une médaille d'or internationale ; il est presque impossible de la trouver ici, encore moins à New York.

– L'un des parents à l'école la distribue. Il m'a dragué.

– Je t'adore.

Je monte sur la pointe des pieds pour embrasser Aaron sur la joue. Même à l'autre bout du pays, à Manhattan, il reste connecté avec ce qui se passe à l'Ouest. Je lui caresse les cheveux revenus à leur couleur naturelle, poivre et sel.

– Et j'adore ça aussi.

– Ouais. (Il me sourit.) La crise de la cinquantaine la plus courte à ce jour.

– Avec un peu de chance, Lisa aura reçu le mémo sur la coloration.

– Ou du moins la coloration capillaire, plaisante-t-il.

Lisa proteste en riant :

– Hé !

Je ne remarque même pas qu'Andrew est sorti pour aller dans la voiture avant qu'il ne revienne avec mon sac.

– Sans vouloir te gâcher la surprise, j'ai pensé que tu pourrais en avoir besoin.

– Quelle surprise ?

Il grimace.

– Le vol de tes parents a du retard. Ils sont en chemin.

– Vraiment ?

Je pousse un cri de joie, saisis ma brosse à cheveux et me fais un chignon.

Juste à temps, parce que ma mère chantonne déjà mon prénom avant même d'arriver sur le porche.

– Mae ! Où est ma fille ?

Derrière elle, mon père porte leurs sacs, un immense sourire aux lèvres.

Andrew surgit derrière moi alors que ma mère monte les marches en courant. Elle nous serre dans ses bras.

– Je le savais ! chantonne-t-elle. Je le savais, je le savais, je le savais !

– Depuis combien de temps étais-tu au courant ? je lui demande.

– Eh bien, laisse-moi réfléchir deux minutes. (Elle fixe Andrew, pensive, et mon père nous enlace tous les deux.) Peut-être deux mois ?

– On a acheté les billets en avril… dit mon père. Donc il y a un peu plus longtemps.

– Je t'ai demandé sa main en février, rectifie Andrew en riant. Pour notre anniversaire des deux mois.

Lisa sort et se met à babiller avec ma mère sur un ton aigu. La joie les surexcite. Ricky, mon père et Aaron échangent un regard avant de se diriger à l'intérieur, sans doute pour sortir des bières du nouveau réfrigérateur sophistiqué de Benny. Benny accueille mes parents avant de descendre les marches avec Kennedy, qui tient un livre sur les arbres à la main. Théo se bagarre avec Zachary dans le salon. Kyle me manque, mon frère aussi, mais je parie qu'ils sont un peu mélancoliques, en dépit de leurs vies surbookées.

J'entends des bribes de ce que ma mère raconte :

– … ici mais avant ou après Noël ?

Je suppose que notre mariage se planifie sans nous et que la pression pour les petits-enfants s'apprête à commencer. Nous serons aussi sans doute envahis de fouineurs pour le restant de notre existence. Nous devrons aborder tous ces points, mais après avoir échangé nos vœux, le moment venu. Heureusement, nous n'aurons pas à faire beaucoup d'efforts pour mélanger nos familles. Elles s'étaient amalgamées bien avant notre naissance.

Lorsque nous quittons le soleil pour rentrer dans la maison, mon regard est attiré par une photo encadrée dans le nouveau salon. De loin, il est difficile de deviner ce dont il s'agit, mais je me rends compte en m'approchant que c'est une photo aérienne. Andrew me prend dans ses bras et se penche pour examiner la photo. Finalement, il désigne le milieu du cliché.

– Nous sommes là.

– Quoi ?

Il décale le doigt sur le côté et je vois ce qu'il me montre. C'est le chalet, entre plusieurs bâtiments, dans un tourbillon de rues, entouré de montagnes envahies de constructions. Au-delà, le monde s'étend dans les deux directions. Tous les points sur la surface de la terre sont le centre de l'univers d'une personne, mais cette photo représente ma réalité.

Le centre du monde se trouve exactement sous mes pieds.

REMERCIEMENTS

Juste un peu de magie, avait-on dit. On en est complètement capables, avait-on dit. Ce sera facile !

Cela n'a peut-être pas été facile, mais écrire ce roman a certainement été amusant. Nous l'avons écrit avant l'arrivée de 2020, avant que l'enfer ne se déchaîne et que l'idée de nous retrouver dans une boucle temporelle romantique devienne l'échappatoire parfaite.

Y revenir et le relire est encore plus agréable. Mae se trouve en sécurité dans le chalet, avec ses proches, et pour seule exigence de déterminer quelle est la meilleure trajectoire pour elle. Si nous avions tous un objectif aussi simple, la vie serait tellement plus facile.

C'est sans doute ce que nous apporte la romance – oui, c'est notre manière de rêver et d'exaucer nos vœux, de nous amuser et d'entretenir notre bonne humeur. Mais cette année, c'était aussi l'échappatoire dont nous avions besoin. La romance est là, immuable, et nous en avons besoin aujourd'hui plus que jamais. Donc nous allons commencer par remercier les incroyables créatrices de romances dont le travail nous a permis d'échapper à la réalité et nous a procuré de la joie cette année : Park Ji-eun (*Crash Landing on You*), Alexis Hall (*Boyfriend Material*), Scarlett Peckham (*La société des sirènes*), Rebekah Weatherspoon (*Xeni*), Martha Waters (*To Have and to Hoax*), Kate Clayborn (*Love Lettering* et aussi ton feed Twitter), Lisa Kleypas (salut, déesse) et Nora Ephron pour, eh bien, tout. Vous nous inspirez profondément et nous sommes tellement reconnaissantes de pouvoir nous tourner vers votre créativité et le divertissement dont vous nous gratifiez en ces temps étranges et mouvementés.

Notre équipe réduite est la meilleure équipe possible : notre agent Holly Root est l'éternelle voix de la sagesse et de la tranquillité, avec une pointe d'humour juste quand il le faut. Notre éditeur chez Simon & Schuster/Gallery, Kate Dresser, endure beaucoup (et nous voulons vraiment dire beaucoup) de revirements. Merci, Kate, de soutenir CLo depuis le début, d'être notre oreille critique et bienveillante quand nous sommes bloquées, la douce correctrice quand nous reprenons nos textes. Kristin Dwyer est notre attachée de presse et notre Précieuse, et même lorsque le temps s'est arrêté et qu'il n'y avait plus moyen de savoir ce qui se passait en dehors de nos quatre murs, tout s'est bien déroulé. Nous avons surmonté cette épreuve, nos livres ont continué à trouver leurs lecteurs. Tu es tellement forte, ma belle.

Merci à l'équipe S&S/Gallery team pour votre énergie inépuisable, comme toujours : Carolyn Reidy, Jen Bergstrom (nous t'adorons vraiment), Aimée Bell, Jen Long, Rachel Brenner, Molly Gregory, Abby Zidle, Anne Jaconette, Anabel Jimenez, Sally Marvin, Lisa Litwack, John Vairo, et toute l'équipe de vente de Gallery et de gestion de droits. Vous êtes tous géniaux ; merci de faire partie de l'équipe.

Merci à Marion Archer de nous lire, relire et recorriger. Tes commentaires et tes retours sont toujours tellement pertinents et appréciés. Erin Service, te faire rougir est notre seul but. Aux lecteurs de CLo and Friends, merci de nous faire rire et de nous tenir compagnie (et, bien sûr, d'aimer nos livres). Nous vous adorons tous.

À tous les lecteurs du monde, nous espérons que ce livre vous trouvera heureux et en bonne santé. Merci de l'avoir choisi. Notre vœu le plus cher est que l'histoire de Mae et Andrew vous offre l'occasion de fuir votre quotidien, mais (pour votre bien) que vous n'en ayez pas désespérément besoin. Cette année a été difficile et nous sommes ici pour envoyer de l'amour et – nous l'espérons – une joyeuse dose d'amusement magique.

Avec toute notre affection.
Christina & Lauren

Composition et mise en pages
Nord Compo à Villeneuve-d'Ascq